現代詩NOW Ⅰ

中村不二夫

土曜美術社出版販売

現代詩NOW Ⅰ

目次

I

Ⅱ

カバーオブジェ制作／渡辺亘章

現代詩NOW Ⅰ

I

大震災の中の詩と詩人　1
―高銀「日本への礼儀」他―

　二〇一一年三月十一日午後二時四十六分。東日本に関東大震災、阪神・淡路大震災をも越えるマグニチュード九・〇の巨大地震が発生。四月十二日現在、一万三二一九人が死亡、いまだに一万四二七四人の安否が分からない。避難している人の数は一四万二九三六人に及ぶ。自然の猛威を前にことばもないのだが、それでも、この未曽有の事象を見ることなく、つぎの一歩を踏み出せない。

　テレビニュースは、毎日福島の原発事故の放射能問題や被災地の惨状を伝えている。原発大国アメリカまで原発事故の支援にやってきている。一ヶ月近くが経過し、避難者はいつ故郷に戻れるかも分からず、原発事故についてもまだ問題解決の糸口はみえない。しかし、政府や東京電力の対応の遅れに文句をいっても何もはじまらない。原発についても、反対をいうのは簡単だが、これまで便利な生活を享受してきた代償をどう補うのか。原発抜きで、これからどのように日本人が生きていったらよいのか、そこの答えがまったく描かれていない。原発による安価な電気料金によって、現在の大量生産、大量消費という画一的なコンビニ生活が作られていったことの理解はあるのか。

ここ十年以上、日本経済は物が売れずデフレ状態にあるという。百円ショップが流行るように、なぜこんなに物が安く買えるのかということの不思議な驚きである。そんな中、ユニクロの社長は、個人で十億円の義捐金を東日本大震災の被害者に贈り、ユニクロ本体も義捐金十四億、支援物資七億円、全世界のグループ従業員からも一億円の義捐金を集めたという。それはそれで意義あることだが、安価なユニクロ商品は、大量生産、大量消費、大量廃棄を促すことで画一的な現代人のコンビニ生活を支えている。もうひとつ、東電の福島第一原発の事故をみて、ただちに原発反対を唱えるのは自由だが、それはわれわれの便利な生活への問いとなってくることを忘れてはならない。

それにしても、そんなに義捐金を集めることが重要なことなのか。それすらも同調圧力に感じられてしまうのはなぜか。本当は個人に頼らず、政府がきちんと税金を使って、即座に財政出動できることがいちばん望ましい。個人の寄付に頼らないと震災の復興が進まないのは、いつものことだが、そのたびに政治の無力さを痛感してしまう。われわれは何のために、せっせと多額の納税をしているのだろうか。こういうときに、一気呵成に財政出動してほしいものである。

もうひとつ、日本は食糧の六割以上を輸入し、その量は国内生産と合わせて八五〇〇万トンになるが、その内一七〇〇万トンが捨てられているという。こうしたこともどうなのか。二〇一一年の夏の電力需要の見通しは六〇〇〇万キロワットで、最大供給は四六五〇万キロワットだという。この需給格差をどう埋めるかということが問題となっている。ここでの電力不足を、現在の利便性を追求した生活を改める機会にできるのかどうか。

一方、そうした節減が高齢者に向けられ、彼らの熱中症死を誘発したりしてはならない。政府は四六五〇万キロワットしかないと不安を煽るのではなく、まだ四六五〇万キロワットもあると考えてほしい。石原慎太郎のパチンコ、自動販売機撤廃案は生活権侵害に抵触する極論だが、われわれもまたそうした享楽的生活を抑制する姿勢をもたなければならない。

東日本大震災後、いくつかの雑誌で特集が組まれている。まず「世界」二〇一一年五月号の表紙見出しは、「東日本大震災・原発災害　特別編集　生きよう！」。史上最大の深刻な事態発生、日本壊滅などのネガティブな見出しが跋扈する中、こうした前向きさは買ってもよい。他に、人々がこうした未曾有の危機にあるとき、宗教者たちがもっと前に出てきて発言してほしい。たとえばキリストは処刑された後、「私はよみがえる」といって本当によみがえってみせた。今はそうしたキリストの奇跡のように、宗教者から「日本人はよみがえる」という断言がほしい。

「世界」には大江健三郎の他、詩人では辻井喬、森崎和江、それに田原（一九六五年・中国河南省生）、高銀（一九三三年・韓国全羅北道群山生）の二人の詩が掲載されている。

まず、日本でもよく知られている高銀の詩「日本への礼儀」を読んでみたい。

日本への礼儀

どうして　あの空前絶後の災難に／口をあけ／空言を吐

けようか／どうして　あの目の前のまっ暗な破局に／口をつぐみ／顔をそむけられようか／なすすべもなく　ただただ画面を見つめる／何千とも／何万ともわからぬ日常の善良な生命《いのち》のむれ／もはや生きられぬ／母さんも／赤ちゃんも／じいちゃんも　押し流された／父さんも／姉さんも　友だちも　汚泥の山のどこかに埋もれた／あんなにも大事にしていた　あなた方の家／みな流れていった／船が陸《おか》にあがってひっくり返り／車がおもちゃのように流れていった　ミルクも水もない／／人間の安楽とは　いかに不運であることか／人間の文明とは　いかに無明であることか／人間の場とは　いかに虚妄であることか／あの唐山　あのインドネシア／あのハイチ／あのニュージーランド／今日ふたたび　日本の事変で／人類は　人類の不幸で　自らを悟る／しかしながら　日本は今更にうつくしい／決してこの不幸の極限に沈没せず／犯罪も／買占めも／混乱もなく／相手のことを自分のことと／自分のことを相手のことと思い／この極限を耐えぬいて　ついにうち克つ／／今日の日本は／ふたた

び明日の日本だ／／わが隣人　日本の苦痛よ　その苦痛の次よ／いまの日本をもって／のちの日本　必ずや立ちあがらん（訳・青柳優子）

（「ハンギョレ新聞」二〇一一年三月十五日より転載）

これから、各所でたくさんの震災詩が書かれていくと思うが、この詩は震災後、もっとも早く作られたものとして記憶してよい。高銀が日本に対し客観的な立場にいたから書けたというわけではなく、一九三三年生まれの詩人は、かつて日本帝国主義下の統治生活の他、戦後は金芝河の救援活動を行って投獄、金大中と共に国家保安法で逮捕、懲役十年の判決を受けるという体験があり、抵抗詩人の系譜に連なる。そんな詩人はこの大惨事を前に犯罪も買占めも市民生活の混もないことに驚き、日本人の自らを顧みず他者をおもいやる精神をたたえている。つまり、高銀はこの惨事から、「今日の日本は／ふたたび明日の日本だ／／わが隣人　日本の苦痛よ　その苦痛の次よ／いまの日本をもって／のちの日本　必ずや立ちあがらん」と、再び日本人が立ち上がることを確信している。

また「AERA」（二〇一一年四月十日号）緊急増刊「東日本大震災」は、「私たちはどう生きていけばいいのか」。各分野から二十七名の提言。

この中で、まず解剖学者の養老孟司の「『答え』はいつも目の前にある　見えていないのは『問い』の方だ」。

人生は何のためにあるのかという質問に意味がないのは、人生はいろいろな問題に対する答えだからだ。頭で「自分の人生は何なのだ」と考えても、絶対に答えは出てこない。

震災をふまえた提言と言われると、ああすればいい、こうすればいいという話になる。それも、私からすれば根本から意見が違ってくる。千年に一度の大地震が起きた。その結果が目の前にある。けれども、被災者たち、われわれは、これからも生きていく。そのことに何ら変わりはない。

探すべきものは、「答え」ではない。この震災から「問われているもの」は何かということだ。

養老の探すべきは解決手段という現実的な答えではなく、さらなる問いであるという見方は鋭い。よって、この大震災を受けて、無能な政府に代わって義捐金を集めることなどは主目的ではない。みんながみんな同調圧力に屈し、義捐金を集めようという風潮はよくない。それは養老のいう未曾有の大惨事の問いに答えたものではない。

たとえば、十兆円を越える復興資金が必要であれば、企業向けに震災国債の発行、緊急的に消費税のアップなども必要とされよう。義捐金は政府の補償を確保した上での慰謝料的な意味合いで使われるべきである。それでは、詩人はここでどんな問いを発すればよいのか、その答えは難しい。

つぎに精神科医、香山リカの「復興の前に個人の感情を　一斉に立ち上がる必要はない」である。

いまは、歩みを止めてじっくりと哀しみに向き合えばいい。何万人もの人が亡くなり、行方不明になった大震災だからといって、個々の人にとっては個別の出来事です。大災害だったから自分の被災も仕方ないと我慢する必要はないし、自分よりひどい状況の人と比べて罪悪感を抱かなくてもいい。家族が亡くなった、家が流された、生まれ育った街が消えた、それぞれの喪失感をかみしめる時間が必要です。（略）

このままでは日本中が燃え尽き症候群になってしまう。私たちが被災地のためにできる最も大事なことは、あえて「なにもしないこと」なんじゃないかと思います。不安定にならないで、それぞれの持ち場を守りながら生活を続けること。共倒れになってはいけないし、みんなが一斉に立ち上がらなくても、余力をためておけば、もっと後に自分の力が必要になる時がくるかもしれない。何かを今すぐ形にしようと意気込んでも、長続きはしません。

みんな一つになって被災者のために頑張ろうという風潮の中、被災者たちのため、あえて何もしなくてもよいという論調に共感できた。こうしたとき、何も頑張れないというのが普通の感覚ではないだろうか。どうして人が頑張れないことを責められようか。私には「立ち上がれ日本」だの、「強い日本」だのというスローガンは恐ろしい。はたして、こんな時に本当に頑張れる人はいるのだろうか。とにかく、今は静かに心を休めて、そして、それぞれひとりひとりが時期をみて、できる範囲で静かにゆっくり立ち上がればよいのではないか。性急に何かにかきたてられるのではなく、精神的にそういう時間の余裕が必要である。香山の「みんなが一斉に立ち上がらなくても、余力をためておけば、もっと後に自分の力が必要になる時がくる」ということばは、大惨事を前に何もできずにいる者にとって本当に気持ちが楽になる。

かつての関東大震災時、こぞって作家、詩人は生死存亡の境を前に「何も書けない」、そんな無力感にとらわれたという。彼らは大震災を前に芸術は生活の過剰であるという見方を示したのである。これは前述の香山リカの見解に共通する。私は自らの無力さ、非力さを覚え、そこからあえて出発していきたい。

一九九五年の阪神・淡路大震災から十六年、その時もそうであったように、おそらく、これから東日本大震災前、大震災後でいろいろなことが語られていくようになる。しばらく、この展望でもその動向をみていきたい。

大震災の中の詩と詩人　2
—若松丈太郎・古賀博文の論争からみた原発—

東日本大震災を受けて、早くも「現代詩手帖」二〇一一年五月号で大震災特集が組まれた。それにしても、震災後、一ヶ月超での特集を組んだすばやい対応は特筆してよい。この四十日ほど、こちらは右往左往するばかりで、何もする気が起こらずにいた。この連載も中断し、休筆したいのが本音で、いちど現在の生活体系をリセットし、少しの時間を経て、つぎの一歩へと踏み出したかったのである。その時、同時に「柵」の志賀英夫が阪神・淡路大震災の時に孤軍奮闘した姿が脳裏をよぎった。結果的に、それがここに連載を書き続けていくことのバックボーンとなった。

阪神・淡路大震災は、九五年一月十七日午前五時四十六分五十二秒、淡路島北部沖明石海峡を震源として、マグニチュード七・三。最大震度は淡路島の七。死者は六四三四人。行方不明者は三人。負傷者は四万三七九二人。ピーク時の避難者は三一万六六七八人。被害の要因は建物の倒壊、火災。

アンソロジー『阪神淡路大震災』は、アート・エイド・神戸から第三集まで刊行された。第一集・一九九五年四月十七日、第二集・一九九六年一月十七日、第三集・一九九七年一月十七日。

東日本大震災は、三陸沖を震源として、マグニチュード九・〇。最大震度は宮城県栗原市の七。死者は一万一三六二人。行方不明者は一万六二九〇人。負傷者は二八七二人。ピーク時の避難者は三六万六〇〇〇人（いずれも三月三十日現在）。被害の要因は建物の倒壊、津波被害、福島原子力発電所による事故である。

一九二三年九月一日に発生した関東大震災は、相模湾西部を震源として、マグニチュード七・九。死者・行方不明者の合計はおよそ一四万二八〇〇人。全壊建物はおよそ一二万八〇〇〇棟、全焼建物はおよそ四四万七〇〇〇棟。

関東大震災の四週間後の九月二十七日、後藤新平を総裁に帝都復興院が設置。国による被災地の一括買上げ、一〇〇メートル道路の計画、ライフラインの共同溝化などを提案。

いずれにしても、日本国土は関東大震災、大空襲、原爆投下の大惨事を乗り越え復興を果たしてきた。

最近見たニュースで印象に残ったのは、福島第一原発事故を受けて、日本全体が原発反対ののろしを上げるかと思いきや、いろいろな世論調査の結果をみると、ほぼ賛成・反対が五分五分である。原発についてみると、福島第一原発事故が起こったかどうかに拘わらず、すべて原発はだめという、イデオロギーとしての反対論者がいる。そうした原理論者には、原発事故は追い風となって、「ほれみたか、私の言っていた通りになっただろう」ということになっているが、これはあまりに行きすぎた見方ではないか。

それでは、最新の世論調査の動向をみていきたい。

ギャラップの世論調査。日本での反対＝二八％↓四七％、賛成＝六二％↓三九％。

朝日新聞（二〇一一年四月十八日）の世論調査。「増やす、現状維持」五六％、「減らす、やめる」四一％。同時期の毎日新聞世論調査。「やむを得ない」四〇％、「減らす、廃止」五四％。

これをみて思うのは、原発反対論者は少数派で、世論はさほど原発再稼働に反対ではないことが分かる。ほとぼりが醒めれば、すぐに賛成六割にまでリバウンドしないとも限らない。あんな化け物みたいな人類にはコントロール不能なものに、どうしてここまで支持が集まるのか理解ができない。

この調査結果は反原発の私にはショックであったが、ただ、日本人が現在の利便性の高い物欲生活を捨てたくない、そうした側面からのみでの原発賛成とみてはならない。むしろ、そうした原発の利便性をここで放棄せず、それを踏まえて、世界中を恐怖に陥れた原発事故の意味を共有しようとする姿勢の現われとみてよい。そこから冷静に、「こんな生活を送っていてよいのか」という原発反対という議論を導き出すことになってくれればよい。

福島の原発事故を受けて、若松丈太郎『福島原発難民　―南相馬市・一詩人の警告』（二〇一一年・コールサック社）が緊急出版された。この中に、世論調査の論点ともいうべき「批評基準の退化」という文章が収録されている。

これは若松が古賀博文「現代詩時評・主張と容物が合致してこその詩の存在意義」（「詩と創造」

六六号・二〇〇九年春季号）への反論を試みたものである。発表誌は「新現代詩」七号（二〇〇九年六月）である。

若松によれば、古賀は鈴木比佐雄たちが企画した『生活語詩山河編』収録の鈴木の詩に対し、つぎのような経緯があったという。

鈴木が東海村ＪＣＯ臨界事故に材をとった詩を書いていて、その作品に鈴木の原子力に対する無理解ぶりがみられたので、古賀は書簡で苦言を呈し、結果的に古賀は鈴木と袂を別ったという過去があったのだという。

たしかに、原発で働く人たちからすれば、これまで利便性の高い生活を享受しながら、ひとたび事故が起きると手のひらを返したように、もう原発はいらないというのはあまりに身勝手すぎる。この点では、九州電力に勤める古賀の言い分にも耳を傾けなければならない。

ここで若松は古賀の原発肯定の論拠をつぎのようにまとめている。

①一九九九年の東海村ＪＣＯ臨界事故以後、原子力関係の作業で人が被曝した事例はない。
②日本の総電力量の四〇％が原子力発電で、電気料金値下げに寄与している。原発は地球温暖化ガスを出さない。
③自然エネルギー発電は総電力量の一％弱である。

④電力使用量の四〇％削減後に原子力発電に異を唱えよ。
⑤癌を患っても放射線治療を受ける資格はない。
⑥原子力発電に異議を唱えることでは山河は守れない。

まさに、若松のように原発停止をライフワークにしている立場の詩人からすれば、古賀の見解は暴論以外の何物でもない。それでは、これに対する若松の反論をみていきたい。

①について。〈ＪＣＯ臨界事故以後、被曝例はない〉とのことだが、なくてあたりまえ、あったらたいへんである。

②について。たしかに原子力発電の経費は他の発電方法にくらべて安価だとされている。しかし、電源三法による地元交付金は経費として算入されていないし、施設設備・周辺設備などのコストは高騰しているし、廃炉の処分コストや処分後の半永久的な管理コストなどが過小に見積もられているのではないか。こう考えると、最終的には高価な発電方法になるだろうとの懸念がぬぐいきれない。廃炉後の半減期の長い高レベル放射性廃棄物の半永久的な維持管理の厖大なコストと危険の付けを後代に委ねるというのであれば、無責任とのそしりを受けて当然である。

③について。再生可能エネルギー（自然エネルギー）は放射性廃棄物を出さず、地球温暖化対策としても有効である。地熱発電は出力の制御が可能であるし、大規模太陽光発電も蓄熱によって出力の制御が可能である。ほかに、海洋エネルギーとしての潮力や波力による発電、風力発電な

どがある。デンマークやスペインでは総発電量の二〇%は風力によるものだ。ドイツをはじめヨーロッパ諸国は二〇三〇年を目標に五〇%を再生可能エネルギーにする見込みだという。

④について。原子力発電に限らず、あらゆることにさまざまな考えがあってしかるべきではないか。たとえ総発電量が原発によるものだとしても、そのことに異議を唱えることを批判するのであれば、それは言論の封殺にほかならない。

⑤について。古賀は鈴木が原子力の軍事利用と平和利用とを同一視しているとも批難しているが、医療用と発電用とは法律で区別されているものであることを彼は認識していないようだ。国民のだれもが有効な医療をひとしく受けることができることこそ望ましいことであって、ある特定の個人にその資格がないなどというのは暴論と言うしかない。

⑥について。『生活語詩山河編』に参加した二七六人のうち原発をモチーフにした作品を書いているのは、鈴木をふくめて八人である。あるいは、すべての参加者がそうだったら〈原子力発電に異議を唱えて、山河は守れない〉と言ってもいいかもしれない。

まず、原子力発電の推進は国策であったということである。古賀のいう安価な製造コストの背景には、原発を誘致した地域には、その反対給付として電源三法を基にした国を上げての多額の援助金が用意される。その他、廃棄物の管理費及び処理費などのランニング・コスト、高速増殖炉の開発費などの資金援助も考えられる。さらに原発は国策であるから、そこには利権をめぐって政治家、経済産業省の官僚、御用学者、原発関連企業などが経済的利益という甘い蜜を求めて群がってくる。そうした政財界と官僚が企む利権構造こそ、若松のいう代替エネルギーの算入を拒む最大の障壁となっている。

東京電力は一部上場企業ではあるが、その実態は国営企業にちかいといってもよい。そして、今回のような未曽有の大惨事が起きると、国からそこに天文学的な補償額が投入される。自力で払いきれない東電の姿をみて、国は国民負担の税金（増税）でそれを穴埋めとしようとしている。日本での原発の歴史は、七〇年三月十四日の敦賀が第一号とまだ浅い。これは大阪万博に合わせて稼働開始したものだという。それから、田中内閣の七四年六月、原発を誘致する見返りに当該地域に交付金を支給する電源三法が成立する。その後、七九年のスリーマイル島事故、八六年のチェルノブイリ事故が勃発する。しかし、日本はそれらを他山の石とはせず、現在まで各地に五四基の原発施設を造ってきた。そして、福島第一原発事故が起きる。

これは戦時下であれば軍部主導の東亜侵略にあたる国策で、だれもそれに逆らうことができない。国民は無条件でその命令に従わなければならない。かつての「安保反対」のように「原発をやめろ」という言論が起きたとしても、力でねじ伏せられる。

いわば、安価なコストの裏には、国策による多額の血税投入の事実があったことがわかった。こう書くと、若松の論拠に全面的に賛同してもよいのだが、一概にそうともいえない。なぜなら、われわれは古賀が言うように、安価な電力を使い放題に使ってきた後ろめたさがある。まずはそれらを総括し、安価な原発コストに支えられていた生活全般の見直しが求められる。その間に、さまざまな代替エネルギーを考えればよい。この順序が無視されると、単なる原発賛成、反対のヒステリックな善悪二極論に陥ってしまう。

個人的には、私もこの五月に引っ越しをするので、ビルの屋上に太陽光発電の導入を計画している。これには、莫大な設置費用がかかるが、原発をやめて、代替エネルギーを導入するには、これくらいの覚悟がいる。おそらく、安価な電力の供給に頼らず生きるというのは、こちらも大変な出費を強いられることを意味する。これから、東日本大震災の詩が書かれていく中で、必要なのは「愛国詩の裏返し」と酷評された『死の灰詩集』を克服していくことである。

大震災の中の詩と詩人　3
―震災復興と外交・原発問題―

1

太平洋戦争末期、日本全土は大空襲、ヒロシマ・ナガサキへの原爆投下によって、廃墟と化した。そこからの驚異的な復興によって、戦後世界第二位の経済大国となり先進国の仲間入りをした。もちろん、これは表の現実で、その裏側は、アメリカの絶対的な支配体制によって作り上げられた虚構の物質至上主義大国である。つまり、日本は経済的に豊かになったが、物質的繁栄をかさにきて世界に空威張りしているにすぎない、という見方もできる。これにいち早く反応したのが、あの三島由紀夫で、あまりに荒唐無稽な行動はだれにも相手にされず闇に葬られていったのだが、もういちど冷静にその問題提起の中身に耳を傾けてもよい。三島自決時、われわれには革命願望が費えておらず、左翼陣営にアメリカ主導の物質社会に対峙できるだけのエネルギーがあった。しかし、その後のソビエト連邦内、東欧はじめ共産諸国の社会的惨状が露呈していくなか、マルクス・レーニン主義という夢のプログラムがしぼんできてしまった。と同時に、ポストモダンの思想による個の断片化、いわゆるあちこちにモダンの残骸だけがあって、マルクス主義に代わるべき有効的なプログラムが呈示されてこなかった。そんな中で起きたのが、今回の東日本大震災であった。

二〇一一年六月五日現在の震災被害状況は、死者一万五三六五人、行方不明者八二〇六人、避難者九万八五〇五人。まだまだ、復興までの道程は険しい。

アメリカ主導の核開発は一九四二年のマンハッタン計画にはじまるとされ、その後軍事利用と平和利用の両極面で推進されてきた。四五年七月十六日、世界最初の核実験を行い、その直後に日本に二発の原爆を投下。戦後は第五福竜丸被曝事件の反米感情を抑えるため、メディアで核の平和利用のキャンペーンを展開する。世界初の原発は一九五四年のソ連、五六年のイギリス、五八年のアメリカ、そして六六年、日本は茨城県東海村でスタート。こうした流れをみて、日本の原発もまた、冷戦下の核開発競争の副産物であったことは疑いを入れない。原発は日本が主体的に選択したものではない。日本は大事な局面で、つねにアメリカにノーといえない属国になってしまっているのだ。

福島第一原発事故問題について、アメリカは「トモダチ作戦」と称し、真水運搬用のはしけや注水車の支援、放射能の防護対応など、全面的な支援を展開している。これはこれでよいことなのだが。

関東大震災は一九二三（大正十二）年九月一日、相模湾北西沖八〇キロを震源として発生。マグニチュードは七・九。このとき、まっさきに支援の手を差し伸べたのは、後の連合軍各国であった。

イギリスはロンドン市長を発起人として、第一回義捐金として三万五千ポンド（三十五万円）を集める。皇后陛下による二百五十ポンド（二千五百円）の寄付。アメリカはニューヨーク市に、「一分間早ければ一人多く助かる」の標語を掲げ日本震災寄付金を募集。大統領クーリッジは教書を発し、国民的義捐金の拠出を勧誘、五百万ドル（一千万円）を集める。

アメリカは物質面だけではなく、一人の新聞記者の取った行動を紹介している。その記者は劇場招待を受けるのだが、百万の日本人が苦悩を嘗めているのに快楽ではあるまいと、劇場に行く代わりに五十ドルの救済金を日本に送付した。フランスは、日本の震災報道に接するや、罹災者に弔意を表すべく、オペラや映画上映、その他の興行を中止、半旗を掲げて悲しみを共有した。

ロシアは外務省極東局長ドウホーフスキーを議長とする、日本震災救護特別委員会を設け、軍艦によって救助品を日本に送り、またすべての興行物を一昼夜休止して弔意を表わした。中国は北京政府が二十万元の救済金を寄付。日本救助の目的をもって、閣議で米穀禁輸令の撤廃を可決し、しかも震災救助資金の調達策として、全国の海関税を向こう一年間だけ一割引上げ、この附加税収入の半額を日本に贈与した。

これらは震災の一ヶ月後に発行された『大正大震災大火災』（一九二三年・大日本雄弁会・講談社）という書物に詳しく書かれている。ここには第二次世界大戦、日本の枢軸国となるドイツ、イタリアの援助の内容については触れられていない。

関東大震災の復興後、一九三一年九月十八日、満州事変が勃発。関東軍による満州国の建国により、中国市場の利権をめぐって、アメリカ他の列強と対立。そこから敗戦までの十五年戦争に突入。これは関東大震災、連合国の支援を経ての復興から、わずか八年弱であったことに驚かされる。

2

いずれにしても、東日本大震災は関東大震災を上回る未曽有の世界的事象との認識が重要である。今回も、旧連合国側の日本への積極的な援助は続いている。旧枢軸側のドイツ・メルケル政権は国内にある十七基の原発を二〇二二年までに閉鎖、風力や太陽光の再生可能エネルギーに政策を転換し、「日本で起きたことは世界にとっての転換点にすべき」と主張している。

アメリカやフランスという原発推進派、今後電力需要の不足を原発に依存せざるをえない中国など、ここでの彼らの援助を額面通りに受け取ってはならないが、ひとつ言えるのは、「すぐにでも止めろ」という原発反対原理主義の見方は現実的ではない。現在の生活を高度成長前の昭和三十年代に戻して耐乏生活をするという話ならともかく、それもなしに、ただ原発を止めろというのは土台無理がある。ドイツでさえ、十年かけて代替エネルギーへの転換を主張しているのだから、日本もそれ位の長期的なスパンで原発停止を考えるのがよいのではないか。

「現代詩手帖」「詩と思想」の二誌が、すぐに東日本大震災にアプローチしているのは好ましい。

「現代詩手帖」二〇一一年六月号、「応答、三・一一東日本大震災に向き合うために」をテーマに、白石かずこ、高良留美子、高橋睦郎、高野民雄、野村喜和夫、田中庸介、大崎清夏、ジェフリー・アングルスの詩作品。

「詩と思想」六月号は、中島登、山崎夏代、黒川洋、内田るみ、磯貝優子、大江豊、稲葉やよいの詩作品。

被災地福島の浜津澄男氏から、『福島県現代詩集』（二〇一一年・福島県現代詩人会）が送られてきた。浜津によれば「先の見えない不安や迷いが膨らみ、充満し始めている」中での編集作業だったことが伺い知れる。八十三名の会員作品が収録。福島県現代詩人会には、日本の詩人で原発問題にもっとも積極的に発言している若松丈太郎がいる。大地震前の作品であるが、今回書いたことにもつながりがあるので、その作品を紹介させていただく。


アクサ?　アクシス?

―うちのアナクロ・テレビ　チャンネル10

うちのアナクロ・テレビは双方向で便利でっせ。

どや、今週のニュース・ダイジェスト、みーへん?

二〇一一年一月六日、M外相は米国C国務長官と会談

し、日米同盟を深化させることで一致しました。
二〇一一年一月一〇日、K防衛相は韓国K国防相と会談し、ACSA締結に向けた協議を開始することで合意しました。さらに、GSOMIAの締結も必要との認識で一致しました。

ACSAってなんだんねん?

先にGSOMIAについて説明します。GSOMIAとは〈General Security of Military Infomation Agreement〉の略語で、〈軍事情報包括保護協定〉と訳され、米国が同盟国との間で秘密軍事情報を提供し合う際に第三国への漏洩を防ぐために締結する協定です。日米間では二〇〇七年に締結しました。ジーソミアとも言います。
で、ACSAとは〈Acquisition and Cross-Servicing Agreement〉の略語で、〈物品役務相互提供協定〉と訳されています。米国軍が同盟国の軍隊との間で物資や役務の相互利用をおこなう枠組みを定める二国間協定です。

日米間では一九九六年に締結、一九九九年に活動対象を拡大し、〈周辺事態〉にも適用します。さらに、二〇一〇年に日豪間でも締結しました。エーシーエスエーとも言いますが、アクサとも言います。

へー、アクサかいな。昔のアクシスに似てまんなぁ！

アクシスってなんですか？

〈Axis〉さ、〈枢軸〉でんがなぁ。一九三六年に結んだ日独防共協定にイタリアも加わってな、第二次世界大戦開戦の翌年、一九四〇年に三国は軍事同盟を締結する深みに嵌うてもうて、枢軸国を形成したんや。結果はご存じのとおりや。えろうぎょうさん悲惨な犠牲をはろう事態を招いてしもうたんでっせ。もしかして、あんたはん、生まれてなかったかもしれまへんでぇ。

そやけど、M外相もK防衛相も国民投票法を作成した憲法調査推進議員連盟に所属してるんやで。憲法第九九条規定の義務違反行為をしてると思うけど、どやねん。

〈深化〉なのか、〈深みに嵌る〉なのか。

〈アクサ〉なのか、〈アクシス〉なのか。

ごっつう油断なりまへんでぇ。ほーんなら。


民主党政権には労働組合も参画しているが、M外相やK防衛相などタカ派も多い。今回の原発事故をきっかけに、世界の枠組みがどう変わるか分からない。ひとついえることは、つねに軍事的脅威を抱えるアメリカ・韓国に間違っても手を貸してはならない。それはかつての満州事変への道につながる（対米開戦ということではないが）。

日本の原発はアメリカの軍事戦略によって作られたもので、ここでの若松の視点を踏まえてアメリカを説得しなければ止めることはできない。日本はアメリカに世界有数の地震国であることを説明し、「原発だけは勘弁してください」と情緒に訴えるしかない。いくら論理で押しても、効果は薄い。一方、交渉をこじらせて、新日米決戦に行かないとはだれも保証できない。

アメリカはアメとムチを巧妙に使い分け、結局は自分の思い通りにしてしまう国家。いずれにしても、旧連合国側に付き合うのは、そうした二面性を理解しないとどうにもならない。ドイツやイタリアの旧枢軸国については、あまりに考えが利己的で付き合いにくい。

福島白河市発行の「の」七三号は小川琢士追悼特集。室井大和が、小川について、在りし日の塚士さんを悼むとともに、「矢吹ケ原の大地をこよなく愛し、那須の夕焼け、漆色の日没を背にうけた」詩人と書いている。享年八十二歳。

大震災の中の詩と詩人　4
―『死の灰詩集』の教訓―

東日本大震災後、四ヶ月近くが経つが、復興の道程は遠い。永田町の権力闘争劇はみるも無残な姿だが、それはそのまま政治家のみならず、我欲を剝き出しにした日本人の精神的体質を象徴的に映し出しているといってよい。敗戦後、日本の七割が焼土となったことを思えば、今後福島を復興させるのは経済的にそんなに難しいことではない。まして、現在の日本は世界有数の経済大国である。

現在政府は、復興資金と社会保障の合わせ技で、消費税アップの機会を狙っている。将来の社会保障の不安、東北の復興をちらつかされれば、国民もほぼそれに無条件で同意せざるをえない。たしかに日本の消費税率は、先進国の中では相対的に低い。少し前、イギリスに旅行したとき、たしか二〇%近くとられた。しかし、イギリスの福祉はゆりかごから墓場までといわれるように、社会保障の幅が半端ではない。この辺りの事情を日本国民はもっと検証してから、増税の結論を出すべきである。それにしても、こんなデフレ経済時に、消費を冷えこます税率アップは愚策以外の何物でもない。

もうひとつ、マスコミなどで、つねに国債残高八百七十四兆円（二〇一一年七月六日現在）、地方と合わせると一千三百兆円があって、これでは日本は破産するなどの暴論が語られる。裏を返せば、税金を増やさなければ、日本は破産するという脅しであって、国民はそこまでいわれると、さらにまた増税に同意せざるをえない状況に追い込まれる。しかし、この借金破産の背景には、すべて国家会計が資産・負債を網羅した発生主義ではなく、キャッシュフロー（手持資金）がいくらかという、現金主義で計上されていることが要因としてある。つまり、これを民間会社に置き換えてみれば、たとえば事業に行き詰まったとき、事業主は不要不急の資産を売却し、それを潤沢なキャッシュフローの流れに変え、なんとか経営を安定させるのが筋である。しかし、国は不要不急の資産を売却し、金銭に変えるなどの発想は毛頭ない。資金がなくなれば、国民にねだって国債を発行して現状を維持する、まさに国は殿様商売もいいところである。発生主義に話を戻すと、日本は世界最大の債権国で、二百七十兆円の対外債権とおよそ一兆ドルの外貨準備高があるとされる。この他、国には七百兆円を越える国有資産があり、その内四百三十兆円は流動資産として売却可能だという。そして、国民の金融資産は一千四百兆円。つまり、日本には一千三百兆円の負債を上回る豊富な金融資産があることが分かる。それが分かっているから、逆に政府は何もしないということがいえなくもない。

国の形を変えるには、まず会計基準を発生主義にあらため、そうした対外債権も明示した資産・負債対応方式に切り替えるべきである。これをすることで、各官庁による予算のぶんどり合いという弊害もなくなる。テレビや新聞に竹中平蔵など経済学者が出ているが、そうした提案の声はいっこうに聞えてこない。

もうひとつ、原発事故による被曝被害の問題が気になって、夢の島公園内の第五福竜丸展示館に行ってみた。一九五四年三月一日午前三時四十二分、アメリカはミクロネシア東部の珊瑚礁の島々、マーシャル諸島で水爆実験開始。その時遠洋マグロ船第五福竜丸は、アメリカ政府の危険海域外の海上で操業中、当初の想定を超える十五メガトンの水爆実験（広島原爆の千倍）が彼らを襲う。実験の三、四時間後、空から第五福竜丸の甲板にいた乗務員二十三人の上に白い灰が降下し、帰国後、彼らは病院で処置を受け、急性放射能症と診断された。乗務員の受けた放射線量は、少なくても二〇〇レントゲンで、致死線量六〇〇レントゲン、半致死線量四〇〇レントゲンからみてかなりの数値である。

一九五四年九月二十三日、無線長久保山愛吉が「原水爆の被害者は私を最後にしてほしい」と血清肝炎で死去。当時の子供たちは、親や教師から雨に濡れてはいけない、頭の毛が抜けると注意されていたものである。また、放射能マグロの大量廃棄や残留放射線に対する危惧から魚肉の消費も落ち込んだ。

アメリカ政府は二百万ドルの慰謝料（当時のレートで七億二千万円）を支払い決着する。この裏には、日本人患者の発病原因を、水爆実験による放射能ではなく、サンゴの塵の科学的影響に起因するとの隠蔽操作を行ったことが露呈する。この実験で放射能を受けた漁船は数百隻、被曝者は二万人を越え、その後、全国各地に放射能雨が降下する。

「これらの人工放射能雨が毎日降り続けば別だが、現在程度の放射能雨が一時的に降っても野菜、果実などはよく洗えばほとんど落ちるし、人体に触れても有害ではない」（日本経済新聞・五四年五月二十二日）との報道が出る。福島の原発事故報道に似ている。

この水爆実験を受けて、現代詩人会は『死の灰詩集』（一九五四年・宝文館）を刊行した。その経緯について、上林猷夫がつぎのように書いている。

昭和二十五年におけるレッド・パージの断行、朝鮮戦争の勃発、昭和二十六年は日米安全保障条約が調印され独立の形となったが、昭和二十七年には警察予備隊が保安隊に改編され、国内治安維持強化の方向へ進んだ。昭和二十八年七月には朝鮮戦争休戦協定の調印が行なわれたが、昭和二十九年三月、アメリカのビキニ水爆実験による死の灰事件が起き、出漁中の第五福竜丸が被災し、国民に大きな衝撃を与えた。これを契機として原水爆禁止運動が起り、これが平和運動へ大きな拡がりを持つに至った。

このようにますます緊迫した社会状勢に直面した現代詩人会では、昭和二十九年五月開催の総会において、『死の灰詩集』刊行を決議したのであった。（略）

『死の灰詩集』の「序」の中で、「私たち現代詩人会員は、他ならぬ人類の先駆的使命を痛感し、黙しがたい国民の衷心を詩精神に傾けて死の灰に抗議し、叡智のブレーキを忘却した科学の暴挙とそれによる戦争が、やがては地球と人類の破壊滅亡をもたらす事実を、広く世界の良識に訴えることを熱望し、詩に関連ある諸方面にも同調と協力を求めましたところ、全国からそれぞれに力作を寄せられ、およそ千篇に達する反響に接しまして編集関係者一同感謝いたしました。」と述べている。（『日本現代詩人会三十年史』・『資料・現代の詩』一九八一年）

『死の灰詩集』刊行に触れて、イギリスの詩人、スティーヴン・スペンダーが「ブリテン・ツディ」に「戦争と平和と詩」というエッセイを発表した。そのエッセイの翻訳が日本で、「現代詩」（五五年四月）など三つの詩誌に掲載された。それを踏まえて、鮎川信夫が痛烈な批判を展開する。

あらかじめ結論を言ってしまえば、少数の例外作品（たとえば、英訳されたもの、その他若干）をのぞいて、『死の灰詩集』にあらわれたような詩人の社会的意識を分析してみると、それは、戦時中における愛国詩、戦争賛美詩をあつめた『辻詩集』『現代愛国詩選』などを貫通している詩意識と、根本的にはほとんど変らないということである。

つまり、これらの詩人に対するぼくの不満は、その詩意識が原子力時代にふさわしからぬ古臭いものであり、むしろ時代感覚、社会感覚において、「確信をもつまでは発言を抑制している」詩人のそれよりも、一段と低く、かつ鈍いものだということにある。

水爆の出現に象徴される現代世界の文明の背景を、立体的に理解しようとせず、うわつらで抗議やら叫喚の声をあげているだけのものが多い。そして、そのほとんどは、復讐心、排外主義、感傷に訴えようとしている。敗戦の影響は意外なところで、かつての戦争詩人たちの意識をむしばみつづけてきたようだ。

（『死の灰詩集』の本質・東京新聞・一九五五年五月十五日）

『死の灰詩集』は、一〇〇〇篇近い応募の中から、編集委員会によって一二一篇が選ばれている。編集委員は安藤一郎、伊藤信吉、植村諦、大江満雄、岡本潤、上林猷夫、北川冬彦、木下常太郎、草野心平、蔵原伸二郎、壺井繁治、深尾須磨子、藤原定、村野四郎。

もういちど、『死の灰詩集』を通読してみたが、こうしたアンソロジーの評価は、すべて光の当て方でいかようにもなってしまう。たしかに、総じて鮎川の見解に同意せざるをえないが、よく読むと、そうではない反核詩の可能性も示唆している。

まず、鮎川の批判に丸ごと該当する作品。

東京の雨は二〇〇〇カウントで／その後の雨には発表がない。／大島の雨水は危険だという。／飲み水は砂で漉せという。／野菜は洗つて食べろといい、／こどもは学校から帰るのに／にわか雨にぬれるのを怖がつている。／みんな、生命《いのち》にさし障るので、／汚れた雨におびえているのだ。／ただ一つの生命《いのち》いとほしく、／みんな永劫をここに夢多く生きようというに、／誰がこの地上にあえて数多くのきのこの花を咲かせようとするのであるか？／／（略）極限の科学の胆《きも》を把えた者よ、／おまえは神の智者か、それとも悪魔の智者か？／一度、真ッ裸の無帽でビキニの灰を自ら存分にかぶつてみて下さい。

（山崎央「ビキニの放射能」部分）

新聞からの二次情報、創造力の欠如した言語の羅列、その言語的手法は本質的に『愛国詩集』と変わらない。おそらく、一二一篇の半数は鮎川の批判を免れない。

ここで、鮎川の批判をなぞってみても何も始まらない。

一二一篇の中、平木二六「この事実を」、菊地貞三「夢について」、長島三芳「死の会話」、難波道子「五月は蒼ざめ」、岡崎清一郎「灰」など、内部（思想）と外部（事象）が高度に統合されている注目できる作品はある。

ここでは、平木二六「この事実を」を紹介したい。

灰／太平洋の珊瑚礁を洗う死の灰の波／の黒いあぶくに／十字架魚が傾いて流れる／／文明！　ふむ、何のための？／平和！　ふむ　誰のための？／／ビキニの空に立つキノコ雲／水爆海域から遠く離れた　日本漁船の／無辜のふなばたに舞下りる／死の灰の落下傘／／神はここで実験悪に凍る／まずしい岩石の破片にすぎない／／朝／くらい都会に放射能の雨が降る／ひとびとはビニールのコートをふるわせながら／あわれなモルモットのようにさまよう／／夜／十字架の魚はすつかり蒼ざめて／恐怖と沈黙の供物となる／そして不安な世紀の食卓に横たわる／／世界の友よ　きみらはどう思うか／われらの皮膚を灼き／われらの内臓をむしばむ　通り魔の跳梁に／きみらは今日何を感じるか／／世界の魂よ　この現実に眼をつぶるな／われらの不幸がきみらの苦悩につながる事実を忘れるな／すべての賢明な未来のため／この灰色の風景からあふれる訴えの声に／葦の葉の耳を傾けよ。

（全篇）

鮎川の批判を踏まえて、これから書かれていく東日本大震災の詩について注目していきたい。平木二六「この事実を」、菊地貞三「夢について」、長島三芳「死の会話」、難波道子「五月は蒼ざめ」、岡崎清一郎「灰」などを越えるものを期待したい。

大震災の中の詩と詩人　5
―吉本隆明『「反核」異論』を越えて―

東日本大震災後、大型書店には震災コーナーがあり、つぎの大地震に備えるためのマニュアル本、原発被害回避のための本などが所狭しと並べられている。ここまで読者を「これを読まないと助からない」と刺激する必要があるのか。読み手の情緒に訴えなければ売れないものなのか。テレビニュースに明るい話題がないのもそれに関連している。こちらも社命で「このままでは日本は危ない」ことを連呼し、そちらに視聴者を誘導せよという動きがあるのか。まちがっても、自衛隊が復興に力を貸したなどの美談は伝えてはいけない。必要以上に自衛隊を美化してはいけないが、役に立たない政治家・役人たちよりは貢献しているのではないか。

今回の大震災を受けて気になっているのは、詩人として何を書くかの問題である。本質的に大震災をテーマに詩を書くのはすこぶる難易度が高い。書いたもので、当該詩人の思想の総量、すなわち問題意識の在り方、すべての力量が読者の目に可視化されてしまう。おそらく、詩人は大震災をテーマに書いても、なかなか及第点をとれないだろう。そこで、そんな技術的な批評的縛りは必要ない、とにかく書くことが問題解決の糸口になる、と考えるのは安易な発想で、それはそれで文学とはちがう次元の話になってしまう。

もうひとつは義捐金拠出の問題である。町のあちらこちらに東日本大震災にちなみ義捐金ボックスが置かれている。する人、しない人それは自由で、寄付をすることになんらかの強制力が働くのはよくない。そもそも日本ではアメリカのように寄付行為をする風土がない。したらしたで、なぜあの人だけがと陰口を叩かれてしまうこともある。いわば、建て前はみんな平等でなければならない近代的な村社会なのである。アメリカ人は、寄付金控除適用外でも、一人当り年間五百五十一ドル（約六万五千円）の金額を寄付している。寄付金控除対象を含めると、一千六百二十ドル（約十九万円）となっている。ある意味、復興事業は税金を下地にした政治の問題で、われわれ庶民の義捐金に頼ることのほうがおかしい。

東日本大震災について何かを書くこと、義捐金を送ること、それらは偽善行為と紙一重にあることを忘れてはならない。よって、私は東日本大震災について書かない、そして義捐金を送らない、そういう選択の仕方があってもよいと思う。だれもが、東日本大震災について何か書く、義捐金を送るという世間的な風潮に押し流されることはよくない。

吉本隆明『「反核」異論』（一九八二年・深夜叢書社）は、こうした社会事象に反応する詩人たちに警鐘を打ちならし、いわば社会派を自認する詩人たちにとって天敵となった本である。全体を紹介する誌面の余裕はないが、基本は中野孝次たちの反核署名に対しての吉本の異議申立から始まる。中野たちは当時のアメリカ・レーガン政権が核戦略をヨーロッパ全土に拡張したことに対し、日本の文学者・詩人もバスに乗り遅れず、全世界的な反核運動に加わることを示唆し、それに対し吉本はつぎのようにいう。

どうしてかれらは（いなわたしたちは）非難の余地がない場所で語られる正義や倫理が、欠陥と障害の表出であり、皮膚のすぐ裏側のところで亀裂している退廃と停滞への加担だという文学の本質的な感受性から逃れていってしまうのだろう？

（「停滞論」Ｐ一三）

たしかに、東日本大震災の詩を書き、義捐金を寄付することには絶対的な正義が担保されていて、第三者からの非難は投じられることはない。あくまで、自らの判断によってそれらは抑制されなければならず、つまり震災詩を書き、義捐金を投じることにある種恥じるという精神が要求されてくる。なぜなら、そこで満足してしまえば、徐々に当該詩人を偽善者の領域へと追い詰めていくことになるからである。

大震災後、マスコミでの露出度も多く、その行動がもっとも注目を集めているのが福島在住の詩人和合亮一である。二〇一〇年、日本詩人クラブ六〇周年のプレイベントの後の懇親会で和合とは話をしたことがある。このたび、一挙に『詩の礫』（徳間書店）、『詩ノ黙礼』（新潮社）、『詩の邂逅』（朝日新聞出版）の三冊が出た。これらの著書については、純粋な文学作品というより、これまでの詩人としての経歴の上に立ってのドキュメント作品という構成になろうか。そういう観点で読んだ方が分かりやすい。

同じく福島で高校教師をしている齋藤貢は、つぎのようにまったくちがう反応をしている。

フクシマのほんとの空に飛来したのは、揮発性の高い放射性物質、ヨウ素やセシウムばかりではなかった。軽薄な慈善行為や、自己パフォーマンスにすぎないまやかしのことば。無責任なメディアによって、無責任な「ことばの放射能」が、このフクシマに、どれほど大量にまき散らされたことか。その暴力性によって、地震・津波・原発事故・風評被害のフクシマの生活は、さらに苦しみを増した。ことばは時に凶器となり暴力ともなる。ひとや土地を痛め、傷つけるのだ。

（「ことばの放射能」「現代詩手帖」二〇一一年八月号）

同じ福島の教職者詩人でも、そこでの対応は動の和合、静の齋藤と対照的である。和合については、文学者の態度ということからすれば、そのマスコミ的な行動をみて軽率だとの批判も出てこよう。しかし、ここはそうした見方をするのではなく、一人の被災市民の誠実な行動と捉えてみればよいのではないか。いわば、和合は自らの気持ちを推敲せず、ストレートに出している。たとえば、電車の中でいかにも力が弱そうな人が暴漢に絡まれていたとする。そんなとき、自分の気持ちを整理してからともなれば、結局は何もしないに等しい。この場合、和合はやむにやまれぬ気持ちで行動に出た。それはほとんど何も行動しない傍観者だらけの社会にあって、正義漢ぶるなとか、何を一人だけ目立っているのだ、と陰口を言われかねないが、しかし、こうした緊急時、そんな観念的な批評家は何の役にも立たないし、いらない。とにかく、目の前の窮状をなんとかしなければ、人としてそのことが優先されるべきであって、それがどんな文学的意味をもつとかの内容検討は後にくる些末な問題である。

「柵」の松井郁子から、「北方文学」六五号（新潟・柴野毅実発行）が送られてきた。編集後記に「『現代詩特集』は『東日本大震災特集』のようなものになってしまった。多くの詩人が、大震災と原発事故に向き合った作品を寄せてくださった。」（柴野）とある。豪華な寄稿詩人の名前に圧倒された。


辻井喬、長谷川龍生、谷川俊太郎、吉増剛造、朝倉勇、新井豊美、一色真理、斎藤正敏、坂井信夫、坂井のぶこ、高田太郎、高橋順子、財部鳥子、田川紀久雄、田中勲、冨長覚梁、中上哲夫、西岡光秋、野村喜和夫、前原正治、三井喬子、南川隆雄、森田進、八木忠栄、山本博道、ジェフリー・アングルス。

県内参加詩人はつぎの通り。

市川賢司、伊与部恭子、植木信子、加藤幹二朗、経田佑介、齋藤健一、佐藤伸夫、新保啓、鈴木良一、田代芙美子、館路子、田中武、庭野富吉、星野元一、松井郁子、吉岡又次。

現在の詩界でこれだけの執筆陣を揃えた詩誌はみられない。まず、大震災という事象を踏まえて、西岡光秋「深田の来歴」という作品。

深田を見よ／光を拒絶して／深田は百姓の暮らしを／黙

ってささえてきた／／蛭がたえず歌っていたものだ／深
田に食いこもうとする／鍬のかなしみ／鎌の切なさ／／
青天はいつも／いつだって高所から／深田の底の泥の号
泣をきいてきた／媚びることのない深田の来歴は／しか
し　日本の田舎の／すべてから消えてしまった／光を拒
むことによる生きる意思が／コンクリートの舗装路にな
って／人のこころもからだも／カラカラに乾いてしまっ
た／笑いすら干涸びてしまった

（全篇）

農林水産省によれば、東日本大震災の被害額は二兆一千五億円（六月三十日現在）。内訳は水産関係が一兆二千七十四億円、農業関係が七千六百四十四億円、林野関係が一千二百八十四億円。農業関係は、津波による浸水、地割れなど。

この詩は、農民の暮らしに感情移入した抒情作品である。日本の経済至上主義に翻弄された農民、政府によれば、彼らは高度経済社会にあってはお荷物でしかない。日本は工業製品を大量生産し外貨を稼ぎ、相対的に農産物は安価な海外食品を輸入すればよいとの経済的指標。

西岡の詩はそうした農民蔑視の社会的状況を内在化しつつ、農民の命の道具である鍬のかなしみ／鎌の切なさを歌う。都会育ちの者にとって、冒頭のフレーズ「深田を見よ」から胸を鷲掴みにされる。この詩はなにも意図せず、震災後はもとより、あるいは震災以前に生活の場を喪失した農民の思いを代弁している。ここには、不朽の名詩集『菊のわかれ』（一九八三年・国文社）をもつ詩人ならではの思いの深さがある。震災詩の一篇として位置づけてもよいのではないか。

つぎの野村喜和夫「谷底のアポカリプス」で歌われているのは、未曽有の事象に遭遇し、ただ呆然と立ちつくす詩人の感性の有り様である。ただおろおろとするばかり、何もできずにいる被災者の心情が、詩人の感性を通して伝わってくる。

私は歩きまわり／仕事をしなければならない／災厄がこの地を覆い／ウランがめざめているのだから／おののきの夜の風／無をめぐる息／その外に出ようとすると／風もまた私の身体を包み返そうとする／おろおろと／つとめて歩きまわり／仕事をしなければならない／長時間歩いても疲れない靴と／何らかの情報端末／ミネラルウォーター／それに厚手のジャケットが必要だ／凍りついた日付のうえで／なおも不穏な音を響かせているヘリコプター／仮眠をとったら／谷底のアポカリプスを読み取りに／さあ降りてゆこう／ウランがついに／めざめているのだから／地下街で眠ることを覚悟し／危険に囲まれたなかで／つとめて仕事を／しなければならない／移動か

ら移動へ／その空隙をこそ人と名づけ／みやびな遺伝子は捨てよ／聾の夜のエリアを／肺胞はきりりとまろび出てゆくがいい／鎮めえぬ無数の生の記憶が／粘土のような私の心のどこかにも／浮いているのだ／死のときの白色ノイズさえきこえ／だが感情を／おもてには出さないこと／怒りのあかい泥濘は抱え込みながら／頭部では沈黙がキーンキーンとなって／淡く蒼い球が跳ねるだろう／読み取れ／もう鏡はないのですね／もう貨幣が流れるばかりではないのですね／苔むすだろう忍耐／キックもなくヌルクもなく／風がまた吹き始め／人という空隙が／ほそい骨のようにふるえている／つとめて歩きまわり／仕事をしなければならない／私はきらら共生の／きらら／私はさりさり怒りの血の／さりさり

（全篇）

東日本大震災は一万五六二八人の死者、四八二六人の行方不明者（七月二十五日現在）を出した。これに加え、十六〜二十五兆円の経済的損失、福島第一原発事故による放射能汚染、計画停電と、たとえそれが東日本の一部を襲う局地的な事情だったとしても、天災・人災が複合化して生じた敗戦時に拮抗する国家的大惨事であることはまちがいない。

野村喜和夫は城戸朱理とともに戦後詩の総括を果たしてきているが、ここでは当事者として、この第二の戦後（阪神・淡路を含めれば第三か）にどう対峙していくのか興味深い。ここでの野村のことばは、まだ未分化にとどまっているが、それが今後、どのように言語的な拡がりをみせていくかを注視していきたい。

大震災の中の詩と詩人　6
―久保木恵子の詩とエッセイから―

東日本大震災勃発から半年が経過するが、そこで問われたのは、義捐金を送る、現地でボランティアをするなどを越えて、一にも二にもわれわれの生き方の見直しということではなかったか。ちょうど拙宅では地震と引っ越しが重なり、基本的な生活必需品を残し、当面不要なものを売却するなどでリサイクルに回した。生活の見直しとは、あまり余分なものをもたず、身の丈にあったものを側において暮らすことであって、究極の自己責任とは何かということを悟った。

日本が現在の世界有数の経済大国にのし上がったのは、アメリカ発の大量生産・大量消費を模倣したからにほかならない。そして今、物が売れずデフレ経済になり、日本は長期の不況から脱出できずにいる。しかし、ここでまた景気対策で消費を促すようなことをしても、結果的に何が新たに生まれるのだろうか。原発に頼らない社会とは、適切な生産・消費（現在の食糧廃棄率二六％）の循環が作られ、菅総理のいう日本及び世界の最小不幸社会の実現ということであろうか。つまり、日本が目指すべき方向は、あえて無理に経済成長をしなくても、広く貧困が抑えられた最小不幸社会の構築ということになる。いわば、今回の東日本大震災の教訓とは、アメリカモデルの物質至上大国から、日本型の物に依存しなくても精神が豊かでいられる、そんな国家造りへの変化ということになる。

ただ、東日本の復興への対応は精神の問題で片付けられない。こちらは可及的速やかな現場主義で対応してほしい。本来自然災害に自己責任という言葉は当て嵌まらない。こういう時にこそ、われわれ市民は多額の納税をしているはずで、こういうときに政府が助けなくては、いつ助けるのだと声を大にして言いたい。税金は、政治家や役人の一家を養うためにあるのではない。彼らは、こういう非常時の際の仲介者にすぎない。どんな難しい試験を合格したかどうかしらないが、そんなものは自己満足で、市民にとっては無用の長物にすぎない。それにしても、原発事故の後に出てくる人物の覇気のない顔は、復旧・復興の妨げになっている。つまり、まったくやる気の感じられない顔のオンパレードで、彼らが出てくると精神衛生上悪いので、テレビを消すことにしている。

もう一つ、被災地の復旧・復興を考えるにあたってひっかかるのは、電気料金に含まれた税金を原発近隣の地方自治体に還流する電源三法である。一九七四年、田中角栄総理が「日本列島改造論」の一環で作り出されたものである。毎日新聞（八月十九日朝刊）によれば、こうした「原発マネー」は、運転開始の六六年以降、二兆五千億にのぼり、地域のインフラや公共施設の整備に使われている。たとえば北海道泊村（三基）が財源の五割をそれに依存するなど、地方自治体にとって原発マネーは虎の子。脱原発を進めて行く場合、こうした電源三法に依存した地方の過疎の問題はどうなっていくのか。

これについて、「火皿」一二五号に、この号から同人復帰した久保木恵子が、原発誘致の経緯を記した渾身のリポート「『原発行政』この国の姿」を書いている。

山口県の東部上関町長島に原発計画が持ち上がったのが1980年代の初め。山口県北部で立地を拒まれ続けた後のこと。事業者は拒まれるのを避けるために用心深く町の有力者に近づき、町民に取り入り、原発推進の町長が誕生するように画策した。「原発を作ってください。と言い出したのは町の側からであった。」と形を整えたのであった。「調査の結果、ここは原発のための適格候補地であることが分かりました。」と事業者は町に告げる。「大学の先生」のお墨付きを添えて。その後「環境影響評価」を経て、地質などの「詳細調査」の途中、「公有水面埋立許可」が県から与えられたのである。

埋立てられるには余りに美しく、生態系豊かな長島・田ノ浦湾。計画が持ち上がった当初から原発を容認しないと意思表示を続けていた「祝島」を中心とした人々や、長島の自然の豊かさを調べてきた人たちにとって埋立は受け入れられるものではなかった。烈しい攻防が繰り広げられ、海の素晴らしさを知る若者たちも加勢しないではいられなかった。「工事の邪魔をする」と事業者は裁判を起こし、裁判所も訴えを認めた。それでも、信じるところを貫こうとしていた人々。そんなところに起こった福島第一原発の惨事であった。知事は埋立工事の中断を事業者に告げた。

この計画をつぶさに見て行くと、「原発を造る」という前提に沿って事態を進めていく様子が分かってくる。「地盤が丈夫ですよ」という町への報告書、原発の敷地を丁寧に調べてはいない。「環境影響評価書」は、磯・砂浜でのプランクトン、卵、稚仔の調査を欠いたもの。春に海藻が皆無だなんて。地質調査をしながら結果をどこにも報告しない調査も「埋立」の理由にして許可を申請する。115本のボーリングをしながら、詳しい報告は5本しかない。ボーリングの1本は「いい資料が採れないので位置を変えた」という。専門家から地すべりの地形なので取水設備に注意しなさいと指摘を受ける。原子炉直下には「すべり面」になると警告される45度の傾きを持つ断層がある。なぜ「地盤は丈夫です。」と言えたのか、それを持って上関町に接近したのか、まるで詐欺を働く人々の所作ではないか。

こうしてアメリカ主導の国策事業として、各地域につぎつぎと原発が作られていったのである。これは、なぜ被爆国がというより、被爆国だからこそ、核の平和利用を推進すべきというアメリカの詭弁に屈してしまったのである。原発施設の段階的解消は、思想的な問題というより、これからの時代の当然の流れであろう。そこで、二〇一一年八月二十六日、再生可能エネルギーの全量買い取り制度を柱とする「電気事業者による再生可能エネルギー電気の調達に関する特別措置法（再生可能エネルギー特措法）」が参議院本会議で可決。これは原発停止へ一歩前進というところか。

問題は既存の原発について、どのように撤廃させていくのか。計画中の原発の取り扱いをどうするか。これと並行し、再生可能エネルギーの導入ということになろうか。
久保木恵子は「火皿」に、つぎのような詩作品を発表している。

目の前に穏やかな青い海が広がる　田ノ浦湾／昔から人々が暮らしやすかったのか　縄文期からの遺跡が積み重なる／夏にも海藻が消えにくいという湾　大量の湧水が海底に湧く／日本海の海藻スギモクが特異的に繁茂し、三月海中に黄色い花畑をなす／浜辺のスナビキソウ　ハマボッス　浜への道を飾るタツナミソウ／／祝島の人々は　海を育て育てられる　決して根こそぎの漁をしない／「これでいい」　豊かな自然と共にあるだけで　と／毎月曜日　「原発はいらない」の夕暮れのデモ／海を殺す埋立には体を張って抗議する／いのちを静かに力強く見つめ続ける人々／／海は人のくらしを包むだけでなく／カンムリウミスズメ　スナメリ　ハヤブサ　オオミズナギドリ／一ミリにも満たない小さな貝たち　いきものの群れを育む／／「原発無しでも　電気は足りてるでよーっ」／空からメッセージを届けようとする大きな声が

ある／ぷるーとーの暗く熱い息を／いきものの上に吹き
掛けさせてはならないと

（「『核エネルギー』と『いのち』」四〜七連）

かつて福田赳夫首相は、ダッカのハイジャック事件で、「人の命は地球よりも重い」として、いろいろ批判を受けながら赤軍派の要求にこたえてしまった。それと同じように、いわば、だれがみても、人の命の前に原発推進などまったく話にならない。しかし、現にそれがあって、日本経済の潤滑油となっているとすれば、すぐにすべての原発を停めろというのはどういう発想なのだろう。まさに、ここには頭と身体の乖離があって、現実的な話ではない。明日から、電気を使わない非文明国になることを覚悟し、野宿生活を送るというのであれば話は別だが。原発は段階的廃絶で一元化することが望ましい。

「鹿」一二四号、埋田昇二は編集後記でつぎのように書いている。

三月十一日に起きた東日本大震災を受けて、いちはやく「現代詩手帖」五月号に続いて六月号でも「東日本大震災と向き合うために」の特集を組み、鈴木比佐雄・佐相憲一編集の「COAL　SACK」69号でも震災原発特集を組んでいる。その他殆んどすべてと言ってもよいほど全国の同人詩誌でも震災・原発にかかわる作品が発表され、また〈あとがき〉などで触れている。東日本大震災と福島原発事故は、自然と文明のあり方、人間の生と死についての衝撃を、多くの詩人に与える大事件であったといえる。中には直接に震災の被害を受けた武藤ゆかりさんのように四〇〇〇行を越える長編の詩を発表されている詩人もいる。詩が魂の言葉を記述するものであるとすれば、詩人の素早い反応は当然のことであったように思う。ただ、私の率直な感想からいえば、それらの作品の多くは詩人の心境詩の域を抜け出ていないような気が否めない。被災者に、たとえば「おにぎり」一個ほどの生きる力や癒しを付与したのだろうかと思わないでもない。震災詩といえば、阪神・淡路大震災に際して、神戸の安水稔和氏のように震災後十年余にわたって今も「震災詩」を書き続けている詩人がいることを想う。東日本大震災にかかわる詩もこれからとりわけ被害を受けた東北の詩人たちから心の芯奥からほとばしりでるような「詩」が生まれるだろうことを期待したい。

埋田は、六〇年安保闘争以降、反戦・反核・反基地、憲法擁護など反戦活動を展開してきている。その埋田は、あえてそうした外部事象を言語化せず、『花の形態』『富嶽百景』など、独特な美意識の詩集を作り続けている。こうした側面はあまり知られていない、ご本人もそうした事実を外部に表明したこともない。ここでそれをいったのは、引用した文章に説得力をもたせるためである。「被災者に、たとえば『おにぎり』一個ほどの生きる力や癒しを付与した」詩があるかどうかの問題提起、それは長く平和活動家として社会問題にアンガージュしてきたからこそいえることばであろう。

この号に、埋田はその信念に基づいて、つぎの作品を発表している。

かつて／海の底にはピアノが沈んでいる　と／詩人　嵯峨信之は歌ったが／最初の生命を生み出した海の底でどのような音楽が奏でられたか／今よりずっと近い距離にあった／月の光のもと／雷鳴と／豪雨と／怒濤と／凪と／どどと／絶え間なく激しく交響しあう／沸騰する海の底の海底火山の／飛び散る泡沫のなかから生まれた生命は／バクテリアの間の無数の勝負を勝ち抜いて／三十五億年前／太陽から降り注ぐ光をエネルギー源に／二酸化炭素と水から自分自身の体のもとを創り出す／シアノバクテリアが生まれた／それから十億年／副産物として海中に放出した酸素が／地球大気の組成を大きく変え／酸素を使って大きなエネルギーを取り出す／新しい生命体を創りだした／今でも／オーストラリアのメリングプールでは／ストロトマイトの群生が／他の生物に浸食されずに生き残っている／そればかりか／時間は雲散霧消するばかりか／私の体の中に／あなたの体の中にも／腎臓／肝臓／筋肉など／大きなエネルギーを必要とする細胞には／一つで二〇〇〇個のミトコンドリアという名

の／バクテリアの子孫が／遠い時間の／熾烈なサバイバ
ルゲームの果てに／尽きることなく／生命の最後の勝利
者とうぬぼれている／ヒト／の心臓部までしぶとく潜り
込んで／私の中にも／あなたの中にも／四十億年という
遠い時間が／雲散霧消することなく／なんと／生きて
いるとは！

（部分）

大震災の中の詩と詩人　7

――清岳こう、黒岩隆の新刊詩集から――

二〇一一年九月、十八年ぶりにエッセイ集を出した。身辺雑記的なものも入っていて、必ずしも必要に迫られて出したものではなく、内容的に自己満足ととられても仕方のない内容で、そんなこともあり、とりわけ被災地に住む詩人たちからは厳しい感想が寄せられた。その中のひとつは、拙著のあとがきに東日本大震災に触れていないことが指摘された。たしかに、この時期に本を出版するのであれば、だれもが大震災に触れないわけにはいかない。今は表現者には震災という事象に触れるのが常識である。しかし、ひとつ弁明すれば、この本のあとがきは一年前に書いていた、ということがある。地震後、本著の出版を躊躇しなかったわけではない。すなわち、本を出すか出さないかについては考えたが、あとがきの書き替えは念頭にはなかった。

こうしたことを経験して、再び地震などの外的事象への表現行為について考えさせられた。大地震という未曽有の事象に対峙できる表現行為とは何か。そんなことがはたして可能なのか。和合亮一のように、現地にいてひたすら書き続ける態度を一つの極に置けば、一方に半ば鬱状態になって何も書けない沈黙という選択肢もある。文学的にみれば、その両極のどちらがいいともいえない。それでは、その中間的態度があるかといえば、それもない。敗戦後、戦争協力詩もあってか、「四季」派的な詩が一掃されたことがあるが、今はそれに近い文学的状況がある。それは文学的にあまりよいことではない。大震災とは無関係に抒情詩を書くこともまた、ある面で必要なのではないか。おそらく、だれもが一律に大震災に向かうことは、むしろこの未曽有の事象をみえない力で特殊化してしまう。

そんな中、被災地仙台在住の清岳こうの詩集『マグニチュード9・0』（二〇一一年・思潮社）が出た。扉に二〇一一年三月十一日十四時四十六分、勤務先の高校で被災とある。震災後、五ヶ月に満たない歳月の出版で、その中につぎのような一篇がある。

断層

テレビの前を占領し　明け方までテレビの前で寝ころがっている　なだれをうって崩れ重なった本をかたづけるでもなく　割れころがったブロックを運ぶでもなく　跳びだしたタンスを元にもどすでもない　丸一日　何もすることのない男が側にやってきて来て言う　「また　原稿を書いているのか？　人の不幸をねたにして。」

傾いた藤棚を立て直す手伝いなんてとんでもない　土木
工事・大工仕事はおまえの趣味と　枯れちぢれあがった
山茶花・薔薇は見て見ぬふりしらんぷり　ガーデニング
はおまえの道楽と　丸一日　何もすることのない男が背
中ごしに言う「ものすごい犠牲者なんだぞ。死んだ人
達のことをどう思っているんだ？」

男があんまり真っ当なことを言うので　生きているから
書ける私はうなだれるしかなく　うなだれても書かずに
おれない私は　いっそううなだれて　やはり　書いてい
る

ここでの男は、巨大な権力をもつ世間というアレゴリー。世間とは個人の顔をもたない集合体で、いずれにしても実体はない。世間は、当該対象に対して寛容な精神は持ち合わせておらず、差別的かつ排他的であることが特徴である。おそらく世間という妖怪は、これまで詩人がもっとも苦手としてきた対象なのではないか。

だから、ここでの作者のように、何もせず地震の詩を書いていると、こんなときに何を呑気に机に向かっているのだということになる。作者の身体を貫くのは、そんなことをする暇があれば、

ボランティアにでも行けという世間の非情な声である。ただでさえ､詩は生活意識を前にすると、無用の長物であって何一つ反論の余地がない。しかし、ここからさらに一歩筆を前に進められるかどうか、そこが物書きとして自立できるかどうかの正念場である。ここで清岳がその声に屈しなかったのは、現地に身体を置く者の意地のようなものか。

世間でいう詩とは、柴田トヨであり、相田みつをである。おそらく、世間からすれば、現代詩はまったくちがう土壌に育った未確認物体にしかみえない。百歳柴田トヨが『くじけないで』といえば、被災地の人たちはいっせいに奮い起つかもしれない。あるいは、野田ドジョウ首相が演説で引用した相田みつをなら、たまには詩もいいなと思うかもしれない。現代詩は、これから百年かかっても、そうした大衆の位置に並ぶのは難しい。だから、現代詩人は「生きているから書ける私はうなだれるしかなく　うなだれても書かずにおれない私は　いっそううなだれて　やはり　書いている」ことになる。

清岳はこの詩集を作り出すに至った背景をつぎのように述べている。

地震発生、烈しい余震、電話の不通、断水、停電、それに追い打ちをかけるように原子力発電所の事故が続きました。

結局、地震発生以降、一週間は家に閉じこもったままでした。あらゆる情報から孤立し、何が起こっているのか分からないまま、四日目くらいから詩が胎内から噴きあがるように次々と生まれました。詩にすがりついていたのです。詩を書いていないと生きている心地がしなかったのです。詩を書いてさえいれば何とかなる気がしていました。
やがて、携帯の電源補充のために外へ出ざるを得なくなりました。おずおずと雪を踏み歩きだしたのですが、地面が動くたびに道行く人の誰もが空を見あげます。電線や鉄柱がゆっくりゆっくりと揺れ始め大きくしない始めるのです。市役所の支所で地震以来、初めて新聞を目にしました。脱線した電車、民宿の上に乗りあげた船、道路に覆いかぶさる屋根、田んぼに転がる無数の松の大木……。電気が点くようになりテレビのニュースもみました。しかし、今、振りかえると、映像も文字も言葉も残っていないのです。たしかに、それらのメッセージをかすかに記憶してはいるのですが、無機質な、遠い世界のものなのです。自分の周りで何が起きたのか、何が起きつつあるのか理解もできないし、受けいれることもできなかったのです。
人に何かを伝えること、悲しみを、痛みを、不安を伝えることの難しさを思いました。詩を書くことの虚しさを思いました。

（「あとがきに代えて」）

いずれにしても、清岳は書かねばならない内なる衝動、一方に書くことの虚しさ、そうした二律背反を乗り越えてこの詩集を世に送り出した。
もう一篇、清岳の「その時」という作品を紹介してみたい。

にれの樹／ねむの樹／大木たちは全身でふるえた／脚と

脚をからませ大地にふんばり／／電柱／街灯／暮らしの
柱たちも根元からゆれた／腕と腕をつなぎ空につかまり
／／私たちも／壁をつたい／フェンスにしがみつき／手
をとりあい

（全篇）

清岳の詩集は、現地に住む詩人の心情を余すことなく映し出している。もうひとつ、こちらは鎌倉在住の詩人黒岩隆の新刊詩集『あかときまで』（二〇一一年・書肆山田）に触れたい。詩篇は現地に出向いての感慨というものがモチーフとなって展開する。今回の大震災の余波で、私の周囲に鬱病になってしまった知人がいかに多いことか。彼らは、テレビで震災の映像が流れるたび、あの時の恐怖を追体験させられるという。それによって、身体に刻まれた傷をより悪化させてしまう。これらは過酷な現実を乗り越えようとする自己防衛の果ての症状といえなくもないが、それだけが理由ではない。この現実に対し何もできない、自らの無力さへの自己嫌悪が、鬱的状況を増幅させていっているのである。

それでは、どうしたらわれわれはこの苦境を乗り越えていけるのか。黒岩隆の詩集は、地震後のそうした現代人の心的状況をリアルに映し出している。

それでは、タイトルポエムを紹介したい。

あかときまで

その路地を曲がると／白々と砂浜が拡がっていた／宿の
下駄が／ふわふわ　砂に沈んで／やじろべえの影をつれ
て／歩をすすめた／まだ　波音が聴こえない／／いない
ひとって／不思議ね／あのひとがいないことが／どうし
てこんなに重荷なのか／／浜の先端に／小山があり／頂
上に赤い鳥居が小さく見える／古びた石段を／コトン
コトン登る／息を切らして／登る／／写真を見ないと／
どんどん忘れていく／声も／匂いも／不意に揺らいだ決
心も／鳥居を潜り／小さな社の前で／鈴を鳴らした／愁
いつつ満ちてくる／縁なしの海が　見えて／／浜辺で／
水鳥のように／浴衣の裾を翻し／大きく吸って／大きく
吐いて／息と一緒に／海が　肺まで入ってきて／足もと
から見えなくなってゆく／／生きているのにいないのだ
から／いないのに生きているのだから／そのあわいに水
脈をひいて／静謐な舟が渡ってゆく／あの舟に乗れば／
もう　失くさなくていいのね／下駄を濡らして／あのひ
とは言う／　冷たい手ね／／暁月夜／海小屋も漁具も／

山の鳥居も／黒々と鎮もり／砂浜に／横になった下駄が
ひとつ／うすい月明かりを浴びて／この入江の／神とな
った

（全篇）

一瞬にして津波に呑みこまれた死者への追悼の思いが伝わる。作者は被災地の海の近くに宿をとり、夜半に下駄履きでそこを飛び出し、暁をめざしてひたすら無人の浜辺を歩き回ったという。そして、そこから見えてきたのは、舟の上で死者が呼吸する風景、いわば自らが「生きているのにいない、いないのに生きている」というアンビバレンツな世界であった。おそらく大震災後、ひとつの答えをみつけるとしたら、そうした世界に結論を求めていくしか心の拠り所はない。ここでの鳥居には死者の霊を弔うという意味での深い象徴が込められている。

作者には死者を弔う術はない。しかし、その無力さを踏まえてなお、津波事故で命を落とした死者への供養を誠実に果たそうとする。この詩もまた、清岳同様、大震災を前に書くことの無力さ、書かなければならない衝動の二律背反を乗り越えて世に出されたといってよい。

こうした詩を読んで思うのは、われわれに明日は保証されていないことである。こうして原稿を書ける喜び、それは今日はだめだが、明日なら大丈夫ということにはならない。一日一日が完成形で終わること、明日はない、そうした人生観をもって生きることを痛感した。

大震災の中の詩と詩人　8

―二〇一一年度刊行詩集より―

二〇一一年の年間総括は三月十一日に千年に一度の東日本大震災があって、それを抜きにして詩の状況は考えられない。一一年七月二十八日現在の被害状況は下記の通り。人的被害／死者・一万六一〇三、行方不明・四七六四。建物被害／全壊・一一万〇八二六、半壊一三万四三七九。被害はこれだけにとどまらず、福島第一原発事故の放射能流出があり、設備、道路の被害額は十六〜二十五兆円にのぼる。

首都圏に住むわれわれにとって、これはつぎに起こる関東直下型、東海地震の序章にすぎないという報道に恐怖が重なる。二〇一一年ほど日本人全体に、これまでの物質依存の生活様式の見直しが迫られたという年はない。一般本では仏教に源流をもつ「断捨離」がブームとなり、なるべく余分なものをもたず、いつでも身一つで逃げられる簡素な生活が奨励された。いわばわれわれは、一夜にして、多くの生命が奪われ、生活物資の流通路がとだえ、原始の生活を余儀なくされてしまうことをしった。これまでの欧米型の物質至上主義から離れ、本来の日本人の資質にかなう自然との調和という生活への帰還を明らかにしたことは、地震のもたらした唯一の教訓ではなかったか。

まさに、「アウシュヴィッツ以降に詩を書くことは野蛮である」（アドルノ）と同じ意味から、「大震災以降」の詩は捕らえられなければならない。

「詩と思想」二〇一一年十一月号、特集「今日の名詩　—荒川洋治以降—」で、村椿四朗がつぎのように述べている。


敗戦後の日本とむきあっていた詩人のまえには戦後が喪失されており、かれらの心中のリアルは新世代にはすでにリアリズムではないのである。思想家であり評論家である、詩人の吉本がこのことを自覚してコトバの仕掛にシフトをかえたとき、かれは時間のワナにとりこまれていった。そのきわめが、表現の差異は〈喩法〉だけだと結論づける。〇六年の『詩学叙説』での、かれの言動に象徴される。そのかれがトリックスターだった時代を修辞的にいいなおせば、本質（＝戦争、戦後）が存在（＝詩人）を規定したのだから、戦後詩は有効であった。だが、ポストモダニズムの時代、または修辞の時代は思考形式が逆転する。存在（＝人間）が本質（＝生活）を決定するようになったのである。たとえれば、あの頑冥な実存主義が退場しベルリンの壁、社会主義が崩壊したのである。八〇年代の言語主義は、構造主義（ポスト構造主義）といってもよいが、寵児をとりかえたのである。それが荒川洋治というトリックスターであり、そのことについずいするように、吉本の言論もかわっていたのであった。

（「荒川洋治以前／以後、そして現在」）

戦後詩は本質（戦争、戦後）が詩人の存在を規定していたが、ポストモダニズムの時代になって、人間存在が本質（物質至上の生活）を規定するようになったと。今は物質至上主義が社会全体に蔓延しているが、われわれはそれに反し、任意に清貧の生活を選ぶことができる。その自由な選択の幅こそ、人間存在の最大の価値として徹頭徹尾護り抜かなければならない。

つまり、震災という外的事象に安易に依りかかるような詩をつくってはいけない。むしろ、村椿のいう人間存在が本質（震災）を規定するような詩を望みたい。いわば震災後、修辞的にも新たな詩的リアリティを獲得するものへの期待である。

これまで、戦前では関東大震災、近年では阪神・淡路大震災後も、日本システムの再生ということが語られてきた。しかし、関東大震災（一九二三年九月一日）の復興後、一九三一年九月、中国市場の利権をめぐって満州事変が勃発し、日中戦争から太平洋戦争へと戦火は拡大する。一九九五年一月十七日、記憶に新しい阪神・淡路大震災後、日本はアメリカ・グローバリゼーションの放つ新自由主義の波に呑みこまれてしまう。そこで求められるのは、少数の創造的社員と多数の単純労働者で、規制緩和による正社員の削減が起きる。そこから、若者を中心としたフリーターの増加、それによる格差社会が拡大していってしまう。二〇一〇年、全雇用者のうち、非正規雇用者の占める割合は三四・四％。このままでは、日本もまた、アメリカのように少数の富裕層と多数の貧困層に固定化されてしまう。大震災後の復興事業はあまり効果をあげていない。

二〇一一年十月、アメリカではニューヨーク、タイムズスクエアに「ウォール街を占拠せよ」

と叫び、反格差デモに五万人が集まったという。こうした抗議活動は、インターネットサイト「世界変革のための連帯」で世界に呼びかけられ、八十ヶ国、九百五十一ヶ所に広がっている。ところが、阪神・淡路大震災後、日本はアメリカ的な拝金主義を是認、格差社会助長に加担、日本人のＤＮＡにあった互助精神が捨象されてしまった。このように日本人には大震災を教訓としない風土がある。

一色真理詩集『エス』（二〇一一年・土曜美術社出版販売）。フロイトのエディプスコンプレックスを縦軸に、そこから派生する個人の無意識の領域に迫った詩集。本来エディプスコンプレックスは、抑圧者としての父親を超自我（禁止命令、倫理的判断、良心）によって乗り越えていくための通過儀礼でしかない。エスとは、食欲、性欲、睡眠欲など、人間の本能的な欲望、生理的衝動につながるものと一応説明できる。いわば自我には、自己中心的に快楽を求めるエスと、エディプスコンプレックスを乗り越えるための超自我（禁止命令、倫理的判断、良心）の間を調整していく本能的役割がある。

近代的自我にまつわる個人主義、自由主義の根本にあるのは父性である。つまり、個人の自由が確立された社会の核は父性で、バラバラの個人を集団化させるのは母性である。自我はエスの衝動や欲望が生起すると、一般の社会的規範に照らし合わせて、それが他者との良好な人間関係に抵触するかどうかを確認する。現在は、自我の抑制が崩壊した時代で、そうなるとどうなっていくのか。おそらく、それは超自我（禁止命令、倫理的判断、良心）と欲望丸出しのエスの両極に拡散していってしまう。

一色の価値基準はエスの容認で、父性的な超自我（禁止命令、倫理的判断、良心）には反抗する。全篇、近代的自我がもたらす偽善的な規範への反抗心に満ち溢れており、寓話的な物語性に優れた、刺激的な詩集である。「し」という作品は、被抑圧者としての母がモチーフで、その解放は死、詩によってしか贖うことができないと断定する。ある種のキリスト教的終末論にもつながってくる。

し

私は黒い。私は文字だからだ。私はあの人が母を愛し、「ああ……」と呻いて母の上にもらした小さな、さびしい文字だからだ。

あの人は母を捨てた。一枚の白い紙は風に吹かれ、人々の靴底に踏みつけられ、薄黒く汚れていった。けれど、私は母よりも、泥よりも、夜よりももっと黒かった。私は母の体から消えることのない真っ黒な痣のようだった。

街角に投げ捨てられていた母を拾い上げ、私に気づき、読んでみようと目を凝らした人もあった。だが、紙きれは逆さだった。読めないまま、「わからない」と呟くと、その人は私たちのことを忘れた。

その度に、私は怒りのために、もっともっと黒くなっていった。不夜城と化した雑踏の下で踏みつぶされ、足蹴にされ、無視され、母といっしょにぼろぼろになっていった。誰にも理解されることのないまま。

ある日、大雨が降った。母親に連れられた小さな少女が、ずぶ濡れになり、何もかも洗い落とされた一枚の紙きれを拾い上げた。「この紙、死んだパパのように真っ白だね。もう息をしていないみたい……」黒いワンピースを着た女の子は、やっぱり上から下まで真っ黒な服装の母親にそっと話しかけた。

「そうね。この紙には何が書いてあったのかしら?」黒い女の人は首を傾げて、白い紙に長い間、目を落とした。「あら、ここにひとつだけ字が書いてあるわ……」

覗き込んだ女の子はうれしそうに叫んだ。「ほんとう!　あたし、

「この字が読めるわ！」

私は小おどりした。とうとう私も人に読まれ、わかってもらえる日がやってきたのだ。私は何という字なのか。あの人は母の体に何と書いてくれたのだろう？

黒い女の子は大きな声で、私を読んだ。いや、私は呼ばれたのだ。生まれて初めて、私の名前を。さっき、女の子がお葬式の会場で覚えたばかりの、ひとつの言葉で。

「し…」

あの人は母の体にそう書き残して、この世界からそっと消えていったのだ。誰にも知られず、たったひとりで。

他にも意図せず、地震を予知した詩も多く、詩人本来の働きである啓示性、預言性を感じさせられる詩集である。何か天変地異が起きたあとに反応するというより、すでに詩人はそうした危機を予知して生きているということであろうか。

粕谷栄市詩集『遠い川』（二〇一〇年・思潮社）。今を生きるというリアリズムより、死への準備というか、そうした切実な思いが伝わってくる詩集。ある面大震災は、現地の人々に生き地獄という、臨死体験を強いた。この詩集は、死を実存論的に分析したというより、さまざまな人々の運命に自らの思いを託し、死に臨む姿勢を明らかにしたもの。精密な人物描写と巧みな物語性で読ませる。

遠い川

それは、おそらく、誰も知らないことだ。暗い夜明け、老人が、独り、遠い川にむかって歩いている。まだ、人々は、深く眠っている。

　小さな三日月が、はるかな空に残る町に、一本の道が、どこまでも続いている。老人は、静かな足取りで、そこを歩いてゆく。

　それは不思議なことだ。気がつくと、かつて考えたこともないことを、自分はしている。それでいて、自分の行く先が、その遠い川であることは知っているのだ。

　老人は、それが、自分の生まれる前から決まっていたことなのだと思う。どんな生涯を送っても、誰もが、この道を歩くことになるのだ、と。

　その川は、大きな川だ。この道の尽きるところに、それはある。縹渺と、限りなく広がる天の下に、同じく、縹渺と、限りなく広がる水の流れ。

　その岸辺に、短い杭が並ぶひとところがあって、小さな木の舟が、一艘、つながれている。ただ一輪の桔梗の花が、その舳に置かれている。

　何故、その花がそこにあるのか。それが、本当は、何なのかは分からないが、そこまで、自分が、行かねばならないことは、確かなのだ。

　老人が、独り、そこへむかって歩いている。人間が死ぬのは、当然のことだが、おそらく、その前に、誰もが、このことを、経験するのだ。

　暗い夜明け、一歩ずつ、歩いていると、それが分かる。そうなのだ。その日がきて、数多くの老人が、それぞれの道を、遠い川にむかって歩いている。

　彼らは、全て、遠い昔の婚礼の日の身支度をしている。

自分もその一人だ。固く唇を結んで、私は思う。あの木の舟のところまで、自分も早く行かなければ、と。

河津聖恵『ハッキョへの坂』（二〇一一年・土曜美術社出版販売）。朝鮮学校無償化手続きは、二〇一〇年十一月、北朝鮮の韓国・延坪島《ヨンピョンド》への砲撃事件後、いったん停止。菅総理（当時）は、八月末「事態は昨年十一月以前の状態に戻った」と判断。手続きの再開を指示。

高校無償化法の対象は、「高等学校の課程に類する教育を行っている各種学校や専修学校」も含まれ、よってインターナショナル、日本と国交のない中華民国（台湾）などの外国人学校、調理師・美容師学校も含まれる。その観点からみれば、朝鮮学校無償化除外は法的に誤りで、すべての国を対象にしなければならない。しかし、これが詩の問題なのかどうかは別の範疇で考えなければならない。

たとえば、詩人政治家、詩人弁護士などはあってよいと思うが、詩人は詩を手段に現実の仕組みを直接変えることはできない。これまで、湾岸戦争、イラク戦争、九・一一テロにもいえたことだが、詩で現実組織を変えることはできない。この詩集が、その不可能性と限界を踏まえて行動に出ているのかどうかは微妙である。詩人の無力さは、何も行動を起こさない傍観者のそれではなく、ある面で詩的言語のもつ言語的宿命である。

和合亮一『詩の礫』（二〇一一年・徳間書店）。この詩集も河津聖恵のモチーフと共通点がある。和合は、これまでの詩の言葉の不可能性を追求する言語的姿勢から、急速に大震災を介し現実凝視へと舵を切っている。

城戸朱理がつぎのように書いている。

和合亮一は、被災者となってから、それまでのような文学言語ではなく、日常のコミュニケーションのときのような情報言語で、詩を書こうとしたことを語っている。詩が、その本質において、情報ではないことを考えるならば、これは情報言語でもって、情報ではないもの、さらには情報を超えたものを伝えようとする困難事となるわけだが、その類《たぐ》い稀《まれ》な達成を、ここに見ることができる。

「私たちは精神に、冷たい汗をかいている」。それは、今の日本に生きるものにとって、詩的な現実なのだと言ってもいい。

東日本大震災のような未曽有の国難に直面すると、詩に限らず、何かを表現しようとする者は、それを避けてはならないという強迫観念にも似た思いに囚《とら》われる。震災以後、詩歌でも小説でも、そうした作品は、いくらでも目につくが、和合亮一のように、震災という経験が、自分の言語を変えてしまうほどの切実さがないのであれば、しょせん、それも流行のモードに過ぎない。

（毎日新聞夕刊・二〇一一年十月二十日）

反戦詩、震災詩は社会事象を修辞的に扱うという意味では共通点がある。たとえば、反戦・反核の場合、参加・不参加、賛成・不賛成の二極に態度表明を限定するのではなく、反戦・反核には賛成だけど、反戦詩は書かないという選択肢があってもよい。同じように、震災詩についても、当該事象には問題意識をもって対峙するが、震災詩は書かないという選択肢があってもよい。

つまり、私は当該事象への対峙の仕方と詩的言語の領域を分けたいのである。和合の場合、問題意識と詩的行為がみごとに一致している。むしろ、あらかじめ事象に対しての問題意識が先行し、言語がそれに必然な動きをもって追随する形となっている。

菊田守『カフカの食事』（二〇一一年・視点社）。詩人の老いを快活に描いている。菊田の核にあるのは、自然への畏敬と老いという虚無に陥らない向日的な実存である。これまで老いというと、回顧的な感懐に傾き、つまり過去を肯定し、現在を虚無化するというパターンがみられた。この詩集は、カフカの中の『変身』を必要としない位、自らの置かれた現実に対して前向きで肯定的である。「名前」という詩によれば、作者のナイーブな感性は、思春期を過ぎるまで世間と交渉をもつことができずにいたとある。それが、一転銀行員となると、社会に鍛えられ驚くほどの社交性を手にする。つまり、作者の詩の平明さは、厳しい現実社会との闘いという陰影によってもたらされたものである。そのことを思うと、作者の実存（生の謳歌）の中身は、そんなに分かりやすく単純なものではないかもしれない。つまり、それはあらかじめ与えられたものではなく、作者が苦悩の代償として手にした社会的なものと理解できる。よって、作者が対象とする小動物の数々は、すべて自らの変身した姿なのかもしれない。

名前

わたしの名前は菊田守です

——わたしは子どもの時は弱虫で泣き虫
坊ちゃん刈りをしていた
小学六年生のときは
女児童数人に苛められ
小学校の講堂の床下に閉じ込められた
中学一年のときは社会科の先生に
——キクダケデワダメダヨ、と
目の前の木の机を叩いて言われた
人前でしゃべれなかったわたし
高校一年の入学式の日
クラス編成で名前を呼ばれなかった
このことを告げると
クラス担当の物理のM先生が言われた
——ああ君か　菊田ウサ君かと思ったよ
字も下手だったので

菊田守と書いたのに菊田ウサと読まれたのだ
大学では源氏物語の授業で
柴生田稔先生は出席簿で名前を呼ぶとき
――キクタカミ　と呼んだのだった
戯れにしても守をカミと読んだのだ
たった一回だったけれど
嬉しいのと恥ずかしいのとで
面映ゆい思いがしたものだ
今では自己紹介のとき
ホワイトボードに黒のマジックインクで書く
聞多　喜苦多　菊田守と書く
――人前で顔が赤くなり
　話すことの出来なかった高校時代迄と
三十五年一ヵ月のサラリーマン生活と
五十九歳からの十五年の闘病生活
　喜びと苦しみの人生を――
齢七十五歳の今　菊田守と書く
父さん母さんから付けて貰った名前

大きな声で自信をもって
菊田守です　という

新延拳『背後の時計』（二〇一一年・書肆山田）。この詩集は、過酷な日常に生きる詩人の感性が、日常での不調和、ある意味で社会秩序との不本意な妥協の代償として成立している。つまり、この詩集の軸となって支えているのは詩人の日常体験である。ある意味で、作者の言語世界は苦悩の表出を伴うが、それがある種の浄化作用を果たしているところもある。おそらく、詩人の詩には日常と調和しつつ、不調和の詩を生み出しているアンビバレンツさがある。

解説の岡井隆が、詩人の詩法、「対句風の技法」について、音数律はないが、短詩型値の描写力と親近性があると指摘している。詩人の俳句で鍛えた修辞力効果は異彩を放っている。現代詩人は、こうした日常をモチーフにすると、過度にメタファー、アレゴリーに依存するか、散文の行分けに落ち込んでいってしまう傾向がつよい。新延が、現代詩に一定のポジションを得ている根底には、俳句という伝統的な技術を隠し味で使っているところがあるのではないか。

この詩集の巻末、あとがきにかえてで、大震災をモチーフにした「前の世も」という作品が掲載されている。

前の世も

桜をあわあわとつつんでいる
朝は白湯
夕は琥珀のような光
前の世もそうだった

冬の濤よりなお冥い海辺の村だけれど
この路地を抜けると海だって
沈む夕日がとってもきれいなんだって
猫が言ってたよ

彼は病む前のゴッホのような明るい瞳を持っていた
心に包帯をしていつも間接話法で語る彼
春の星が彼に語りかける
月が色鮮やかな音符を投げかけてくる
木の瘤が異国語を話し始める

木漏れ日の記憶
津波で流されてしまった樟の木の記憶

その木蔭の記憶
そしてその下に佇んでいたあの人の記憶
そう　数多くの昨日はもう消えてしまったのです
先生
でも先生
過去は木蔭に静かにひそんでいて
いつでもひょいと現れる
ひゅうと口笛を吹いたり
パチンと指でも鳴らせばね
と、いうことではないんでしょうか

先生
という失せてしまった言葉の断片のようなもの
それが突然言葉の形を取り戻しそうになったけれど
やはり無理でした
結局音も意味も失われたまま
言葉を取り戻すには
そのときと同じ体験をして

贖わなければならないのでしょうか
なくしたアルバムのように
ああ自分ではふれることも見ることもできない
下着を一枚着ているよう
「言霊の幸ふ國」にいるのに
「言絶える」関係になってしまったようです
「言の葉」が壊れてしまったようで
まるで手ごたえがない

大震災の中の詩と詩人　9

―杉山平一詩集『希望』―

柴田トヨ詩集が、軽く百万部を超え、ついにというべきかその続編が出版された。新旧二冊セットの箱入りで作られ売られたりしている。百歳の詩人に敬意を払うものの、ここまでいくと詩の営業丸出しであり、それはけっして読者の心の深部に届くものではないだろう。

そんな中、杉山平一詩集『希望』（二〇一一年・編集工房ノア）が出版された。こちらは九十七歳。柴田とちがうのは、杉山は十代から詩を書いていることである。そのことは特筆しておいてよい。詩人にとって重要なのは、こうした持続力ではなかろうか。これについて、荒川洋治がつぎのように述べている。

不思議な状況だと思うのは、十年か二十年か詩の世界から離れていて、いま再浮上する人が増えたね。それでも席が与えられる。場所があるの。その人はただ怠けていただけなんだよ。世の中を甘く見て。下手な詩でもいいから続けるのが大事なんだよ。ところが、その人がふっと思い付きでさ、詩をやるかネットか何かでやるとかして、人がおもしろいねって言って。その人が詩の雑誌に戻ってくる。涼しい顔して。それでも場所があるんだ。まわりも甘いと思う。だって十年二十年詩から離れてたら詩は錆びついてる。普通なら問題にされなくて消えたままだ。それぐらい今は「状況がない」ということなんだ。詩が少しも進んでいないということなんだ。象徴的な現象だと思う。

（対談「今日の詩の問題点を語る」・「詩と思想」二〇一一年十一月号）

ここで荒川のいう持続力は、もちろん、はじめから才能を開花させた杉山には当て嵌まらない。しかし、杉山の基本姿勢はあくまで「継続は力なり」であった。物の本によれば、このことばは、平松折次が一九二四（大正十三）年に大分に開いた夜間中学の校訓がその出典だという。たしかに、当時も今も、定時制高校に入るのは易しいが卒業するのは難しい。まずもって、物理的に仕事と勉学を両立させるには、相当のつよい辛抱と覚悟がいる。おそらく、卒業したものには昼間部にはない相当の達成感が生まれているはずである。つまり、彼らは勉学とはちがう次元で精神力まで鍛えられてしまう。

杉山の名詩集『夜学生』（一九四三年・第一芸文社）もまた、昼間働き夜に勉学に勤しむ少年・少女に「継続は力」をしずかに訴えたものである。

私は仕事面ではいくつか立場が変わり、私生活面でも紆余曲折はあったが、二十歳のころに書き始めた詩作を中断したことがない。ただ、これは卑下でも、謙遜自慢でもなく、はじめの十年は生活詩系のサークル詩人に属す一人にすぎず、それから運良く、詩界のさまざまな場所で書けるようになったが、それはこうして毎日せっせと詩の仕事に励んでいることの結果の現われにすぎない。その意味で、まさに私は、平松折次の校訓を忠実に実践してきたことになる。

問題は、荒川のいう「継続は力」を軽視し、詩作を中断後、再度詩界に戻り、それなりに席が用意されてしまう安易な風潮である。これであれば、休みたい時には休み、また気が向けば書けばいいということになり、詩以外でこんな怠惰な態度が許される場所はない。こうした脆弱な土壌こそが、柴田トヨの登場を許してしまい、苦節何十年のキャリアをいとも簡単に蹴散らしてしまう。これは、いわゆる荒川のいう緊張感ある状況がないということになる。

杉山平一といえば、阪神・淡路大震災時、つぎのような詩を書いて人々に希望を与えた。

一月十七日　暁闇

一月十七日　暁闇／導入部もなく　伏線もなく／いきなりクライマックスがきた／往復ビンタさながら右から左から／何ものかに叩きのめされて／／轟々の地鳴りに建物　家具　食器の　崩落する／ドーン　ダダーン　ガチャガチャンの／大交響楽が高鳴り／ドラマは　終った／／薄明のなかに　うっすら現像されてきた／阪神の一変した　すがた／／何ということだろう／一瞬のカットバ

ック／在ったものが消え　在るべきものが　無くなって／／いまや　隠れていたものに気付かされた／水やガスが　ひそかに地の中を走っていたことに／世界に開いた日本最大の窓が神戸港だったことに／日本中が神戸の靴で歩いていたことに／日本中の自動車が神戸の部品で走っていたことに／その神戸が止まった　足元を失なって／危ないかな　日本／／だが神戸は支える　支えるだろう／無礼な若者　暴走の少年の／隠れていた優しい心も見えてきた／沈静と秩序を支える文化を持っていること も見えてきた／／イギリスの放送は／神戸とは神の戸口の意味だと解説した／見るがよい／戸口には早くも光が見えてくる

（神戸新聞・一九九五年三月二日）

何年、何十年、丹精込めて作られてきたあらゆる精神的価値が一瞬にして破壊されてしまう。杉山は、人の歴史は破壊と創造の繰り返しであることをしっている。それは先の戦争であるが、個人的には実家の工場の倒産に遭遇し、破産寸前となるや、関係者は蜘蛛の子を散らすように姿を消していった。これについては「盛時は三千人いた父と共に経営する工場の経営がゆきづまる。給料遅配、組合との抗争、手形のジャングル、電車賃にも事欠く敗走を、詩人自身の目が描」いたものとして、『わが敗走』（一九八九年・編集工房ノア）に詳しい。杉山の父は戦前、東芝と並ぶ大企業の経営者で、杉山はその後継者であったことから、ここでの苦悩は想像を絶するものがある。

そんなとき、杉山は何によって支えられていたのだろうか。経営者は、第一に従業員の生計を支える金を生む努力が求められる。手元になければ、不要不急の資産を処分し、それをお金に代えたり、そうでなければ銀行に日参し、当座をしのぐ融資を受けなければならない。おそらく、中小の経営者であれば、この体験をしないで済んだ者はいないであろう。そして、経営者は孤独で、だれにも頼らず、たった一人で難事に当たらなければならない。つまり、具体的に孤独の意味をしりたいのであれば、経営者になることである。経営者は金持ちどころか、つねにすべてを失うリスクを背負って仕事をしなければならない。

おそらく、杉山の記念碑的詩集『夜学生』も、震災詩も、こうした孤独を代償にして生み出されてきたものにちがいない。また杉山は二児を病気で亡くすなどの身内の不幸が重なる。

ここで杉山のいう神の意味について考えてみたい。『夜学生』から「黒板」という作品を読んでみたい。

自分は眼を閉ぢる　まつ暗なその神の黒板を前にして　自分は熱心な生徒でありたい　何ごとも識り分けること尠く　生きることに対し　またも自分は質問の手をあげる

ここでもキーワードは神である。これについて、安水稔和はつぎのように書いている。

神という言葉が出てきます。これは宗教上の神ではないでしょう。眼を閉じたら、まっ暗になりますね。閉じた眼の前にある無と言おうか、絶対と言おうか、そういうものだと思います。まっ暗な黒板を前にして、眼を閉じる。眼を閉じると何も見えない。眼が見えない人にとってはまた別の感覚が起きるんだろうと思いますが、眼が見える人にとっては眼を閉じると普段の世界とは違う世界です。無とか絶対とか神とか、そういう世界を前にして、熱心な生徒でありたいと言っている。生徒という言葉は黒板という比喩から出てきたのでしょう。目の前の闇と言っていたら、生徒という言葉は出てこなかったと思います。目の前の闇に対して手をあげる。質問する。これが詩人の生きる姿勢だということです。

（『杉山平一　青をめざして』）

ここでの神は、日本人の好きな苦しい時の神頼みの現世利益還元型の神ではない。神はそんなに人間の都合のいいように現われてはこない。一神教は人智を越えた存在を媒介することで、そこに神との精神的な一致を試みる。アニミズム的な自然界の万物との精神的な照合もあるが、杉山のいう神はそこまで抽象的ではない。つまり、これは安水のいう、「目の前の闇に対して手をあげる。質問する。」きわめて日常的で具体的な行為を差しているのだろう。杉山は、これを休むことなく七十年近く続けてきた。

杉山にとって、おそらく人生は闇の中ではあるが、それはまったく絶望すべきものでもない。いわゆる人生のどん底にあっても、どこかに光は差していると思い続け、生きてきたのではないだろうか。そして、そこでの思いは、詩を書き続けていく姿勢と連動し、そこにひとつの杉山詩学が作られていったともいえる。

新詩集『希望』は、そんな思いを書いたタイトルポエムから始まる。

夕ぐれはしずかに／おそってくるのに／不幸や悲しみの／事件は／／列車や電車の／トンネルのように／とつぜん不意に／自分たちを／闇のなかに放り込んでしまうが／我慢していればよいのだ／一点／小さな銀貨のような光が／みるみるぐんぐん／拡がって迎えにくる筈だ／／

負けるな

震災、原発をめぐっての事後処理はこれからである。被災者への経済的援助は当然で、それに加え、国は総力をあげて漁業、農業従事者をかつての職場に復帰させてあげることである。もうひとつは、関東大震災後に同潤会アパートが作られたように、何か復興のシンボルとなる斬新なモニュメントがほしい。ここでの杉山の「負けるな」は、自らに問うたことばであることが、他者の胸を打つ。

杉山は、この詩集のあとがきで、つぎのように述べている。

ところで話は変わるが、折しも、この詩集の編纂にかかり始めた時に東日本大震災が起こり、次々と流れてくる報道に動転した。そもそも、私は会津生まれでありながら、東北地方について無知であった。（略）

うなじや太鼓帯の美しさが背中に隠れているように、東北地方の人たちは後ろ側にその美しさを秘めている。表からは見えないその奥ゆかしさや謙虚さを打ちのめすように、大震災が東北の街をハチャメチャにしていったのだ。今こそ、隠れていた背中の印半纏を表に出し、悲境を越えて立ち上がって下さるのを祈るばかりである。奥ゆかしさを蹴破って、激烈なバックストローク、鵯越《ひよどりごえ》の逆落としさながら、大漁旗を翻して新しい日本を築いて下さるように。

詩集の題名を「希望」としたが、少しでも復興への気持ちを支える力になれば、と祈るばかりである。

いつからか、日本人は希望ということばを受容することすら好まなくなった。だから、マスコミには悲観論が横行し、かつての総理の口から、日本もギリシャのようにデフォルト（債務不履行）するという荒唐無稽な話が出てくる。今は、杉山のいう希望ということばに耳を傾けたい。

大震災の中の詩と詩人　10
―長田弘詩集『詩の樹の下で』―

民主党政権はコンクリートから人へをモチーフに、マニフェストに高速道路無料化、子ども手当などを掲げ政権に就いた。しかし、ことごとく期待外れに終っていて、ここまで言うこととすることが乖離した政権は過去に類例をみない。

何かというと、日本の総理や財務大臣は、このままでは日本もギリシャのようになるというが、まるで生徒会長と不良たちを同列に扱っての乱暴極まりない議論である。つまり、日本は増税をしないと国債が暴落して、世界的な信用が落ち、国家破産になるというのは脅しにすぎない。言ってみれば、国と地方の借金合わせて、一千兆円という数字がたちはだかると、だれもがたじろいで、それなら消費税を上げてくださいというのを期待している。こうなると、国の思う壺で、とりわけ財務省の高級官僚はしてやったりである。つまり、それは国の借金が減ることではなく、彼らの生活を安定させ、行政改革が先延ばしにされていくだけのことだからである。

日本には一千四百兆円の国民金融資産、国家の海外投資資産、企業の膨大な内部留保金があり、これらを合わせるとおよそ八千兆円にのぼるという。一千兆円の借金にこだわる時ではない。

国がやるべきことは、東北の復興に十分な資金を出し、デフレ経済の克服を果たすことに尽きるのではないか。そして、グローバリズムによる格差社会の是正が急がれる。たとえば、アメリカ大リーグは、年俸二十億をとる選手もいたりするが、その多くは3Aや2Aなど、三百万程度の年俸で、ハンバーガーを常食としながらバス移動の生活をしている。つまり、アメリカ社会は格差をモデルケースにした国で、彼らはそれこそが人間のエネルギーの根源であるといってはばからない。小泉・竹中の新自由主義路線は、明らかにアメリカのそれを踏襲したもので、各所に非正規雇用のフリーターを増加させている。

たしかに、かつてホリエモンが豪語していたように、お金はだれにも平等で、いわば学閥・門閥に捕らわれず、その競争に自由参加できる。しかし、今はあまりに、それが目的化し、そのためなら手段を選ばない風潮が社会全体に蔓延している。

東日本大震災は、タイミング悪くといおうか、民主党政権という脆弱な政権下に起こった。おそらく、これがイタリアのように、勤労意欲のない他力本願の国民性であったら、自ずから破滅の道を辿っていくにちがいない。しかし、日本人はだれもが自分だけ楽な生活をしたいなどとは思わない。たしかに、小泉・竹中路線で、いったんそれは消えたかにみえたが、その根底に素朴な共同体意識は根づいている。おそらく、その精神こそが一千兆円の借金を担保できる人的財産である。

二〇一二年は、かつてない興味深い一年で、日本丸がどこに帰着するのかが試される年である。ポスト民主党は大阪維新の会のような市民連合的なものになるのか、サークル的なみんなの党になるのか分からないが、土建屋行政といわれた自民党に政権が戻ることだけはしてほしくない。

いずれにしても、まずは震災の復興であるが、その前にたちはだかるのは福島第一原発事故の処理である。原発問題は反核にもつながっていて、詩界のすう勢はただちにすべての原発を停止しろという方向に傾きつつある。私はこれまでの文明の享受に対し、あまりに無自覚であったことを勘案し、段階的に原発を停止し、いずれは自然エネルギーに変えていくという意見を持っている。これまで反核運動をしてきた詩人たちには敬意を表すが、今回の事故を受けて、だから原発はいけないという見方は拙速にすぎる。これまで、原発推進派の権力に抑圧されてきた人たちが、これを機会に「それみたことか」というのはまことに正しい。しかし、そうではない、にわか反対派の人たちにはそんなことを言う権利はない。たとえば、ここで触れてきた若松丈太郎の主張は無条件で支持していきたい。

そんな中、ここにウルトラ級ともいうべき原発推進派の吉本隆明が現われた。現われたというより、すでに吉本は過去に『「反核」異論』を出しており、それは想定の範囲内であったかもしれない。しかし、昨今の発言内容は想定をはるかに越えたものになっている。吉本は科学の進歩のために、原発事故があったからといって、ただちにそれを廃止することは人類の損失だといっている。その例として、自動車事故があり、それで死者が出たからといって、自動車に乗るなということにはならず、そこで技術改良することで、つぎの一歩をふみだす、それが文明の在り方であると力説している。文明の進歩のためなら何でもありなのか。

これは、いくら何でもおかしい話ではないか。私は大型自動二輪の免許をもっていて、若い頃に七五〇ccのバイクに乗っていたことがある。正直、これは大変運転が難しい。乗っていて思ったのは、死ぬときは私の運転ミスであって、バイクそのものの構造の欠陥が理由で、横転し死ぬことはないということである。運転中、豪雨や豪雪に出くわしたら、運転をやめればよいだけの話で、それでも乗り続けてスリップ事故で横転したら、これも自己責任である。吉本の論理は、こうした話の上にたっての議論で、車（原子炉）そのものの構造的欠陥には目が届いていない。つまり、福島第一原発は津波で原子炉がダメージを受けるという器械の構造的欠陥で、それを自己責任に転嫁することは許されない。

吉本は次世代エネルギーについて、自然エネルギーの活用は文明の後退で、あくまで原発の推進をつよく主張している（「週刊新潮」二〇一二年一月五日・十二日号参照）。

これからさらに、地震・津波を考慮に入れ、新型原子炉の研究が進んだとしても、つねに想定外の自然災害は起こりうる。あるいは、原発テロだって予想できないことではない。そう考えると、原発は人間の理性のコントロールがはるかに及ばない領域にあって、魔物のような存在というしかない。まさに原発を選んだことが失敗だったわけで、そこからどうすれば文明が離脱できるか、今は国全体がそれを考えるべきではないのか。吉本は文明の発展の象徴として原発を捕らえているが、こんな不安定な装置が文明の中心にいてよいわけがない。

吉本については、頭ごなしに反核・反原発を唱える疑似的平和主義者に苦言を呈するのは共感できないでもない。そうした平和主義者については、現象をみてそれを即座に映し取るだけで、そこに想像力の欠落をみてしまう。その面では吉本に共感できないでもないが。

福島出身長田弘の新詩集『詩の樹の下で』（二〇一一年・みすず書房）は副題に福島レクイエムとある。震災時、長田自身、入院し、ＩＣＵで五日を過ごすなど、生死の境をさまよう経験を持つ。その中から、一篇を読んでみたい。

朝の浜辺で

水平線からまっすぐに向かってくる、
きらきらした、夏の鏡のような、
海からの日の光。
風の匂う朝の浜辺に立って、
黙って、海を見つめている人がいる。
何を見ているのか。無を
見ているのだ。そこに立ちつくして。——
われ汝にむかひて呼ばはるに汝答へたまはず。
小さなイソシギが、汀を走ってゆく。
どこにもいない人たちのたましいを啄《つい》ばむように。

（二〇一一年夏、終三行目舊約ヨブ記より）

実際、われわれはどう被災地の死者を弔えばよいのか分からない。おそらく、今回の惨事を的確にすくいとることばはないといってよい。それらを越えて何かを表現することの不遜、そこでの言葉の不可能性の前に屈してしまう。しかし、それでは何もしない、何もできない傍観者のままで終わってしまってよいのか。そんなことが正当化されたら、人間社会はもうおしまいである。何もできないが何かをしなければならない、そうしたアンビバレンツな思いを内に秘めての思い、この詩はそれによって成立している。長田自身、被災者同様、死の淵をさまよったことが根底にあっての描写である。

もうひとつ、この詩集で衝撃を受けたのは、この地で自然と対峙し、それぞれの文学を遺した幸田露伴、高村光太郎、山村暮鳥、草野心平たちへ、死者一万五八四四人、行方不明三四五〇人（二〇一二年一月九日現在）の魂を携え、必死の呼び掛けを行った、「夜と空と雲と蛙」という長編散文詩である。

とくに、暮鳥について書かれたつぎのフレーズは印象深い。

「そして屋根屋根はみごとに剝がれ　はがれて飛び
電柱はへなへなと曲り　街々はぞんぶんにふみにじられ
家々は手あたり次第にもみつぶされて　人びとは　ひっそりと息を殺した　そしてさんたんたる世界の滅亡をまのあたりにながめた」

「大暴風の詩」という詩にこう刻んだのは、聖職者だった詩人の山村暮鳥だ。大正十年、一九二一年のこと。「世界はまったく　われわれのために　つくられたものではなかった」。詩人はそうも書きつけている。じぶんに言い聞かせるように。

これをみて、暮鳥の「大暴風の詩」（詩集『穀粒』）を読み返してみた。長い詩で、長田が触れているのはつぎの箇所である。

みろ／そして屋根屋根はみごとに剝がれ／はがれて飛び／煙筒はたほれ／電柱はへなへなと曲り／電線は糸のやうに切れてもつれてぶらさがり／電車はぱたりとまり／自動車は逃げ／荷馬車はよろめき／汽船はながされ／汽車は汽車とて立往生のあはれさ／道路は川となり／川は沼となり／海となり／街々はぞんぶんにふみにぢられ／家々は手あたり次第にもみつぶされて／世界きつての大都会も／いまははや／もの凄いさびしい曠野となり／街上には人つ子一人みえない

（部分）

かつて東北伝道の暮鳥は、被災地の風景をこのように描いている。いったい暮鳥は、何を予言し、このような荒涼たる風景をイメージしたのか。そして、この後暮鳥は「そしてさんたんたる世界の滅亡をまのあたりにながめた」と結ぶ。

ここで暮鳥は地震・津波をアレゴリーに世界の終末をみつめているのか。ある種のハルマゲドンの告知。暮鳥は神に変わって、欲望のおもむくまま、生を謳歌してきた人類へ鉄槌を下す。聖職者の訴えとしては、ハルマゲドンの前に人間は善行を施し、その到来をくい止めなければならない。おそらく、この詩はそのことを書いているのであろう。いずれにしても、最優先課題は東北の復旧・復興であろう。そして、現在の生活を悔い改めなければならないのは、被災地ではない無傷の場所にいるわれわれである。二〇一二年はそのことが試される一年であろう。

大震災の中の詩と詩人　11

―関東大震災後の復興計画―

二〇一二年一月九日、恒例の「詩と思想」新人賞贈呈式を兼ねた新年会が、九段のホテルで開催された。本年度の新人賞は小野ちとせ「木という字には」。選考委員の一人新川和江が絶賛した作品である。小野は新人という枠を超えて、すぐに詩界のトップレベルで作品を展開できる逸材である。活躍を期待したい。

新年会の席でスピーチに立った神品芳夫が、私が「詩と思想」で関東大震災、阪神・淡路大震災後、震災復興の名のもとに、より社会状況が悪化したと綴ったことに触れて、東日本大震災後の社会状況を憂慮するコメントを展開された。ある面、経済的にみれば震災復興はビジネスチャンスで、そこには戦争復興に似て、欲望むき出しの草刈り場と化してしまう側面がある。そうさせないのが政府の役割であるが、一人も悪役のいない野田ホームドラマ内閣では、「それはやめろ」という豪傑政治家が出てくるのは期待できない。今になって、テレビのドキュメンタリーなどで、福島原発事故時、菅直人総理が東電社長を叱り飛ばしたことを評価する声が聞こえてくる。もし、そうでなければ、東電一家は放射能漏れの原発を放置し、被災地から逃げ出していたという。菅が一喝した後、東電は原発停止に動き、事態は収束に向かって動いていったということがある。一方で菅がパフォーマンスに出て原発停止の邪魔をしたとか、復興が遅れたとかの批判もあるが、あの場で東電幹部を叱り飛ばしたことは評価して良い。

昨今の野田内閣は叱れる地位にいる人間が、みんなの顔色をうかがって何もいわない。それで、その人たちは国民に信頼されているかといえばそうでもない。たしかに言い過ぎはパワハラになってしまうこともあるが、しかし、そうしたリスクを多少負ってでも、しっかり組織を守れる人間がリーダーに就くべきというのが私の持論である。だから、菅直人はまさに東電を叱ることで日本の危機を救い、総理大臣であることの立場を示したのである。はたして、同じことが野田首相にできるかといえば、あまり期待できない。

これは余談であるが、私の妻の従姉妹は宇部の高校で菅と同級生である。菅はどんなに忙しくても、毎年東京での同窓会には顔を出すという。今年も「詩と思想」新年会と同じ場所のホテルで同窓会があり、律儀に顔を出したという。震災の一週間前、「もう僕の総理は長くないから」と、官邸に従姉妹たち同級生を招待したというから、彼は総理の座にしがみついたのではなく、だれよりも福島原発事故の収束を願い、その任務を遂行していたともいえる。市民派総理の素顔はとても人柄の良い人なのである。神品の話から飛んでしまったが、言いたいことは何も叱れない野田内閣で大丈夫なのかということである。そのことを何より恐れる。

今回は関東大震災（一九二三年九月一日）について検証してみたい。

関東大震災の被害。

（人的被害）

死者・九万一三四四人、重傷・一万六五一四人、軽傷・三万五五六〇人、行方不明・一万三二七五人、罹災者・三三四万八二〇五人。

（家屋被害）

全壊・八万三八一九、半壊・九万一二三三、全焼・三八万一〇九〇、半焼・五一七、流失一三九〇、破損・一三万六五七二。

（内務省社会局編『大正震災志』大正十五年刊）


関東大震災後の社会的動向については、筒井清忠『帝都復興の時代』（二〇一一年・中公選書）に詳しい。関東大震災後、復興院が生まれ、その後そこでの復興計画を実行に移す復興局が誕生。しかし、すぐに復興局疑獄事件が発生。「復興局に疑獄　調度係長収監　収賄して商人と共に花柳界に豪遊す」（読売新聞・一九二四年八月二十一日）の見出しが躍る。さらに、二年後になると、つぎのような記事が出る。

廃墟の都から大東京の建設に寸時もゆるがせに出来ぬ帝都復興の重大な責任を忘れて復興局は疑獄から疑獄に私腹を肥す輩のみを出し司直の厄介になり市民は呼んで「伏魔殿」と

怨嗟指弾し市民の公敵であると監視を怠らぬ現状である。

（読売新聞・一九二六年九月八日）

これをみると、きわめて頼りない復興計画が浮き彫りとなる。すなわち、東日本大震災後、マスコミが書き立てた後藤新平と復興院に学べというのは空虚で、何も実体がないことが分かる。さらに一般市民階層において、震災後、一時的に生まれた共同体意識、相互扶助の精神はすぐに崩壊した。いわゆるニヒリズムを根底に据えた、享楽化、頽廃化に向かっていくのである。震災後一年目の読売新聞につぎのような記事が掲載。

禍《わざわい》せられたる国民が大自然の威力に戦慄して、一時は極めて敬虔、極めて純真なる精神に立ち還《かえ》ったということは、涙ぐましき迄に顕著なる事実であった。（略）吾等は震災後の一年を回想して更に種々の感想なきを得ない、当時の真摯なる国民精神は果して保たれているか（中略）功利主義の醜き姿がバラックの帝都に横行しては居らぬか、嘘の文化生活に沈し虚栄を逐うものの浅猿《あさま》しき流行に眉を顰《ひそ》むることはないか。

（読売新聞・一九二四年九月一日）

あれから一年、東日本大震災で体験した日本人の緊張感は続いている。ここにあるような、関東大震災後の堕落した生活はみられない。ある意味、日本人全体が精神的に成長したという見方もできる。ただ、二月十日に復興庁が発足したというが、こちらはまったく期待はできない。関東大震災では復興局疑獄事件が起きたが、現在の日本はそうした汚職の心配はいらないが、おそらく復興庁が足かせになって、せっかくの復興計画が前に進まない。既存する部署にもっと権限をもたせて、そこに潤沢な資金を入れていけば、中央集権的な復興庁などいらないのではないか。

関東大震災後の日本人の精神的頽廃を反映して、谷崎潤一郎『痴人の愛』（一九二四年〜二五年）、江戸川乱歩『屋根裏の散歩者』（一九二五年）などの小説が流行る。一方で、北一輝『日本改造法案大綱』（一九二三年）などの思想本が話題を集める。

関東大震災後のデフレ経済を受けて、一九二五年に金融恐慌が発生、そのまま満州事変から大東亜戦争への軍部独裁の流れを作っていってしまう。関東大震災後、大学出の就職率は三〇％で、日本経済は極端な不況に陥っていたが、その出口の選択肢として戦争があったことは否めない。

東日本大震災後の日本は、関東大震災後の軍部独裁の過ちを教訓としなければならない。それには、東日本大震災を歴史的にみる視点が重要である。詩誌「三重詩人」二二九号の特集「東日本大震災と福島原発事故」は興味深い。五名の詩作品と六名のエッセイ。

伊藤眞司の詩で「モルモット」。

広島に原爆が落とされた後／被爆者全員のカルテを書か
せ／その後の状況はどうか、と言って提出させる／「A
BCC（原爆障害者調査委員会）／というものが置かれ
た／しかし／この米軍の機関は調査・研究が目的で／治
療は一切しなかった／／今回、二〇一一年三月十一日の東日本大震災による／福島原発のメルトダウン、爆発事故でも／「ＡＢＣＣ」とよく似通ったことがされようとした／米軍の放射能専門部隊が横田基地に到着／目的は放射能汚染地域での／実戦訓練や情報集収／／わが国に受入れられずはやばや帰国した／米軍はいったい何を考えているのか／日本人はモルモットか！／国民よ！　もっと怒れ！　怒り狂え！／だが、日本の主流をなすおおかたの国民は怒らない／全国民が再び三月十一日のような日にぶつかるまで／或いは八月十五日的な日に遭遇するまで／／腹の底から怒っているのは／頭に角が生えんばかりに怒っているのは／沖縄の人たち／広島の人たち／長崎の人たち／福島の人たち

＊　当時、メディアは「直ちに福島原発の事故を収束させる技術を持った米軍の申し入れを菅首相は断った」と、見当違いと思えることを短く報じた。

これを素直に読めば、アメリカは不幸のどん底にあえぐ人たちを救援と称して、原発事故で、

どれだけそれが人体に影響を及ぼしたのか、その調査をしようとしたことになる。たしかに、これはかつてのＡＢＣＣ（原爆障害者調査委員会）と同じで、被災者の調査・研究まではするが、一切の人道的行為は行わない、非情に徹したものであった。こんなものを断るのは当然である。

加藤千香子のエッセイ「昭和六十三年三月二十九日中日新聞、同年五月の朝日ジャーナルを読む」につぎのような記述がある。

終戦の年にアメリカで原爆は作られ日本で試されたのだから、それから十八年後にその平和利用として電気事業を世界に広めたのは、一国の経済がゆきづまった時には戦争さえすればまかなえるという安易な侵略戦争がままならぬとあって、原発の平和利用、地球の温暖化防止など美辞麗句に、ヒロシマ・ナガサキでこっぴどい目にあったばかりというのに、日本という国は、目先の経済競争に勝ち抜こうと、地震国であるのも忘れ、ＧＥという会社からマークⅠというまだまだ未完成なトラブルだらけの製品にとびつき（これを作ったエンジニアに今頃あやまってもらってもおそすぎる）世界に先がけてドンドン日本列島の国境線のように原発の楔を五四基も打ちこんでしまった。当時良心的な作家や科学者のアドバイスもきかず勇み足になる国民性は先の大戦の時も同じような気がする。オリンピックで日の丸があがると嬉しい反面このことを思い出しぞおっとする。日本人のこの勇み足は日常の各諸にみられる。島国根性というのだろうか。武士道のある流れだろうか。大地に根を張った抑止力に欠けるのだ。腰が軽い勇み足。人間力の基盤となる真のインテリジェンスと慈愛。この二本の縄となる国家ぐるみの一貫した教育がひしひし望まれる。あれ程立派な憲法を持ちながら戦後教育は大失敗だと私は思う。

この文章を伊藤の詩と合わせて読むと、今回の原発事故の全容が明らかになる。アメリカは経済の行き詰まりの打開を戦争に委ねてきた国である。世界を戦場にし、そこで経済を活性化してきたアメリカにとって、平和憲法をもつ日本を戦場にするわけにはいかない。そこで考えついたのが、核の平和利用で、いわば原発の設置であったことは否めない。加藤のエッセイは、そうしたアメリカの思惑と経緯がしっかり書かれている。いまだ日本はアメリカの従属の下にいる。

日本経済はデフレに沈んで久しい。国内でまったく物が売れず、市民の給与は下がり放しである。それでは輸出産業はどうかというと、こちらも円高で利益は薄い。就職率は下がり、失業率は上昇。関東大震災後に似ているが、なんとかこの危機を、世界に冠たる平和憲法と日本人の類まれな勤労精神で乗り越えていってほしい。エッセイでは、他に黛元男「戦時下の遭遇した昭和東南海地震」など。

「柵」刊行の意義と成果

―「柵」三〇〇号発行に寄せて―

1

「柵」刊行がはじまった八〇年代半ば頃から、それまでの社会的秩序がこわれ、いちだんとポストモダン状況が高まってきた。ポストモダン状況というのは、近代を支えてきた大きな物語の終焉、具体的にはマルクス主義という物語、各種既存宗教という物語、そうした大きな論理が終焉し、目立たない地方性、周縁という小さな物語が、世界の表舞台に台頭してきたことを意味する。いわば、具体的にはベルリンの壁がこわれ（一九八六年十一月）、ソビエト連邦が崩壊（一九九一年十二月）し、いくつもの体制の波が世界的に生まれてきた現象である。至近な例でいえば、それまで中心にあった国家という軸、家族という軸、会社という軸などの母体が揺らぎ、それぞれの個が固有の立場、意思を誇示することによって拡散していくことを意味する。

これらポストモダン状況については、石原武『遠いうた　マイノリティの詩学』（二〇〇〇年・詩画工房）、『遠いうた　拾遺集』（二〇〇六年・詩画工房）を読むことで理解が深まる。

これについて、本欄につぎのように書いたことがあるので、それを転用させていただきたい。

前著『遠いうた　マイノリティの詩学』で石原は、文学的土壌として地方性を広げてみせた。とくにシェークスピアをイギリス内部の地方性から光を当てたのは興味深かった。確かに、日本でも芭蕉の『奥の細道』が東海道五十三次であったら、あのような不易流行の道を貫けなかったのではないか。さらに、そこではマイノリティとしての黒人の詩、ネイティブ・ハワイアンの詩、アメリカインディアンの詩、オーストラリア原住民の詩などが興味深く取り上げられた。『遠いうた　拾遺集』の基本構想も前著同様、専門の英米文学をマイノリティの視点から再構築、各地域の原住民の詩の紹介である。そして、今回新たに前面に出てきたのは、インターネットによって最新の現地情報を拾い上げ、それを翻訳紹介するという試みである。

たとえば、石原は専門の英米文学という中心軸を外側に少しずらすことで、世界的なポストモダン状況をみごとに言語化できたのだといってよい。二〇一〇年から一一年にかけてチュニジアで起こったジャスミン革命。これは一青年の焼身自殺に端を発し、国内全土に反政府デモが起こり、二十三年続いた独裁政権が崩壊した事件である。ジャスミン革命は、ただちにエジプトなど他のアラブ諸国へも広がった。

もうひとつ、ポストモダンは、日本の政治を全面的に変えてしまった。一九七〇年代初頭まで、日本の政治は自民党と万年野党の社会党の二大政党という、五五年体制が長く続き、自民党は公共事業、社会党は労働組合をバックにした賃上げで、「これで手を打とう」とばかりの談合的雰囲気を醸し出していた。それによって生まれたのが一億総中流という幻想であった。

しかし、八〇年代からじわじわ無党派層が拡大し、今やそれが民主党と自民党を合わせた数を上回る勢いである。これはアメリカにもいえることだが、日本では無党派層が政権党のキャスティングボートを握っている。これは何を意味するかといえば、一般市民階層が生殺与奪の権限をもち、首相の立場を矮小化、形骸化させてしまうのが可能となってくるということである。ある意味、すでにこれらはタレント知事が続出したことの延長にあって、今にはじまったことではないのだが。ポストモダンの根底に潜んでいるのは、それまでの政治的権威への極度の不信感である。

これを詩界に当てはめると、「現代詩手帖」「詩学」という権威が消え、作られた媒体の数だけがそれぞれ独自の主張をもつことができるようになったということか。従来であれば、まず「現代詩手帖」に執筆機会を得ることが詩人の登竜門であった。同時に、現代詩人会入会というものもあったが、「現代詩手帖」が台頭することでそれは消えた。「柵」は詩界情報の広さ、月刊態勢をもって、何にもおもねる姿勢をもたず、こうしたポストモダンの時代を牽引してきた。志賀も「これはいける、読者の支持がある」という手ごたえを感じていたからこそ、三〇〇号まで続けてこられたのではないか。これは好きなだけで単純に続けられる数字ではない。

これからの時代に、「現代詩手帖」「詩学」がもっていた詩壇的権威はいらない。何も敷居の高い登竜門を通らなくても、好きなように自由に詩を書き、ある程度作品がたまったら、適当に出版社を選んで一冊の詩集にすればよい。

かつて詩人会の役職といえば権威のひとつで、それなりの詩的業績が求められた。しかし、昨今は、こちらもポストモダンが浸透し、キャリアもなく、まるで町内会の住人が交替で役員をするかのように、ただ機械的に選ばれてしまう傾向がある。ポストモダンからすれば、これは非難するに当たらず、そうであれば、権威なき団体の運営に発想をシフトすればよい。私は一九八五年に現代詩人会に入ったが、はじめて総会に出たとき、目の前に居並ぶ理事の顔ぶれの凄さに身震いした記憶がある。思えば、それを最後に、現代詩人会はポストモダン状況の渦に巻き込まれてしまった。

もうひとつポストモダンでいえば、石原同様、ながく「柵」の誌面を支えてきた中原道夫の存在がある。石原は大学教授という肩書をもつ立場での表現活動であったが、中原は元教師で市民派詩人としてしられる。中原は板橋というフィールドにあって、同区の日韓親善協会、バレーボール連盟の役員を歴任。その言動は直截的である。中原はその心情を『いま一度詩の心を』（一九九九年・詩画工房）、『続・いま一度詩の心を』（二〇〇三年・詩画工房）の中で、余すことなく書き記している。その中で、中原は詩は感動であると断言し、修辞についても「言葉本来の意味を見つけ出す」ことで、それは子どもでも分かる、きわめてシンプルな形をとるべきだという。詩人は頭であれこれ考えるより、目の前の現実を全身全霊で感受せよという人生派である。たしかに、中原のいうのが真の詩人の姿であり、分析・批評なら詩人以外でもできる。中原はインテリという外形を内に封印し、庶民派代表として第一コーナーを疾走し続けている。

　こうした中原の最大の働きは「柵」連載の東日本・三冊の詩集、現在の「柵」の本棚・三冊の詩集評である。中原の取り上げる詩集は、その後の詩集賞でノミネートされる確率が高い。詩集賞についていては、全面的に肯定はできないが、他者の詩集を真剣に読み合う場としては効果抜群である。多少の談合はあっても、複数の委員が丁々発止して決めるのだから、それはそれで当該受賞詩集の良さは認めないわけにはいかない。詩集賞も妙な権威につながらなければ、一定の効果をもつものとして評価できる。ここでの中原の炯眼には端倪すべからざるものがある。

　それでは、中原が取り上げた詩集を列挙してみたい。


二九四号・二〇一一年六月／庄司進『今がいい』、鈴木太郎『八月の存在』、神山暁美『ら』。

二九五号・二〇一一年七月／平木たんま『おばさんの花』、荒波剛『霧の山小屋』、比留間美代子『花吹雪』。

二九六号・二〇一一年八月／大林美智子『ブラームスの続きを』、北岡武司『スピラスィヨーン』、清水恵子『駄駄』。

二九七号・二〇一一年九月／間島康子『ねう』、吉村悟一『阿修羅』、渡辺恵美子『万華鏡』。

二九八号・二〇一一年十月／清水茂『砂の上の文字』、築山多門『風の葬列』。吉田ゆき子『鼓膜の内外』。

二九九号・二〇一一年十一月／相良蒼生夫『段差』、山本博道『光塔の下で』、中村千才『沙と蛇』。


三〇〇号・二〇一一年十二月／谷口謙『大江山』、冨上芳秀『祝福の城』、市川つた『白と葩』。

三〇一号・二〇一二年一月／杉山平一『希望』、中井ひさ子『思い出してはいけない』、梶谷忠大『ことばの流れのほとり』。

三〇二号・二〇一二年二月／北畑光男『北の蜻蛉』、田村雅之『水馬』、吉田隶平『青い冬の空』。

三〇三号・二〇一二年三月／外村京子『しまいこんだ岸辺』、柳田光紀『地球哀歌』、秋山公哉『いつもと同じ朝』。


ここで中原はすばらしいアンソロジーを作っている。それぞれの詩集から、読者の目を通して、とてもよい詩が選ばれている。

2

「柵」には詩壇的権威はないが、志賀のまとめた「柵」通信など、あり余る情報があり、読者はそれらを自由自在に活用することができる。ただ、すべての作品が傑作であるとか、そういう期待で読むことはできない。しかし、これこそがポストモダンの時代の特徴である。今でも「現代詩手帖」にはレベルの高い作品が掲載されていると思っているのは、当事者たちだけである。相対的に「柵」も「現代詩手帖」も、同じくらい傑作があり、同様に駄作があるというのが真実ではないか。「現代詩手帖」は詩界の権威なのだから、そこに掲載された作品に稚拙なものはないというのは安易な見方にすぎる。これは、詩集賞を受賞した詩人の詩はすべて傑作とする見方にも当て嵌まる。しかし、詩人は啓示と預言に満ちた存在で、そこにことばが降りてこなければ、知的ではあってもただの人にすぎない。受賞時、たまたま当該詩人は啓示と預言の場に遭遇したにすぎず、いくら頭で考えても詩のミューズは降りてこない。詩人であっても、精神の劣化は早く、かつての受賞詩人がただの詩人になっていることのほうが多い。

とにかく「柵」は、情報が断片化した時代に、たくさんの詩壇情報を流す、志賀はそれを忠実に実行して三〇〇号に達した。「柵」通信は後世において貴重な資料である。もちろん、志賀自身、名編集者として、後世に残る『戦前の詩誌・半世紀の年譜』『戦後詩誌の系譜』の二冊を刊行している。

（「柵」通巻三〇〇号達成記念会・二〇一二年二月二十五日・大阪　弥生会館でのスピーチに加筆）

希望の詩学

―大震災後の詩を読む―

大震災から一年、私の周辺でも厭世的になってうつ病にかかった人も多い。大震災は一瞬にして、それまで蓄積してきた市民たちの物的財産を飲み込み、生命までをも奪ってしまうことを世に周知した。今回、首都圏は震度五程度で済んだが、つぎの関東直下型では震度七が予測され、それが起これば、ただちに建物は三〇万棟が倒壊、死者は一万を超えるという。まるでハイデガーがいうように、われわれは一瞬死を猶予された脆弱な存在ということになる。ハイデガーは未来とは死の意味であるといったが、そうなると、生きている間に好きなことをしようと自暴自棄になったり、何をしても無駄だと厭世観にとらわれたりするのも分からないではない。

そんなとき、本欄で触れた杉山平一の『希望』が現代詩人賞受賞のニュースが流れた。九十七歳の語る希望の中身は現実感がある。

まず東日本大震災後、「いま」という詩が教えてくれる意味を考えたい。

もうおそい　ということは／人生にはないのだ／／おく

れて／行列のうしろに立ったのに／ふと　気がつくと／
うしろにもう行列が続いている／／終わりはいつも　は
じまりである／人生にあるのは／いつも　今である／今
だ

ハイデガーは死の前に老人も幼児もみな平等だといった。いわば、九十七歳の杉山も、私もだれもがそうであり、死からの引き算で現在の生を考えたとき、そこにはだれ一人明日の命の保証はない。みんな順番に一人ずつ死を待つかのように時間というベルトコンベアーにのせられる。そして、そのうしろにはどんどん行列ができてくる。しかし、人生は順番通りに命が終わるということではなく、杉山も私も目の前に一日があるという意味では同じで、後はその一日をどう受容するかどうかの価値観の違いがあるだけである。よって、まだ一日があるという認識こそが重要で、それを踏まえて、生きて何かしらができることの幸せを噛み締めるべきである。いわば「人生にあるのは／いつも　今である／今だ」だけなのである。

マスコミでは、高齢社会を背景に、老老介護、孤独死など、ネガティヴな側面ばかりが語られる。最近では老老相続などもある。ここには、何か機械的に老人や弱者を並列させて論じるマスコミ報道の傲慢さが透けてみえる。老人と社会的弱者を同一視して、それを福祉という袋につめこんで議論するから、何一つ有効な手が打てない。百歳を越えても意気軒昂な聖路加の日野原理事長もいれば、すでに六十代でへばってしまっている人もいる。

われわれ詩人に課せられた命題は、つねに今の時間を大切に、ことばを紡ぐことしかない。こういう不穏な空気に包まれた時代は、死に向かって、与えられた命を充実させるハイデガーの哲学が似合う。
　つぎに「詩は」という詩を読んでみたい。

短い夏には詩がある／長い夏にはない／／さらばには詩がある／こんにちはにはない／／敗北には詩がある／勝利にはない／／貧乏には詩がある／金持にはない／／夜には詩がある／昼にはない／／少数には詩がある／多勢にはない／／ないものに／詩はさがせないか／／無いことにこそ詩はあり／在ることにはないのだ／／いや　いや／世界すべてに詩はあるのだ

　いわば、詩人は人生の教科書の反対を生きなければならない。精神的には世俗的な成功者のそれではなく、体制から疎んじられるアウトローの世界に住む人たちに近い。こういう世の敗北者という生き方が共有されていれば、詩人の世界ほど住みやすい場所はない。しかし、詩人の世界を住みやすいという人は少ないし、ほとんどいないと言ってよいかもしれない。それは詩人の中にも、成功、称賛などを求めて群がる人たちがいて、そこに世俗の論理が入ってきてしまっているからである。その意味で、もうそんな世俗的欲望とは無縁の、九十七歳の杉山に詩集賞がいったのは好ましい。

ここでの杉山は絶望／希望の二律背反を受容し、それでもいちるの希望を捨象してはいけないと語っている。

もう一篇、タイトルポエムを紹介しておきたい。

夕ぐれはしずかに／おそってくるのに／不幸や悲しみの
／事件は／／列車や電車の／トンネルのように／とつぜ
ん不意に／自分たちを／闇のなかに放り込んでしまうが
／我慢していればよいのだ／一点／小さな銀貨のような
光が／みるみるぐんぐん／拡がって迎えにくる筈だ／／
負けるな

ここ数年、私は職場絡みの案件で、日々大きなストレスに悩まされていた。そんなとき、あまりジタバタせず、時が熟すのを待つという姿勢を保ち、執筆活動に専念することを自らに課した。それによって、すべてをめったにない貴重な人生経験だと思うことで、平安な精神状態を維持することができた。そして、まさに杉山のいうように、ある時難解な連立方程式が解けるように、難事はすべてクリアされた。それは、この世に光はあると信じられた一瞬である。この詩に嘘はない。

杉山の詩集は前向きで希望に満ちているが、そこには過去の過酷な人生のすべてが投影されている。詩人は敗北者を名乗るからには、それを強いてくる側の体制の攻撃に対しても強靱でなければならない。

杉山のいう闇（絶望）の中に、一点の希望を待つことは、人生そのものだということである。たとえ勉学に励み、理想の仕事に就けたとしても闇が消えたわけではない。人生そのものが闇の支配下にあって、めったなことで光（希望）は訪れない。おそらく、この世に人間が生まれてくることの意味はそこにある。まさに人生は苦役の連続であって、息をつく暇がない。まちがっても、己の欲望を満たすがために人は存在しているわけではない。

そうした人生の苦難にあって、いかに希望をもつことができるかを示した詩がある。つぎにそれを紹介してみたい。

ある夜、わたしは夢を見た。
わたしは、主とともに、なぎさを歩いていた。
暗い夜空に、これまでのわたしの人生が映し出された。
どの光景にも、砂の上にふたりのあしあとが残されていた。
一つはわたしのあしあと、もう一つは主のあしあとであった。
これまでの人生の最後の光景が映し出されたとき、

わたしは、砂の上のあしあとに目を留めた。
そこには一つのあしあとしかなかった。
わたしの人生でいちばんつらく、悲しい時だった。
このことがいつもわたしの心を乱していたので、
わたしはその悩みについて主にお尋ねした。
「主よ。わたしがあなたに従うと決心したとき、
あなたは、すべての道において、わたしとともに歩み、
わたしと語り合ってくださると約束されました。
それなのに、わたしの人生のいちばんつらい時、
ひとりのあしあとしかなかったのです。
いちばんあなたを必要としたときに、
あなたが、なぜ、わたしを捨てられたのか、
わたしにはわかりません。」
主は、ささやかれた。
「わたしの大切な子よ。わたしは、あなたを愛している。
あなたを決して捨てたりはしない。
ましてや、苦しみや試みの時に。
あしあとがひとつだったとき、

わたしはあなたを背負って歩いていた。」

この詩は、アメリカ女性、マーガレット・F・パワーズ著『あしあと』（松代恵美訳・一九九六年・太平洋放送協会）の中に収録されている。著者の夫が心臓発作の治療で集中治療室にいたとき、担当の看護師が祈りのあとにこの詩を朗読したという。この詩は看病する著者パワーズが二十年以上前、結婚する際に書いたもので、引っ越しの際、誤って紛失してしまっていたものであった。著者は夫が死の淵をさまよう中にあって偶然忘れていた自身の詩に再会するが、なんとそれは作者不詳のまま、著者の知らないところで、すでに多くの読者を得ていたのである。

この詩を耳にした夫は、意識朦朧としたなか、「私は、作者をとてもよく知っています。……私の妻です。」とつぶやくのである。この時、著者の娘もキャンプ中に足を滑らせ、滝の中に落ち、やはり意識不明で集中治療室にいた。同じ場所で著者も腕の骨を折るなど、まさに三重苦の中にいた。

人が生きている以上、年老いてそれを迎えるのか、自然災害か、事故か、病気か、つねに「これまでの人生の最後の光景」を念頭に生きていかざるを得ない。つまり、だれもが死への猶予の時間を止めることはできない。

クリスチャンである著者は、主とともに人生を歩み続け、結婚を前にしてこの詩を書いていた。苦境の時、主とともに歩み続けてきた過去の光景が浮かび、そして「人生の最後の光景」を目の前にしたとき、そこには一つのあしあとしかなかったことを思う。つねに人生の伴走者であった主であるが、著者がもっとも精神的に辛い時期、そこに主のあしあとはなかった。そうなると、自然災害、事故、病気と、どれをとっても、自分だけがどうしてこんな不幸な目にという気持ちに陥るのは避けられない。ここでの著者の嘆きは「あなたが、なぜ、わたしを捨てられたのか、わたしにはわかりません。」ということばに言い換えられようか。しかし、そんなときでも主は作者のことを忘れず、その重荷を一緒に背負って歩いていたのだ。だから、そこには一つしかあしあとがなかったのである。

三重苦の中、すでに二十年以上も前にこの詩を書いていた著者は、そこに主がいて、ここでの苦しみを主が背負っていてくれていることの意味を確信する。ここで著者は「わたしの大切な子よ。わたしは、あなたを愛している。／あなたを決して捨てたりはしない。／ましてや、苦しみや試みの時に。／あしあとがひとつだったとき、／わたしはあなたを背負って歩いていた。」という希望の声を聞いたのである。

もしかしたら、夫も娘も同時に失ってしまうかもしれない状況下、ここで著者はその苦しみを背負ってくれる他者の存在を明らかにし、すなわち究極の希望を呈示したのである。ここでの希望の意味は、クリスチャンでなくても感覚的に受容できるのではないか。だから人間はどんな悲惨な境遇に置かれようと、最後まで生きることを諦めてはいけない。

杉山平一もマーガレット・F・パワーズも、希望の芽は絶望の中にあって、そこでじっと耐えることが必要であることを告げている。いわば、真の希望は絶望に混在化し、それは極限にまで絶望を体現することでしかみえてこない。しかも、ここでの詩のように、絶望が深まっていけばいくほど、差してくる希望の光は相対的に鋭い。マーガレット・F・パワーズの詩のように、それを信じて生きるしかない。

続・希望の詩学

――中正敏詩集『鳩と麦の穂』――

東日本大震災後、和合亮一、辺見庸などをはじめ、おびただしい震災の詩が書かれている。元来、マスコミには広く情報を伝えるという発想がなく、そうした特定の詩人たちに話題が集まり、そこでの言動が一般に詩人の最大公約数であるかの印象を与えてしまっている。和合亮一、辺見庸の詩作内容云々というより、そうしたマスコミの偏向した態度は、多様な詩の世界を矮小化してしまう構造的欠陥がある。だから、これまでもマスコミに出ていた詩人が調子を落とすとなるや、彼らはただちに「現代詩は終わった」などと、詩人総体を矮小化する言動をしてきている。今回のマスコミの震災詩報道は、そうした過去の文脈と変わらず、彼ら二人に詩人総体を代弁させるかの論調になっている。

一般にマスコミには、そもそも異論を吸い上げる柔軟な受け皿がない。いわば、江戸期の目安箱に当たるものがあるようでないのである。新聞には投書欄があるといわれそうだが、何か予定調和の付け足しのようで、こちらにもそこまでして意見を開陳するという積極的意思が働かない。それを良いことに、一般市民は何もいわないという、そのことに言質をとられて、それで万事体すである。

なぜ詩人たちは震災詩を書かなければならないのか。もしかすれば、それはマスコミの無言の要求であって、「書かずにはいられない」という内的必然性があってのことなのかの疑問が残る。

戦時下、一九四〇年十月十二日、政府は文化政策として、大政翼賛会文化部をつくり、岸田國士が文化部長に就任。詩部会会長は高村光太郎。四二年五月二十六日、日本文学報国会は「国家の要請するところに従って、国策の周知徹底、宣伝普及に挺身し、以て国策の施行実践に協力する」として設立。機関紙「文学報国」発行。解散は国民義勇隊に発展解消される四五年六月十三日。その中で書かれたおびただしい愛国詩については周知の通りである。

今となれば、愛国詩を絶対悪とする、桜本富雄、高崎隆治という論者もいるが、彼らは自己嫌悪に陥らないのだろうか。それと対極にあるのが、絶対正義をバックにした震災詩で、それ以前の湾岸、イラクなどの反戦詩もそれと同じ言語レベルにあるといってよい。おそらく、修辞的には絶対悪の愛国詩も絶対善の震災詩も変わらない。

同じことが、反原発運動に立ち向かう姿勢にもいえる。私の住んでいる国道沿いは、休日ともなると反原発のデモが頻繁にあって、騒音被害や交通渋滞を招いている。若者が多く、胸に派手なプラカードを掲げ、ロック音楽のようなリズムで練り歩く。いつの頃か、私の感性はそうした絶対正義を根城に、自己主張することに同意できなくなってきている。私の中の社会正義が衰弱したとか、自らの生活基盤が安定化し、発想がブルジョワ的になったというのでもない。つまり、それははじめから答えが分かっていることに、安易に与したくないということからきているのかもしれない。もともと私には、少数派で極端にいえば孤立しても、多数派に与したくないという思いがつよい。正直、反原発デモの人たちのシュプレヒコールが少数派にはみえない。

当初私には、原発について、はじめは少しずつ停止していき、最後は全面停止という考えでいたが、今はただちに全面停止のほうがよいと考えが変わってきている。その点では、私はデモには加わらないが、反原発デモの人たちと同じ考えである。原発の全面停止によって、一時的に日本経済が落ち込むことはやむをえない。ただ、原発マネーで生計が支えられている現地労働者の人たちのことは気になる。その人たちのために、原発を再稼働させろというのではなく、原発停止の前に、政府はそうした人たちに手当てをし、彼らが生活に困らないような政策を積極的に打ち出すべきである。物事をやめるには相応の覚悟がいる。何かを新たにはじめるより、やめることのほうがずっと難しい。

もうひとつ、原発事故関係では、本年度の高見順賞主催者の見識に敬意を表したい。昨年度の東日本大震災を受けて、直後の第四一回金時鐘『失くした季節』（二〇一〇年・藤原書店）の贈呈式は中止となっていた。そして、その贈呈式が本年度第四二回の辺見庸『眼の海』（二〇一一年・毎日新聞社）と共に行われたことが報じられた。本欄で、高見順賞に触れたことはなかったが、これは詩人として、文化に携わる者として心に留めておきたい事柄のひとつではないのか。高見順賞受賞者は、いわゆる「現代詩手帖」が押し出す著名な詩人が多い。私如きマイナーな人間が何かいう立場でもないと思い、当該詩集賞への論及は封印してきたが、今後はこの考えを改めたい。それで、さっそく受賞詩集、辺見庸『眼の海』を購入してきた。それは厳しい詩的言語に貫かれた震災詩で、現代詩の新しい可能性を切り開いていて、目が覚まされた。今後は高見順賞受賞詩集なども注目して読んでいきたい。

中正敏新詩集『鳩と麦の穂』（二〇一二年・詩人会議出版）。中は一九一五年大阪生まれ。杉山平一より一歳下で、まさに杉山や中が詩を書いていることそのものが、詩界にとってのひとつの希望である。中は杉山のような「四季」の系譜に連なる正統派の抒情詩人ではない。中の詩は、かつて詩の社会性と抒情を結合させた「地球」のネオ・リアリズムの詩に近いかもしれない。あるいは、その多くがコミュニストであった一九三〇年代イギリスのニュー・ロマンチシズムの要素をもっているとも言える。中の本質は社会的抒情詩人である。

しかし、中の言語手法は理論を実作に還元するのではなく、目の前の社会事象に対して直接的である。そのモチーフの多くは日本の支配体制に向けられる。日本の権力機構の特徴は、政・官・財が一体となって、そこにある種の経済的利権を作り出すことにある。日本はインドのようにカースト制度はないが、厳然と学歴（学校歴）差別は存在する。どこの大学に入ったかの十代後半の選択は、その生涯に大きな影響を及ぼす。たしかに、再チャレンジの機会がまったくないわけではないが、それでも中途から政・官・財の中枢に入って行ける機会は少ない。せいぜい、商人になって金儲けをし、せっせと彼らに年貢を差し出すしか手段はない。

それで公平かつ民主的な社会が作られているのであれば文句はない。しかし、近年の派遣・パートでの利潤追求の末、企業は膨大な内部留保を増殖するなど、新たな階級格差を助長し続けている。それはマルクス主義のいうブルジョワ階級とプロレタリア階級の格差ではなく、政・官・財の中枢にいる者とその他という対立構図になる。その他には、銀行の貸剝し、貸渋りにあう中小企業の経営者も入ってくる。それほど、中小企業を取り巻く経営環境は厳しい。

それでは、中の詩集から、何が問題となっているのかをみていきたい。まずは政治である。

ヒロシマ・ナガサキの被爆から六五年／二〇一〇年のNPT／核不拡散の会議が開かれ／「核兵器のない世界」を目ざす決議をした／／核のない平和が破られた人類の悲惨死者二万余／二〇一一年三月一一日福島第一原子力発電所で／再び最悪の事故が発生した／／G・E社のつくる原子炉は／核兵器を製造するのが主な目的で／発電は二次の機能にすぎない／核廃絶の世界の声に反する／／死の産業と商人が安全神話を煽り／人類に挑戦するのは許されない／核の傘はいらない

（「核の傘の離脱」全篇）

まさに、これが真実なら江戸時代さながらの政・官・財の癒着は当たり前で、彼らの前に市民を犠牲にすることなど問題にならない。これが最高学府で学んできた人たちの頭脳だとしたら、いったいなんのために頭を使っているのか、もっと弱者のために頭を働かせと言いたくなる。江戸時代なら、水戸黄門がいたり、大岡越前がいたりするのだが、現代では警察も検察も弱い者の味方ではない。彼らに抵抗する者はこの世で浮ばれない。

原発が核の平和利用であることを考えれば、それは裏を返せばすぐにでも核兵器に転用されてしまう可能性を孕んでいる。憲法九条は永世中立国を具現化した内容になっている。それでは、日本はスイスのように永世中立国となって、世界や国連にそれを承認してもらえばよいのか。しかし、スイスには巨大な軍事力があり憲法九条でいう非武装中立国ではない。日本は憲法九条の精神に則って、非武装中立国となっていく場合、北朝鮮の軍事的脅威、中国の覇権主義の動向にどう対峙するのかという課題は残る。これも粘り強く各国と外交交渉し、日本を攻撃したら、われわれが許さないという合議を世界に取り付けることで、非武装中立国に名乗りをあげることを期待したい。

笛が鳴る　T・P・P／ハーメルンの笛はネズミを連れ
出したが／太鼓も騒ぎはじめ　これは／どこの鼓笛隊だ
ろう／／段、段の棚田が消え／キリンの首がショベルに
化ける／舶来の田子作権兵衛が／穀類の種子を播きちら
す／／輸入に関税をかけぬと偽り／シボレー　フォード
が売れねば／関税を二倍にする悪企みが隠れている／／
社員を正規から安い派遣に替え／恵比須顔の役員は腹の

鼓をうつ仕組み／不況が左様ならの掌《て》を振れない

（「不況倍増」全篇）

資本金十億円以上の大企業の内部利益は、二〇一〇年で二百六十六兆円に達した。この額はさらに上昇中。二〇〇〇年は百七十二兆円。この間に労働者の年間平均賃金は四百六十一万円から四百十二万円と減少。まったくこれは暴動が起きても不思議ではないひどさである。一般市民にもっとお金を回し、デフレ経済から脱却させるのが政・官・財の仕事ではないか。国民を騙して消費税増税をうたっている現内閣の政策は史上最低である。

それでは、もう一篇、大震災に関わる作品を読んでみたい。

地震　大津波／原子炉溶解のあと／どんなにコトバを捜しても／空念仏　作品にならない／／詩人といえぬものがそれを／嘆いても／能のない弁明／スタンザが災害を防げない／／良識が犠牲を葬っても自然の／大きな力は恐ろしく／死は蘇らない／／防げる核の被害を防がず／商う民族がいる限り／見逃す罪は免れない

（「わたしの罪」部分）

詩人が大震災を書くことの難しさを痛感する。中は原発廃止ではなく、それを操る政・官・財の癒着を解消すれば、必然的にその危険はなくなるとの見方をしている。いわば政・官・財の中心にいる人たちのリッチな生活を支えるため、労働者の給料は強制的に削られているのである。だから彼らは原発は止めない。ついでに納税の期待ができない中小企業は潰す。これらの暴挙を制止する正義の味方は皆無である。中がシンパシーを覚える日本共産党は、そうした実態を綿密な調査で暴くが、それを具体的に変えるまでの力学が働かない。日本共産党の議席が、歴史の浅い公明党より少ないというのはどうなのか。日本は保守と無党派層によって活力のない社会になってしまっている。何とかならないのか。

詩誌の中の日本と世界
―二〇一二年五月詩誌評―

二〇一二年五月末から九日間、フランス、スペインを駆け足で旅して帰ってきた。時差ぼけのまま、すぐに会社の日常業務に突入。いくつかの会議を終えてこの原稿を書いている。書き終わるまで眠ることはできない。人間には火事場の馬鹿力ではないが、いざというときのための力が温存されているという。それはあくまでいざという時のためで、ふだんからそれを使っていたら、体が壊れてしまうので、それはめったに使ってはいけないとされる。しかし、今回ばかりはそれを使わざるを得ない。

今号では、発想を変えて留守中に届いていた詩誌を読んでいきたい。まずは「知井」（名古きよえ発行・京都市）一四号、「タゴール生誕一五〇周年記念祭」でインドを訪問した記念号。内容は名古によるインド訪問のレポート、「タゴールの詩」の紹介など。この旅には私も参加しているので、大変興味深く拝読した。名古は絵画の制作も含めて、その旺盛な筆力には圧倒される。名古はインド訪問のレポートとは別に、あとがきでインドについてつぎのように記している。

インドへ行き、驚いたのは白色汚染です。物を入れるビニール袋が道端に、長年にわたって捨てられた光景を見ました。京大の環境科学センターの助教授、浅利美鈴氏によると、パリでもレジ袋があちこちに白色汚染をしているそうです。スイス、デンマークでは見かけられないそうです。日本ではゴミ収集車が来てくれるのと、環境への意識が高まって、街はきれいになりました。

この指摘は文明を考える上でなかなか興味深い。白色汚染とは、コンビニなどで使われるビニール袋について、これがきちんと処理されず街を汚すことをいう。中国では一日三十億枚のビニール袋が使われるというから、その汚染は桁はずれである。現在ではゴミ袋の無料配布はしていないという。

たしかに、インドのコルカタは世界最貧国の一つに数えられており、白色汚染はありそうなこと。私はこの光景を見落としていたが、漫然と口を開けていられないほど、街の空気は濁っていた。ただ、まだ一日全員が満足に食べられないほど貧しく、衛生・不衛生を問題にするほどの余裕はないのだろう。しかし、いずれインドも経済大国の仲間入りをするとのことであれば、その前にこの汚染問題の処理を終えておいてほしい。

名古は文明国のパリにも白色汚染が蔓延しているという。私は一昨日までパリにいたので分かるが、ユネスコ世界遺産のセーヌ河岸の景観は、その周辺の歴史的建造物と相俟って絵葉書のように美しいが、たしかに街全体の空気は濁っている。しかも、道端にはたばこの吸い殻が大量に捨てられ、ごみ屑も多い。パリでは日本で禁止されている歩きたばこが公然と認められている。インドのように貧困故の不衛生というより、こちらははじめから道徳観念が欠如しての路上汚染である。文明の進歩に拘わらず、何も手を下さずにいると、自然と街は汚くなることを証明している。

帰国後、日本のオフィス街（中央区日本橋界隈）を歩いていると、吸い殻はおろかゴミ一つ落ちていない。その美しさは世界に際だっている。たしかに、日本も高度成長期、各地に公害問題が発生したが、元来は清潔好きな国民性があり、これは世界に誇ってよい美徳の一つではないか。そして歩行者について、パリではだれもが無視していた赤信号をきちんと守っている。東京にあってパリにないもの、それは清潔さと公衆道徳である。インドは信号機も整備されていないし、街全体が巨大なポリバケツのようで話にならない。これからの日本には、世界に類をみないこうした清潔さと公衆道徳だけは残ってほしい。

「錨地」五七号（入谷寿一発行・苫小牧市）は、北海道という地域性に沿って、一六名の同人を擁しての詩誌。巻頭を飾るのは、新井章夫の詩作品「夏の森・その天意の声」。

凄まじい　メルトダウンの　爆発は
がっくりと首をたれ　街を　すべて差し出す
〈カレーの市民〉の　哀しみに　似て
世界の人々は　胸を　いためた

この近代彫刻に　生命と力を吹きこんだ
異形の巨人
オーギュスト・ロダン（一八四〇年―一九一七年）は
『神話の時代が終り　人間の時代が始まった』と　記し
人間の歴史の転換期を
〈青銅時代〉という〝青年像〟に彫琢《ちょうたく》した
――やがて　人類は〈鉄の時代〉に　移って行くが

被災地の生き残った　人々は
かじかんだ手の平を　にぎったり　ひらいたり
手を　高く上げたりして　歩きだした
――あのロダンの〝青年像〟のように
（部分）

フランスでは帰国前にロダン美術館に立ち寄り、「地獄の門」などを見た（時差ぼけが直っておらず、まだ気分はパリの中を彷徨っている）。新井の詩は大震災からの復興をロダンに託して歌った壮大な叙事詩。この詩について、入谷があとがきで「白老アイヌの聖地というべきポロトの森の清澄さと、福島原発事故の放射能汚染を対峙させ、彼自身の願い、救いへの思いをイメージ豊かな詩語に結晶させている。」と書いている。他に関智恵子「富岡日記」にも、工女に技術指導するフランス人女性たちが出てくる。富岡製糸場を作るのにもフランスの建築技術が導入されている。入谷寿一の詩作品「てんのはなびら」は最愛の人に捧げる究極のレクイエム作品。

やむことをわすれ　ゆきがふりつづき／きのうのあさから　きょうのいまも／そらがやぶれて　ふりしきる／すこっぷで　すくってなげる／すくって　はこんで　なげる／ひゃっかい　さんびゃっかい／かたがしびれ　こしがうずく／すくったあとから　つもって／かぜがでてきた　わたくしのいとなみを／あざわらい　せっかくつみあげたゆきを／まきちらす／きょうのうたかいも　ゆきにうもれた／いえにひきこもり　ななめに　よこに／はしり　おどる　てんのはなびらを／ぼんやりと　ながめる／ねむりにさそわれ　やさしさにだかれ／てんにめされたひとと／ゆきのとこに　ねむる／はなびらが　そらをうめ／おとをけし　ときをうめ／わたくしを　うめる

（全篇）

なかむらようこのエッセイ「アメリカ」は現実体験に即したもので興味深い。ただ、もう少しアメリカでの体験を客観的に書いてほしい。思いが先走っては読者の胸をつかめない。こうして読み終えて、「錨地」は編集の工夫もあって楽しい。
「ＧＡＩＡ」四〇号（上杉輝子・中西衛・横田英子編集）。奥付けに二〇〇二年九月創刊とある。十年で四〇号は偉業。目立たないが、毎号優れた作品が掲載されている。とくに上杉輝子の詩は技巧に優れていて、意表をついた面白さが魅力。この詩人はある種の文明批評的なモチーフを、肩の力を抜いて完成形にもっていってしまう力が凄い。もっと広く、詩界に名前が広がってもよい詩人の一人である。

トランスルーセントグラスキャット

誰がお前をこのような形にしたのか
魚の設計図から抜け出したような
　熱帯魚が
トランプカードハート４に印刷されている
人造人間がおいていった一枚のカード
うろこを剝がされ
見なれない手がよってきては、魚らしい形か
　ら身をそいでいったというのに
お前はまだ私に挑戦するかのように

　私を見つめる
二本の長いひげをのばし
硝子玉を入れられた目は
　ふるさとの海か
それとも硝子の壁に囲まれた
　つくられた水の色か
稀薄になったその体で
　泳ぐことができるのであろうか
いや、泳げますよ
　鰓が動いているでしょう
三角形の頭　それをつなぐまっすぐな背骨
魚らしい形を整える60本の支骨
表も裏もない
ココロを包む器もなくし
その透明な体で
魚はどこで今日をわずらい
あしたを思うことができるのであろう

つくられた水の中で
魚は夜は藤色のランプをつけ
昼はひるでうき袋に
　ほのかなあかりをともして
ユラユラと泳ぐ

作者の感性は「トランプカードハート4に印刷されている／人造人間がおいていった一枚のカード」に反応し、そこから熱帯魚の運命に想像を脹らませる。この詩はどこかで私という表現者が、いつのまにか熱帯魚そのものになっていくという二重構造は、作者独自のものになっていてすばらしい。『川の構図』で新境地を開いた横田英子、短詩で異彩を放つ門林岩雄なども同人。こうして中軸がしっかりしていると詩誌は安定する。

「北国帯」二〇八号（新田泰久編集・金沢市）。今や「北国帯」は名実共に北陸の顔である。中村なづななど、旧知の実力派の詩人もいるのだが、本誌から優れた詩作品とエッセイを切り取ることに難儀してしまう。詩作品もエッセイでも、何か読み手の意表をつく機智がないと読む気が起きない。読者は、想像以上にわがままで自分勝手なのである。それからすると、「北国帯」の詩はすべてが常識の範囲内にとどまっていて、詩人らしい大胆かつ有効な想像の広がりがない。こんなに長く続いている詩誌に苦言はご法度だが、そうであるからこそもういちど仕切り直しをして、北陸の詩界を引っ張っていってほしい。

「鹿」一二七号（埋田昇二編集・浜松市）。詩と詩論で圧倒的な存在感をもつ詩誌。今号では、やはりインド国際交流をご一緒した橋本由紀子の詩とエッセイに目が向いてしまう。とくにエッセイ「専用バスから見た花オタクの、びっくりインド紀行」は一五頁に及ぶ力作。橋本は「想花幻想コラージュ展」などを開催する才女。いわば花の専門家で、エッセイではそうした側面からインドを観察している。

二月五日、午後、タゴール国際大学のあるシャンケニケタンに、専用バスで、向かう、車窓からは、ナツメヤシや、エニシダっぽい黄色い花、カンナ、ニセアカシヤの花が、何度も見られたが、いずれも、重たいほどの白いほこりをべったりと被って、花房の色が、わからぬほどだ。畑の中にマスタード、カリフラワー、ジャガイモ、バナナの木、刈り取りの跡、少し水の入った水田、苗代も見える。二毛作とのこと。ハス田の枯れた葉も見える。花が咲くのは十月とか高速道路脇の両サイド緩衝地帯、チリを被って白っぽい草地、池にも紙やビニールゴミが浮いている、やがてくる雨季「五月末～九月、酷暑季四月～五月、」の雨で、全て、洗い流されるのだろうか。（略）

初体験の、生ナツメの実をかじりながら、タゴールの愛した、ベンガル平野をシャンケニケタンに向かって、走る、シャンケニケタンは、暖かい、ホテルマークアンドメドウスは、庭を、眺められる、長い渡り廊下が有り、庭には、濃厚な赤、純白の白の、鮮やかなネムの花—日本とは葉も違う、大型のネムの樹、極小花のサンダンカ、インド中、何処でも見られた、ジャスミン属の白い花たちも、空気のせいか、皆色が鮮やか、ブーゲンビリア、インドボダイジュ、三十センチの莢豆を下げる樹木、花壇には、顔の大きさのダリア、ヒナゲシ、水鉢に見たことも無い、カエルがいたので一枚パチリ、夜、地元のタンタル族の踊りを見せてくれる大サービス。

橋本ならではの緻密な描写である。同じバスにいて、ほとんど気づかず見過ごしてしまった光景で、こうして詳細に記録しておいてもらうとありがたい。

「鹿」では他にいいだささちこ「春の瑕《きず》」が印象深い。書き出しは「生にはりついていた蝶の片羽を／いちまい剝がそうとしたら／死がいっせいに覗き込んできた」。埋田昇二の新詩集『ガリレオの独白』にも注目したが、そこへの論究は別の機会としたい。

「環」一四三号（若山紀子編集・名古屋市）、こちらも息の長い詩誌である。若山を中心に、同人は鈴木哲雄、高梨由利江、加藤栄子、さとうますみ、安井さとし、神谷鮎美、菱田ゑつ子、東山かつこ、佐藤千志子、中原秀雪。若山もフランスから帰国したばかりのようである。

フランスは丁度サルコジとオランドの選挙中だったが、街はいたって静かで（最《マ》も《マ》連休中だった）観光客ばかりが目についた。たまに日本を離れるとこの国の好さと悪さが本当によくわかる。便利さに於ては、こんなに親切でいい国はないだろう。しかし文化的なことに対してはどうだろうか。その違いを又大いに感じた旅であった。

（「あとがき」）

日本で元気なのは深夜営業のコンビニ。たしかにお金も下ろせるし、地震時には食糧、水、乾電池が手に入り助かった。しかし、フランスでは休日は完全休業するので、観光客はそこを外してレストラン捜しをしなければならない。深夜営業をきらう国民性があり、まずフランスにコンビニは誘致できない。昼間はカフェでの議論、夜は家族で外食するのが基本。フランス革命二〇〇年で建てられたオペラハウス、バスティーユは普段着でオペラが見られる大衆のための劇場。今回の旅で、同劇場でみたオペラ「セビリアの理髪師」は印象深かった。なお、バスティーユは労働者の街で、そこにオペラハウスを建てる政府の決断は、フランスの文化を考える上で象徴的な出来事である。

詩誌の中の原発再稼働
―「飛揚」「風歌」「いのちの籠」―

二〇一二年五月二十六日、民主・自民・公明の翼賛体制の賛成多数で消費税増税案が衆議院で可決した。経済の専門家によれば、デフレ下の消費税増税は失政の感がつよい。景気の回復を冷やすのみならず、増税分を価格に転嫁できない中小企業は沈没してしまう。たしかに国の借金一千兆の数字を出されると、子孫にこれを押しつけることにためらう国民も多い。しかし、国民の貯蓄は一千四百兆円もあり、これに国の資産、大企業の内部留保を加えると、家計の住宅ローンを差し引いても、日本ほど世界的に経済収支が安定している国はない。だから、安全な貨幣として世界中で円が買われるのであって、日本がギリシャやスペイン、イタリアのように破産国家になるわけがない。

ただ、この数年に体質改善をしなければ日本も沈没しないという保証はない。しかし、それがはじめに消費税増税でないのは明らかである。むしろ、今は減税先行で、国民の懐を暖かくし、景気をよくするのが先決で、また被災地の経済復興も急務であろう。それによって、失業率も改善する。それを終えて、ようやく消費税の論議である。どうして、こんな単純なことが野田内閣に理解できないのか。

もう一つは大飯原発の再稼働であろう。まだ事故の収束には程遠い福島の現状をみて、どうして再稼働を決断するのか。ドイツのメルケル首相は、福島第一原子力発電所の炉心溶融事故を受け、連邦議会と参議院によって二〇二二年十二月三十一日までに、原発の全廃を可決。メルケルは物理学者で原発擁護派からの転向。野田内閣にもこういう前向きな決断がほしい。ここまで国民の意思を無視したごり押し内閣は前代未聞ではないのか。

今回も詩誌の活動内容をみていきたい。詩人たちは国家の危機を反映する詩作品・エッセイを書き続けている。

まず「飛揚」五五号（葵生川玲編集発行・東京北区）。葵生川にはチェルノブイリの原発事故を描いた詩集『苦艾異聞』（一九八七年・視点社）がある。

まず巻頭に掲載されたみもとけいこ「百里浜」は、怒りの感情を底に秘めた、原発告発の詩。

百里浜／と　いえばいいのに／九十九里浜／一里／たりない／／とても長い／と　いいたいのだろう／でも　九十九里／一里は／ひかえる／／「ツクモ」とは「ツグモモ（次百）」で／百に一　たりないの　意／と　広辞苑には／でていたが／平安の昔から／百／と／いえない／日本人の／思慮深さ／と／注意深さ／／〈百は禍だ〉／／九十九里／／人は／〈禍である者〉の／まえで／思慮深い／ふり／を／した／／一里の／思慮深さと／畏れが／欠けて／いたの／だ／／〈永遠は／失われるの／だろうか〉／／いま／水平線は／いびつに傾き／崩れおち

る水平線　の／残骸が／つぎ／つぎ　と／海岸に／うちあげられる

この詩は原発事故という社会事象ではなく、人間内部に潜む思いの浅薄さと傲慢さに批判を投じている。みもとのいうように、原発事故は、政府も東電も、原発が作り出す電気を浪費していたわれわれも、みんな一里たりない思慮深さに欠けていたことによって起こった。だから、われわれが政府や東電を客観的に告発しても問題は解決しない。たとえば、日本の食糧廃棄率は世界一で、毎年一七〇〇万トンが捨てられている。これは途上国の五〇〇〇万人分の食糧にあたる。こういうことから、考え直さなければ真に原発問題は解決できない。

どこかで日本人は、思慮深さと畏れを捨象してしまったようだ。戦前、超越者への過度の忠誠が軍国主義に発展したことがトラウマになって、戦後は各所に自由平等の民主主義精神が無秩序に拡充した。自分より偉い人はいない、それは自分が一番偉いという傲慢さにすり変わってしまっている。それによって、国家、家族、職場の秩序が崩壊し、首相はポピュリズムの権化、頑固親父は家を追われ、会社では上司が部下に気を使う、そんな自由平等観の価値転倒が日常に常態化している。これを書いている最中、テレビがいじめで自殺した中学生の事案で、自殺練習させられていたことを報道。これについて、教師も教育委員会も知らぬ存ぜぬ。こんな教育のていたらくで、どうして原発問題だけが解決できるのか。みもとの考えとはちがうかもしれないが、やはり日本人は超越者への畏敬、すなわち一里足りないことに思いを馳せるべきではないか。すなわち、首相は首相らしく、親父は親父らしく、上司は上司らしく、教師は教師らしく、「私とあなたたちとは違うんだ」という傲慢ではない威厳の復権である。
つぎは、東京電力の思想差別をモチーフにした橘田活子「のこれ　ことばに…」。

人びとの／暮しを　こころを　引き裂き／大事なことは
あいまいにしたままの／大企業の帝王　東京電力／この
恐るべき会社を相手に／思想差別を／仲間と一緒に闘い
抜いた／ひとりの詩人がいた／／彼は／人間が自由に美
しく／生きていること／家族を／愛を／自然を／仲間た
ちを／そして…平和を／一篇の詩に書き綴って／闘った
／／一九九三年十二月十二日／十九年に及ぶ東京電力人
権裁判に／画期的勝利の判決を得る／／天日に晒した／
ヒラメのような顔に／少年の眼を残したままの／詩人
返田　満／／河原田を守り／八人の子どもを育てた／父
老農夫の歴史／真のモノとなり／彼の内から溢れでてい
った／河原田に立つ／一本の樹木のように…

（五連〜終連）

日本共産党員であることを理由に、賃金を低く抑えられたり、昇格をさせてもらえないというのは、どういう神経なのか。これが自由の弊害を唱えた平成の世に起きているとは、まさにこのアナクロリズムは博物館級である。原発の事故処理について、こんな旧態依然とした全体主義的な会社を相手にしていることを知らなければならない。たとえ、どんな場所にいようと、思想信条の自由は保障されなければならない。これは人が生きていく上での基本中の基本で、前述の超越的な抑止力が必要であるというのは、それらが守られた後の問題である。この詩は、東電の本質を世に知らしめる意味では貴重である。

この他、青島洋子の詩作品「どこへも還れないものは」、伏木田土美「太陽と土の間で」、葵生川玲「数字の貌」、くにさだきみ「富の九九％を握るのは『原子力ムラ』？」も、原発をモチーフにした力作。

つぎに若手論客として期待が大きい長居煎編集発行の「風歌」二九号。ここで長居は暮鳥の「囈語」のパロディで原発を告発している。

囈語２０１２

窃盗泥鱒／強盗勲章／恐喝電波／賭博いぬ／詐欺錦／瀆職
ふぉあぐら／姦淫混酒／傷害天女／殺人おりいぶ／堕胎因
縁／騒擾あられ／放火まろうど／誘拐たぶれっと。

長居は暮鳥の「囈語」について、軍や役人、食欲などへの怒りを込めた弾劾の詩だとユニークな見解を述べている。「囈語2012」はその詩を受けて、現在の東電と政府に対し、「犯罪者として告発するしかない」と憤り書かれたものである。東電や政府は、もうふつうに物をいっても聞く耳がないので、こういう角度からの告発も面白い。

戦争と平和を考える詩の会「いのちの籠」二一号、原発問題を論じて、もっとも信頼できる若松丈太郎の文章が読める。

菅直人前首相は原発への依存度を計画的、段階的に下げ、将来は原発を廃止すると明言した。ところが、福島第一〈核災〉の徹底的な検証と総括がなされることもなく、また、中長期の原発政策が決定しないまま、野田政権のエネルギー基本計画の見直しを検討している審議会などでは原発推進派が大勢を占め、定期検査のため運転を停止している原発を再稼働しようとしている。四月五日には経産省原子力安全・保安院は、三〇項目の緊急安全対策がとられていることを暫定的な基準とする再稼働の条件を政府に提出した。翌六日の関係閣僚会合はこれを承認し、わずか一週間後の十三日、関係閣僚会合は大飯原発が再稼働の条件を満たしているとの判断を下した。ところが、実際には、防波堤のかさ上げ工事や、水素ガスを除去する水素再結合装置の設置は二〇一三年度、免震重要棟の完成は二〇一六年度までかかり、外部へ放出する放射性物質を減らすフィルター付きベントの取り付け時期は見通しが立っていないという。その間に〈核災〉が発生した場合の対策がなかったり不備であったりするまま、まず再稼働ありきと、〈核災〉が発生すれば「集団自殺」へと至る道を突き進んでいるというのが野田内閣の姿勢である。

（「福島から見える大飯」）

若松の主張は現地からの発信であることと、詩集『海のほうへ　海のほうから』（一九八七年・花神社）で原発問題を書いて以来の持続的活動が特徴的である。それにしても、菅直人前首相の原発全面停止は、ドイツのメルケル首相に比べて、あまりにことばが軽い。すぐに野田首相で原発再稼働になってしまうのは、もう下手な手品としかいいようがない。この背景には、背後で原発推進を操るアメリカの動きがあることも無視できない。この文章で、若松はつぎのように日本の恥部を抉る。

電力会社と、そこに発生する利権に群がる政官財、司法、軍、メガバンク、メディア、御用学者、地方自治体などなどが一体となって犯した福島第一の〈核災〉という犯罪は、いまだに起訴もされないで放置されている。その原因者たちは反省してみずからの責任をとるどころか、そのまま居座って、〈核災〉以前の体制を維持しようと画策しているらしい。

七月に入ると、民主党から消費税法案に反対票を投じた小沢グループの多数が離党した。まだ人数は流動的だが、衆参合わせて五〇人前後の前代未聞の造反劇である。つぎは衆議院解散後の選挙だが、そこで小沢グループが、ここでの若松の問い、政官財、司法、軍、メガバンク、メディア、御用学者、地方自治体などの利権にメスを入れ、まさに国民のための政治ができるかどうかである。新聞・マスコミは、民事被告人の小沢を叩くばかりだが、私はひそかにこの壊し屋と称する政治家の手腕に期待している。

その動きとは逆に、何か疑わしいのは維新の会の動きである。「いのちの籠」に、この動きをモチーフにした堀場清子の詩が掲載されている。

わたしには／どうにも腑におちないことがあった／ヒトラーの　あのナチスが／最初は　合法的政党として登場したなんて／／それが　こんど／すっかり　納得がいった／／橋下氏が大阪市長に当選して／上京したとき／上位のはずの国会議員が／だれもかれも／なんとまァ　せいいっぱいの追従笑いで／競って揉み手し　出迎えたさま！／／東京に二日滞在し／一日で八人の大臣に会ったというが／それはつまり／大臣の方が　お待ち申しあげていたということだ／／新しい勢力が台頭するとき／旧勢力は　地に額をこすりつけ／尻尾ふり／勢力の分け前にあずかろうと／擦り寄って／そしてすっぽり　頭から／呑み込まれるのだ

（「迎合」全篇）

大震災の詩と修辞
―和合亮一の詩と表現をめぐって―

一九九五年五月、石原武会長の指名を受けて、詩人クラブ理事長に就任し、それから断続的にクラブではいろいろな仕事を任され、多忙な日々を過ごしてきた。そんなことで、私と詩人クラブをリンクして捉えられることも多いが、そんな立場からもようやく解放されそうである。長を務めた人間は後任のことも考え、できれば素早く身を引くのが賢明で、長く留まれば良いというものではない。これは自戒を込めていうのだが、詩人は経歴作りをしているわけではないので、それをどうしても必要とする場合を除いて、そんなことに長く時間を割くのは邪道である。詩人は限られた時間の中で、すべてに自分の詩の仕事を優先し、何よりもその完成に全精力を注ぐべきである。そして、いつでも自由に物が言える立場にいなければならず、そのためには、ある特定の組織に長くいることはけっしてプラスではない。

詩界の役職を引き受けるにあたって考えたのは、それが理由で書くことに影響を与えたとか、こんなはずではなかったと後悔したり、いわばマイナス要因を一切考えないことだった。それでかえってむきになって、ここ数年あちらこちらに書きまくってきたのかもしれない。しかし、今後身軽になって、時間の余裕はできても、それで仕事量が増えるとは限らない。むしろ、モチベーションが下がってしまうのではないかと、そちらの方を心配している。

詩人クラブ在任中、そのつど達成感もあり、自分なりに満足のいく時間が過ごせたと思っている。しかし、ときに私の手法に強い抗議を受けることもあり、苦慮したりもした。元来私は物事や人に対して淡泊で、そんな性格だから、これまで恐いものしらずでやってこられたのかもしれない。詩人の中には、別の詩人からの集中攻撃に耐えきれず、組織を離れたり、断筆してしまったりする人もいたことを思えば、ずいぶんと恵まれた詩的人生を過ごせたと、詩界の諸先輩の温情に感謝している。

こんなことを書いていて、和合亮一をめぐっての批判的言動に出くわした。三・一一以降、和合はマスコミ露出も多く、いわばアーサー・ビナードと共に、今もっとも活躍している詩人である。最近では私が編集委員を務める二〇一二年七月一日、NHK青山荘、「詩と思想」四〇周年の講演に登壇した。演題は「三・一一以降の世界と現代詩の未来」。当日の講演は立ち見も出るほどの盛況ぶりであった。和合は震災時福島にいて被災し、その再生を願うことを誓い、それが震災詩という行動へと走らせていったという。それ以降、ツイッターで「詩の礫」を発表し、話題を集めた。

四月一日　二二時五九分

一一四三八人*の影（日本中の詩友よ、今こそ詩を書くときだ、日本語に命を賭けるのだ、

これまでしのぎを削ってきた詩友よ、お願いする、詩を、詩を書いて下さい、二時四六分、
黒い波に呑まれてしまった無数の悲しい魂のために、お願いする、私こそは泣いて、詩友に、
お願いする。）がバス停を過ぎる。

＊　一一四三八人…当時　死者・行方不明者の総数

あまりに率直過ぎる表現であるが、ここで和合は詩言語という不可能性から実用言語、それまでの不条理世界から条理世界へと急カーブを切る。その前に、それまでの和合が言語主義詩人として、「現代詩手帖」などで活躍していた経歴を踏まえなければならない。だから、和合は意識的に不条理世界から条理世界へと変化したのであって、不条理な詩言語世界を否定しているわけではない。しかし、あれだけの惨事に遭遇してしまうと、言語主義は観念の空回りにしかみえなかったのではないか。

ここで、それまでの和合の詩をみておきたい。和合は一九六八年福島市生まれ、福島大学教育学部、同大学院修了。卒業後同地で高校教諭。一九九八年、第一詩集『ＡＦＴＥＲ』（一九九八年・思潮社）で中原中也賞。

第三詩集『誕生』（二〇〇二年・思潮社）から、「世界」という作品である。

世界

どう譬《たと》えれば良いのか　折れ曲がる針金の先をさらに折り曲げてゆくかのように
静かに軋む自転車と　あなたが音を立てずに通り過ぎてゆくかのように
雨雲の影が緑色になってゆくかのように　世界は独り言を止めた

海は墜落した　山は叫び声をあげた　電信柱は無意味になり倒れていった
鳥は少しも考えない　視力のない森で　水色に染まってしまい
魚は少しも考えない　視力のない川で　土色に染まってしまい
少年は優しい考えを止めようとはしない　空想の空の下の巨大な波柱

はじめの一行をどのように記すべきなのか　それから先は本当に
幸福な世界が渦巻いている　青々とした便箋に表情はない　それを一枚ずつ
無駄にしていくうちに　世界中の子供たち同士の約束は鳥になる
熱心な子羊たち　読むべきことは頭の中に既に置かれている

少年は裸足で封筒を買いに出掛けたまま　生まれてから一度も帰って来ないまま
遠い草原の一枚の葉が裏返った瞬間　私の弟となり消えてしまった　風の強い夜
自分の横顔に手を合わせていると　世界は永遠の黙礼の準備をし始める

谷川俊太郎の詩集『62のソネット』（一九五三年・創元社）には「世界が私を愛してくれるので／（むごい仕方でまた時に／やさしい仕方で）／私はいつまでも孤《ひと》りでいられる」と書かれている。たとえその孤独が耐えがたいものであっても、そこには戦争から解放されたある種の希望的思いが感じられる。しかし、和合世代の日本は失われた十年、二十年といわれ、食べるには困らないがそこには絶望も希望も中和された、ずいぶんと白けた孤独な精神世界しか存在していない。当然、かつての詩人たちが共有していた世代的エコール、連帯意識は存在しない。そこでの断片化された個の中身は、社会という川の上に浮遊した無用の残骸物という要素を孕む。その根底にあるのは、社会と否定的に妥協したやさしさに包まれたニヒリズムである。

一連、「どう譬えれば良いのか」という躊躇。そこでの直喩に確信めいたものはなく、作者の不安定な深層心理を暗示している。二連の鳥、魚は思考停止としているが、なんとか作者はそこからことばを繰り出そうとする。そして、極端に傷つくことを恐れた世代は、自らが傷つかないため、鳥、魚に仮託した他者のことばを封じ込み、自らは優しさというナルシシズムの城に埋没する。そうした虚構社会の上に、突如大震災という現実が襲ったのである。

和合の震災詩を読む上で、こうした世代的な価値観を踏まえて考える必要がある。つまり、和合は唐突に震災詩を書き出したわけではない。すでに和合は、いまさら震災詩を手段に詩壇に名を為そうとする必要もないほど、著名な詩人である。直接的なリアリズム表現が、詩壇的にはマイナスに働くことも予測した上での震災詩の制作ではなかったか。

和合自身、「詩と思想」講演のレジュメに、自らへの批判的言動をつぎのようにまとめ配布した。

「和合亮一の書いているの詩というのは適当な叫びであり、適当なつぶやきであり、適当な悲しみであり、国民感情に阿ねることでたくさんの方の反響を得た」

「黙ることを知らない詩人」

「被災者という『無垢』を見据えて悲歌を供給していれば、詩人はどんな詩を書いても許される。賞賛されることは決してない。書く行為としてこれほど安全な場所もめずらしい」

「震災を前にして詩人はイノチガケで書く必要もなく、事実だれひとりイノチガケで書いている詩人はいない。イノチガケが凝縮したような震災のなかで、イノチガケとは最も縁遠い場所に詩人がいる。そのコントラストが悲しいくらい滑稽である」

和合はこれに対し、反対意見を述べたりはしなかった。ある意味、荒川洋治などは、和合の詩について震災特需と形容しているが、これを読むと和合自体、震災の二次被害者ではないかと同情してしまう。おそらく大震災を前に、詩人として現実事象をなんとかことばに留めておきたい、そうした衝動にかられてしまったにすぎず、意外に素朴な心情の持ち主なのかもしれない。

他にも和合批判の一つとして、岡庭昇のつぎのような見解がある。

大震災後ＮＨＫが「大震災が生んだ詩人」和合亮一を『ＮＨＫスペシャル』で特集したとき、わたしは興味を持って見た。そしてひどくがっかりした。

ナレーターは伝える。「和合は震災体験をして、言葉が後から後から湧き出して止まらなかった」と。しかしそれこそ、警戒すべき上滑りであって、その危険性は詩人の初歩的な心得ではないのか。

断言するが、言葉が後から後から湧き出るなら、そのとき詩人は沈黙するべきである。言葉に対して、禁欲的になるべきである。あたかも麻薬をやったジャズプレーヤーの演奏のように、そんな言葉は主観的にはともかくろくなものであるわけはないからだ。

（「正義と操作」・「潮流詩派」二三〇号）

現代詩人の基本的姿勢としては分からないではない。しかし、これらを忠実に守っていたら、いつその詩が完成するか分からない。そして、たとえ出来上がったとしても、それはおそろしく観念的で、今の和合の詩のように一般大衆の感性を刺激するものになるとは思いにくい。とりあえず現在の和合の表現活動を肯定する懐の深さがあってもよいのではないか。

たとえば、家族が救急病棟に運ばれたり、急に医師から臨終が近いとの知らせを受けたりする。そんなとき、人にことばを推敲できる心の余裕があるのか。前者であれば、なんとか助けてくださいと主治医に懇願し、後者の場合、枕元で泣き崩れてしまう、それが普通の人の感覚ではないだろうか。無言で、言いたいことを推敲している間に、事態は進み、深く「考える人」はその場に取り残されて終わってしまうこともなくはない。和合の場合、ここでの親族の素朴な感情を素直に表現したとみたい。和合は感情に忠実な詩人で、人間的に計算高くはないのである。

繰り返すが、和合は言語派として頂点に立った詩人である。その詩人が、まったく対極の文学観に立って真情を吐露する。前世代の詩人からみれば、自然主義も象徴主義もない、節操のないものとみられても仕方ない。しかし、和合世代の価値観は無セクトが特徴で、無派閥、いわば言語派でも生活派でもない、すべてがボーダレス化されていて、柔軟で自由な思考が持ち味なのである。いわば、その世代にはわれわれを呪縛した「荒地」「列島」のセクトもない、あるいは「現代詩手帖」も「詩と思想」の垣根もない、もっといえば有名・無名の区別もない、とりあえず目の前の事象に好奇心をもってゼロベースで望む、そのことが最大の関心事にすぎない。だから、すぐにも和合が元の言語派に戻り、きわめて難解な震災詩を書く可能性が考えられる。現代詩はそうした時代になってきていること、その変化を読み取れないとまずい。

ふだんわれわれは、つねに詩はほとんどマスコミに相手にされず、本屋に詩集も置かれていないと嘆いている。それからみれば、和合のマスコミ活動は、われわれの大きな励みであって、何も非難するに当たらない。

いじめ問題と個の尊厳
―青野三男詩集『幻花』―

今に始まったことではないが、主に義務教育現場での陰湿ないじめの連鎖が止まらない。こうした事象は詩人の感性を刺激しないのか、同人誌のエッセイなどでこの問題にはあまり触れられていない。しかし、いじめ問題をおろそかにしてはならない。それは詩人がもっともつよく問う内面の問題だからである。いじめを受けた人間は、それがトラウマとなって、生涯その十字架を背負って生きていくことになりかねない。時が経ち、いじめた側はとっくに忘却の彼方であるが、いじめを受けた側は一生そのことを忘れずにいる。

ここで私はいじめを根絶せよという積りはない。それは人間の動物的本能に立脚するものであり、少なくすることはできても根絶はできない。もとより教師にも教育委員会にも、あるいは警察にもいじめ問題の解決能力はない。その結果、すべていじめを受けた側が、自らの努力でそれを克服していかなければならない。日々生存競争に生きる人間社会にとって、親や教師、友人、だれかが自分を助けてくれるというのは幻想にすぎない。いじめを受けた者が、最後の手段に死を選ぶというのは、おそらく究極の苦しみからの解放であろう。それは決してあってはならないことだが、すべて生きている人間の肯定的な価値観（生きていること＝善、死ぬこと＝悪）だけに委ねて、いじめ問題を判断してはならない。

テレビなどで、コメンテイターたちがもっともらしく、いじめ問題の解決策を話しているが、ほとんど参考にならない。彼ら社会の勝ち組には、いじめを受けた弱者の真の気持ちが分かるはずがなく、彼らのことばは空虚そのもので何一つ身体化されていない。思うに、いじめが後を絶たないのは、彼ら良識者と称する知識人たちが、よってたかって個人を集団化しようとするところに原因がある。つまり、学校は、勉強にしろ、運動にしろ、遠足などの課外活動にしろ、すべて集団の論理がまかりとおり、個人が自立できる場所がまったく用意されていない。すなわち学校は「みんな仲良く」が基本で、教師はだれかとだれかを適当に組ませ、けっして一人でポツンといることを許さない。いうなれば、教育現場にとって仲間外れはあってはならないことで、たとえそれが自ら選んだ孤高の姿であっても許されない（これは私が義務教育でもっとも学んだ真理である）。

大人になってみれば分かることだが、群れない（孤高＝一人でいること）でいることの爽快さはストレスも少なく格別の気分である。どうして、子供たちだけが不自然な共同生活を強いられ、ストレスを溜めなければならないのか。おそらく、いじめは強制的な集団への適合と表裏一体とみて差し支えない。

そこでいじめの解決策として、たとえ集団からいじめを受けても、一人でいられる空間が確保されていれば、当該場所へ自由に避難することができるのではないか。勉強にしろ、運動にしろ、遠足などの課外活動にしろ、一人でいたい人間は、ずっと一人でいればよいし、そのように空間を膨らませることで、いじめを受けた人間はそこに緊急避難することができる。しばらく学校に出てこないで、家で自習をしていてもよいし、寺子屋方式の個人指導で学力を強化することもできる。何が何でも、学校にこさせて、集団への適合を強いることこそがいじめを誘発しているのではないか。

こうしていじめ問題を考えていたら、ご遺族を通し青野三男遺稿詩集『幻花』（二〇一二年・東方社）が送られてきた。一読、詩人らしい孤高の精神の持続に興味をもった。詩稿をまとめたのは中原道夫で、帯に「人付き合いが不得手で、不調法者の青野三男であったが、その詩はいつもだれかの心に抱かれたいと思っていた。」とある。巻末の中原道夫、嶋岡晨、金子秀夫の三名の解説を読むと、青野は戦後詩の王道を歩いてきた詩人の一人である。扉の顔写真をみても、板橋かどこかで会ったような気はするが、親しく会話を交した記憶はない。

それでは、青野がどういう詩人であったか、三名の解説者の中から、その一部を引いてみたい。

青野三男とは長いつきあいになるが、その実彼には四回きり会っていない。お互いに酒呑みでありながら不思議に思うが、そうなったのはぼくの責任ではなく彼の責任である。「どうだい、たまには五反田でもいい、池袋、新宿あたりで一杯やらないか」と、いつも声をかけていたのはぼくなのに、いつも逃げていたのは彼だから。ところが、それでいて彼にはいつも親近感を持っていたのはなぜだろう。面倒見のいい泉沢浩志さんを通じて「光線」「閃」

の同人となり、ぼくも青野も処女詩集を「光線書房」から上梓している。

（中原道夫「頑固者の青野よ、さようなら」）

ある日突然、研究室に青野三男氏が現われ、それが初対面で、たしか同人詩誌「漪」をいただき、わずかな時間ぼそぼそと詩の話や大学の話などしたたと思う。お互いに滑舌の性ではなかった。その後は一、二度、図書館事務室にお邪魔し、無駄話をした。その程度のおつきあいで終ってしまった。

週一日の出講の帰り、わたしはよく熊谷駅近くの安酒場で一杯ひっかけたが、青野氏と一緒になることもなかった。お互いかなり長い年月詩の業《ごう》に絡まれてきたはずなのに、その恨み辛みを吐く機会をもとうとしなかった。むしろ好んで距離を置き、わたしは相手の落着いて物静かで淡々とした人柄を、だいじにそっと眺めていたい、と思っていた。避けていたのでなく、詩壇的栄落のことなど、口にする愚を犯したくなかった。その人物が同じ学舎にいるだけで、わたしは安心した。

（嶋岡晨「青野詩の存在」）

彼の下宿先には、幾度も訪ねている。几帳面な彼は、部屋をきちんと整理して暮らしていた。私の家にも何回も訪ねてきている。彼は寡黙で、こちらから話さないと、あまり積極的に口をきかないところがあった。

（金子秀夫「川崎時代の青野三男君」）

青野は一九三八年七月、山形県高畠町生まれ。解説で三者が異口同音に語るのは、青野三男の無口で人付き合いの悪さである。しかし、いじめ問題の解決ではないが、詩人の原点はそこにあるのではないか。私はいじめ問題の解決に青野のような群れない生き方を推奨したい。青野はいったん社会に出た後、一念発起し、明治大学文学部に入り、卒業後、立正大学事務局に就職。二〇〇三年三月退職。中原のいう第一詩集『黒い土地』は、金子によれば青野が二十一歳のとき、一九五〇年代終わり頃。「光線」「ピラニア」などに作品発表。「光線」は一九五三年十月、泉沢浩志を発行人に創刊。「ピラニア」は一九六七年三月、川崎で創刊。編集は青野三男。この経歴をみると、青野はもっと詩界にその名前が知られてもよい詩人である。「光線」も後に同人参加する「日本未来派」も、そうそうたる詩人が参加、戦後を代表する詩誌だが、おそらくその中でも青野は孤高を貫き通したのであろう。ここで詩壇にも人間本能に立脚したいじめがあり、そこから青野が逃避したといっているのではない。それがあろうがなかろうが、そこにはけっして人と群れない青野の潔癖な生き方がある。

たしかに詩の世界で群れていると、最大限の注意を払っていても、どうしても話は嶋岡のいう「詩壇的栄落」のことになりがちである。つまり、詩集賞であるとか役員に抜擢されるとか、そうした類の世俗的行為への異常ともいえる関心である。それらは、いったん手を染めると、そこから抜け出せない魔力がある。しかし、それは本質的に文学的行為ではないし、詩人がそんなことをする暇があるほうがおかしい。現代詩そのものが社会的にマイナーであり、そこで賞を得ようがどうしようが、その評価はどうでもよいことではないか。

青野は文学としての詩を選んだのであって、人付き合いという世俗を選んだのではない。こういう詩人がいたことは奇跡に近いかもしれない。

ここで、詩集の中から、一篇、読んでみたい。

失われた街

自由ヶ丘で乗り換え、緑ヶ丘で下車し、大岡山の方へすこし坂道を歩くと、K化学研究所の白い建物に出くわす。幅広の道が一本とおり、その途中の脇道を行くと、東京工大の裏手の、古い池のある自然林に出る。昼の休憩時、よくそこへ行って夢をみた。その夢うつつが、実験室で思わず小さなビーカーを握りつぶさせた。

十九歳の少年であったことは間違いない。その少年に、研究所の近くの歯科医師は抜いた神経をピンセットの先につまんで見せてくれた。豆もやしのようなものだ、と感心した。気をよくした若い先生は、ただで金《きん》を入れてくれた。その貴金属は、いまでも、ぐらぐらする歯にへばりついている。

今日は、気まぐれに駅前へ来てみた。しかし、道がたくさんあって、どの道を行ったらいいかわからず、工大の裏手に出てみると、コンクリートの塀にさえぎられて何も見えない。確かにこの辺りだと、見当をつけて歩いてみるのだが、めざす建物も、小高い丘もない。蔦のからんだ歯科医院もなくなっている。

この辺りではなかったのか。ぐるぐると、道という道を歩いてみる。街全体の印象が何かちがう。――ちがってあたりまえのことと納得し、くたびれた足をひきずりひきずり、駅の方へ引きかえす初老の男を、あの十九歳の少年が笑っている。笑っている。掌から血を滴《た》らしながら――。

この詩は、必ずしも青野の高い修辞力を示すものではないが、その生き方がリアルに伝わってくるものとして印象深い。この風景に生身の他者は出てこない。詩人には遺稿詩集をまとめる愛妻はいたが、こみあげる孤独感はどうにもならなかった。幼年時は、群れないことがいじめの要因になっているが、成年になれば、むしろ一人でいられることほど至福の時はない。ここでの青野は、「駅の方へ引きかえす初老の男を、あの十九歳の少年が笑っている。」と、過去から現在に至る風景を身体化して生きてきたことが分かる。

青野は詩人との付き合いを回避し、かつて自らのいた場所に出向き、自らの分身に再会するという確認作業を怠らない。この心情は分からないではない。青野にとって、中原や嶋岡のいう酒場での語らいは風景として身体化されることはなかったのである。

詩人たちは、青野の生き方を学ぶべきであろう。ここ十数年、私は人の波に揉まれて生きてきたが、それで得たものはあるが、相対的に失ったものも大きい。ただ、まだ私には群れを離れて、一人で生きる力のようなものは微かに残っている。それがどういうものであるか分からないが、これから具体的に示していきたい。

新鋭詩人の登竜門
―三冊の第一詩集をめぐって―

私は十代の終わりから、二十代半ばにかけて、趣味でノートに詩を書いたり、サークル詩で私的感懐詩を作っていたにすぎない。現在では想像できないことだが、当時同じ境遇で詩を書いていた仲間は全国に数百名はいた。そのうち、サークルを通して伴侶にめぐりあったり、仕事が多忙となったり、さまざまな環境の変化によって、大半は詩をやめてしまい、今も続けている者はほとんどいない。

二十代半ば、自分の才能に自信はなかったが、自分で決断し、力試しで「詩学」への投稿を始めたのが、今思えば登竜門挑戦の第一歩であった。詩のブームの時代で、投稿者は多く、「ユリイカ」「現代詩手帖」は言うにおよばず、「詩学」の難易度も高かった。ほとんどのサークル仲間は、そんなのは無理だから辞めろといって、だれも「詩学」に投稿する者などいなかった。「詩学」に通らなければ詩を辞めるか、身の丈にあった形でのんびり書いていくか、私には孤立無援の選択であった。正直あまり野心もなく、いわばだめもとでの投稿で、とくに入選しなければという必死さはなかった。そのうち、数ヶ月に一度の割合で入選すると、もしかしたら、このまま詩を書き続けていけるのではないかという思いが走った。しかし、これはという明確な決め手はなく、登竜門の証「詩学」新人には推薦をもらえず、留年生のごとく、いつ終わるともない投稿生活が続いた。その間、第一詩集がH氏賞候補になったことで、割と短期間に投稿生活を終えることができた。

H氏賞候補は、辻井喬氏の委員推薦によるもので、その後辻井氏の恩に報いるためにも、五倍、十倍の詩的精進をしなければと思い、書き続けたことが現在につながっている。今になって、当時、拙詩集が本当に候補となる力があったかどうかの自信がない。つまり、かなりの偶然と幸運で、登竜門を潜り抜けていったのではないか、という思いは拭えない。詩は定型のない言語芸術なので、これはという評価を計る明確な物差しがない。選考は、時代の空気であるとか、当該選者の主観に左右されてしまうことが多い。

はたして、現在若い詩人たちに向かって公平に登竜門は開かれているのか。「現代詩手帖」は言語主義を標榜する詩誌らしく、選考基準は相変わらずリアリズム系の投稿者には厳しい。生活者の目であるとか、生活体験とかいうものは、ほとんど選考対象としてプラスに働かない。私の母港ともいうべき「詩学」はすでに消滅。その系譜を「詩と思想」が引継ぎ、言語主義とリアリズムの折衷主義のスタンスの選考が続いている。ただ、選者によっては「現代詩手帖」の言語主義の側に振れてしまい、安定していない。

本年度の「詩と思想」新人賞応募が倍増しているという。二十代、三十代が増え、十代も数名いるとのことで、とてもよい傾向ではないか。これは広くみれば、「詩と思想」新人賞を登竜門と認識して応募をする人たちが増えている結果ではないか。「詩と思想」新人賞は、編集委員会によって選ばれた三〇篇前後の作品を第一次通過作品として、最終的に三名の選考委員によって決定する。昨年度までの選考委員は相沢史郎、新川和江、森田進。本年度から高良留美子が就任。

この賞は一度中断し、一九九九年度に再開。それ以降の受賞者は左記の通り。

一九九九年・清岳こう「海をすする」、二〇〇〇年・伊藤啓子「水音」、二〇〇一年・江口節「積み上げて」、二〇〇二年・渡辺めぐみ「恐らくそれは赦しということ」、二〇〇三年・三島久美子「雨の手紙」、二〇〇四年・中堂けいこ「エンジェルバード」、二〇〇五年・中村純「子どものからだの中の静かな深み」、二〇〇六年・林木林「夕焼け」、二〇〇七年・橋爪さち子「手紙」、二〇〇八年・加藤思何理「少年は洪水を待ち望む」、二〇〇九年・伊藤浩子「私は」、二〇一〇年・岡田ユアン「明朝体」、二〇一一年・小野ちとせ「木という文字は」。

現在の詩界を支える優れた詩人が選ばれていることが分かる。「詩と思想」新人賞は一篇の詩を対象に選考するものだが、その後当該版元から、当該受賞者には副賞として当該詩作品を収録した詩集が企画出版される。しかし、ここでの受賞は競争が激しく作品レベルからも難易度が高い。この中での受賞者は、数度の挑戦を経ての受賞という例も多い。ただ、詩作品一篇とするのは、新人の登竜門として広く門戸は開かれている。

もうひとつ、新人を対象として詩集に授けられる福田正夫賞も、貴重な登竜門の役割を果たしている。こちらは詩集なので、挑戦まで、ある程度の時間をかけなければならない。こちらも、一九九九年以降の受賞者を紹介しておきたい。

一九九九年・苗村吉昭『武器』、二〇〇〇年・李美子『遥かな土手』、松田悦子『ジジババ』、二〇〇一年・秋元炯『血まみれの男』、二〇〇二年・石川春香『砂の川』、二〇〇三年・畑田恵利子『無数のわたしがふきぬけている』、二〇〇四年・早矢仕典子『水と交差するスピード』、二〇〇五年・中村明美『ねこごはん』、二〇〇六年・小網恵子『浅い緑、深い緑』、二〇〇七年・田中裕子『美しい黒』、二〇〇八年・斉藤なつみ『私のいた場所』、二〇〇九年・渡ひろこ『メール症候群』、二〇一〇年・富山直子『マンモスの窓』、二〇一一年・渋谷卓男『雨音』。

これから詩を志す人たちにとって、「現代詩手帖」「詩と思想」などへの投稿、「詩と思想」新人賞、福田正夫賞などが登竜門だといえようか。それ以外に、大物詩人や実力者からの単独推薦で世に出ていくケースがある。しかし、それは幸運というより、むしろ不幸の種を蒔いているといえるかもしれない。世の中、相応の努力なくして真の結果は得られない。これは詩の世界も同じで、一晩寝て、朝起きたらヒーロー、ヒロインになっていたなんてことはありえない。やはり、これから詩界でじっくり活動することを考えたら、単独推薦ではなく、複数の眼を通過して世に出るケースが望ましい。

ここで、本年度に出た詩集から、登竜門に望むものをみていきたい。はじめは、西原裕美という十代の詩人の詩集『私でないもの』(二〇一二年・私家版)。タイトル・ポエムを紹介したい。

私は／私でないものだから／ちょっと／顔が欲しくなって／探してみるけど／なかなか／見つからない／／お母さん／どんな顔だったの／もう／わからないの／いなくなった／顔面だけが／私に残って／意地悪する／／花が咲く／季節に／そっと吸い付いて／こればいい／のに／／何故だか／みんなわかってる／私だけ／顔がわからないのに／みんな／／私に顔があるって／嘘をつく

一般の生活言語では覆い切れない、思いの底にあるものに触れて、それを必死で詩のことばにしようとする懸命さがうかがえる。この十代の感性に一票投じられるかどうかであるが、私はそれに同意したい。この詩人が数年後、数十年後まで詩を書いているかどうかは未知数であるが、言語派の方向には行かず、生活リアリズムの線を目指して書いていけば大成するのではないか。しかし、そこまで詩を書き続けるエネルギーが持たないかもしれない。おそらく、どこかの時点で、かつての私のように、書き続けていくか、中断するか、筆を断つかのターニングポイントが訪れることになる。ここでの十代で詩集を出すという前向きな姿勢を評価したい。

つぎは同じく第一詩集、壱岐梢詩集『樹念日』(二〇一二年・花神社)で、タイトル・ポエムを紹介したい。

いっぽんの樹に／立ち寄ります／青葱や薬や洗剤／さまざまなものが／ざくざく詰まった袋を／足もとに置きます／／幹に手をまわし／陽がさして／木漏れ日にくるまれたら／樹に融けてもよいのです／／幹に耳をあてれば／こくん　こくん／樹が水をのむ音が／あざやかに聞こえる／そんなうつくしい嘘を／たくさん　たくさん　ついて／声をあげて／笑ってよいのです／／　いっぽんの樹に／　耳をよせる／こくん　こくん　こくん／　樹がしずかに／　水をのんでいる

詩歴二十一年の詩人。あとがきによれば、一九九一年、街の書店で「現代詩ラ・メール」に出会い、終刊後も新川和江のもとで十年間学び、その後は小柳玲子を師として現在に至っているとのこと。おそらく、こうした壱岐のようなケースは多いのではないか。西原裕美とはちがい、壱岐の場合は長期的な修練を経ての登竜門挑戦である。ここで第一詩集を出したことが登竜門突破のきっかけであり、ここでの評価はどうあれ、それ以降も着実に書き続けていくのではないか。壱岐の詩集はことばの身体性に優れていて、全体に描写は残酷であるが、ことばに品性があって完成度も高い。

細田傳造の第一詩集『谷間の百合』（二〇一二年・書肆山田）は前評判も高く、すでにその話題性だけで登竜門を通過。

八月がきて／ぼくとかける*が水辺をあるいていると／かならず／とんぼが一機急降下してくるのでありました／両翼四枚の翅をたて／ぼくたちの頭上をかすめ／羽音をたてて遠くの空へ消えてゆくのでありました／けっして／ぼくたちはとんぼの歌をうたわないのでありました／とんぼの声を／とんぼの声を聴きたいと思うのでありました／とうとう今日／秋がはじまった日／巨大な奴が一機／巨大な影をつくって降りてきたのでありました／そ奴は尖った尾の先で／ぼくの右の眼を撃ち／かけるの顔の前でとまった／ついに停止飛行だ／ついにかけるは見たのでありました／巨大なオニヤンマの複眼の操縦席から／ふたりの小人の兵隊が話しかけてくるのを／ながい時が流れた気がした／じっさいは五秒くらいにらめっこをして／オニヤンマは森に帰っていったのでありました

／とんぼさんの声を聴いたとかけるがつぶやく／あゝじ
いちゃんも聴いたよ／そのとき／森の方から笛の音が／
陽気な楽隊の鳴らす音が／子どもの泣声に交じって響い
てくるのでありました

（「オニヤンマ」全篇）

＊　かける＝二〇〇六年生まれ五歳、ぼくの孫

細田傳造は一九四三年生まれ。第一詩集にして、すでに成熟した境地に達していて、そのキャリアからして登竜門うんぬんの詩人ではない。細田の詩については、辺見庸が「サンデー毎日」二〇一二年九月九日号に見開き二頁を使って書いている。現代詩がこんなメジャーな週刊誌に取り上げられる例はなく、いかに細田の登場が衝撃的であったかがうかがい知れる。辺見はつぎのように書いている。

日本の現代詩って、私見によるなら、そうじてつまらない。なんだか抑圧的にも感じられる。その晦渋により抑圧的であり、その抒情によりひどく政治的であり、その慈愛、人間賛歌によりまちがいなく反動的であり、その歴史忘却にあっては卑劣であり、そのひとりよがりにより阿呆らしくなる。『谷間の百合』は、そう多くはない例外にちがいないのだが、将来どうなるかは保証のかぎりではない。

辺見のこうした先入観を覆したのは、未知の詩人、細田傳造の『谷間の百合』であった。こうしたメジャーな作家の支援を受けたことで、『谷間の百合』は登竜門どころか、閉塞した現代詩に風穴を開ける起爆剤となるかもしれない。ここでは十代から古希の詩人まで、登竜門を前提に第一詩集を取上げてみた。いずれも、優れた詩業を成し遂げていて、登竜門を前にそれぞれの期待も大きい。

詩誌の終焉と再生

――詩誌「鮫」「山脈」の方法――

志賀英夫の労作『戦後詩誌の系譜』（二〇〇八年・詩画工房）の特徴は、戦後発行された詩誌を恣意的にセレクトしたものではなく、すべてを網羅し、データベース化したものである。戦後詩史に残る「荒地」「列島」から、個人誌で発行部数百にも満たないものまで、一律に掲載されている。戦後米占領下に創刊され、今も健在の「龍舌蘭」「歴程」「龍」「日本未来派」「火片」などの詩誌もあるが、そのほとんどは命運尽きて、われわれの前から姿を消してしまっている。主宰者の死と同人の高齢化、同人間の意見の相違、経済的事情など、詩誌は創刊された時点から、いつかどこかで消えていく運命にあり、三号雑誌も多い。「荒地」「列島」のように、同人たちが個々の業績をもち、後続する者たちの研究対象になるケースの場合、それは消えたということに当たらず、むしろテキスト化されて人々への関心は深まったとみるべきであろう。しかし、このような詩誌はめったに存在しない。詩誌はいちど消えると、それは時代に消耗されたというのか、その多くはほとんど顧みられることもなく、読者の前から姿を消していってしまう。

それでも、詩人たちには自費を覚悟で詩誌を出し続ける習性がある。私もつねに同人誌への発表を念頭に、詩や評論・エッセイのたぐいを書いてきた。書下しで本を作るというのは意外にハードルが高く、日常が易きに流されていってしまう。詩誌という媒体があって、はじめて書くというモチベーションが生まれ、締切りがあってこそ集中力がもたらされる。おそらく私が、これまで『現代詩展望』を続けてこられたのも、志賀と「柵」の存在があってのことである。いつ原稿を送ってもよいというのであれば、何一つ完成には至らなかったといえる。その「柵」が二〇一三年三月をもって幕を下ろすという。

今回は、「柵」より一足先に幕を下ろした「鮫」と、カリスマ的主宰者を失っても尚、発行され続けている「山脈」を通して、詩誌の意味について考えてみたい。

「鮫」は詩界きっての博学にして「雄山閣」の名編集者、芳賀章内を中心に、終刊まで一二九号が発行された。終刊号の編集発行人は芳賀と原田道子の連名。この号の同人は、二人の他、飯島研一、井崎外枝子、いわたにあきら、瓜生幸三郎、大河原巖、岸本マチ子、高橋次夫、仁科龍、芳賀稔幸、原田麗子、前田美智子、松浦成友、水野富士夫。

一二九号を総括し、この詩誌の特徴をみていくと、きわめて硬質な評論・エッセイと、同人にあってはそれぞれ自由な作風で読み手を魅了する点にある。原田道子は日本詩人クラブの理事長をするなど、詩界活動に前向きだが、その他の同人にあってはあまり詩壇に近くいる詩人は少ない。岸本は詩の他、俳句でも活躍する詩人だが、群馬県出身、沖縄在住というユニークな経歴で、しばしばマスコミで取り上げられる華やかさをもつ。「鮫」の創刊は一九七九年十一月。創刊同人は飯島研一、大河原巖、川田徹、芳賀章内、真尾倍弘、水野富士夫。

「鮫」の持ち味は「鮫の座」の論説、あとがきなどでの切れ味の鋭い社会的発言である。終刊号の「鮫」回顧・その軌跡からいくつか拾ってみたい。

ひとは、そのひとの属する共同体の歴史的成果の上に生きている。共同体社会は、その歴史的成果の具現された世界である。この場合の成果とは必ずしも良いものばかりではない。

（鮫の座・芳賀章内・六号）

日本の近代詩は、一応は日本の伝統詩である和歌や俳句と訣別することによって発展してきた。実はすでにそのときから形式を追うあまりに、歴史的存在としての自己を意識することなく、したがって歴史的存在としての自己を未来に投げかける基盤を見失っていたのである。

（鮫の座・芳賀章内・一〇号）

為政者だけがさまざまな文化を残してきたわけではない。そこに必ず奴隷時代があったとしても民衆が参加し、作りあげてきた。その富を民衆の成果として位置づけ、保有してゆくところにこそ歴史は開かれているのだ。開かれたなかの天皇制について考えるのはこれからだろう。

（編集後記・四四号）

「鮫」が詩人たちに訴えたかったのは、おそらく詩学の創造と歴史的な個としての自覚ではなかったか。「鮫」の発行された一九七九年の詩界の状況は、詩界にもポストモダンの波が押し寄せ、詩の雑誌を指して、思想なき「詩と思想」、詩学なき「詩学」などの揶揄が飛び交い、思想も詩学もない、無思想が幅を利かせはじめていた。詩は言語派と称して、劇画や風俗と見紛う低俗な文化装置の一つに堕し、その時点で現代詩と決別するものも後を絶たなかった。そんな中、「鮫」はある種時代錯誤の思想と詩学の意匠をまとって創刊された。それから三十三年、かつてのポストモダンの流行は時代の表層をすべって消え、「鮫」の主張、思想と詩学は揺るがずそこに健在であり続けている。

ある意味、「鮫」はかなりの余力を残しての終刊となった。おそらく、芳賀の共同編集者原田道子の力をもってすれば、これからも発行し続けられたのではないか。

最終号の「鮫の座」は原田道子が「危機の文学」と題して書いている。

本誌の礎となっている「時間」創刊趣意書にある、「ネオ・リアリズムの立場は同人の詩精神を拘束するものではなく、むしろ無限の可能性を賦与するものである」は、当然のことだが、北川冬彦が発言する「ミィット論」（内的神話、あるいは現代神話）に繋がる。ルネ・ネリの著作『開かれた詩と閉ざされた詩』に現れた神話論からだという「ミィット（mythe）論」は、前号「鮫の座」に記した「伝えたい」「伝えてほしい」神話に繋がると思われるので、その部分を引用する。

ミイットとは、古い説話的な神話伝説の意味ではない。ミイットの概念は、〈普通にいう神話の意味から転化されると共に、あらゆる存在の一定の存在の仕方に拡張されて、存在論的な意味に用いられる。〉

また芳賀章内は、集中、次のようにも述べている。「現実における個人的自由は社会的自由と重層するところにしか成立しない。すべてが共感する道は遠い」と。

どこまでも状況に対して生真面目な、創刊時から全くぶれない「鮫の座」の論調である。それにしても三十三年、問いを発しても答えがみえない、それどころか問えば問うほど、現実から答えが遠ざかってしまう、それでもあきらめずに問う、その姿勢を見習わないわけにはいかない。こうして惜しまれてという「鮫」の消え方は望ましいもので、芳賀、原田はじめ、ほとんどの同人が余力を内に温存し、つぎのステージに向かっていくことになるのだろう。

もうひとつ、これは当然終わると思っていた「山脈」が、第二次として続いていることである。「山脈」といえば筧槇二で、だれもが筧あっての「山脈」であるという見方をしていた。その筧が二〇〇八年四月十日に亡くなり、それで終刊かとだれもが思ったのではないか。その「山脈」が残った同人で第二次として出発し、すでにこの十月で八号（通巻一三三号）を重ねている。そして、内容が第一次に勝るとも劣らず充実している。このことをもっとも喜んでいるのは筧であろう。

内容は巻頭に石原武の寄稿、ウイリアム・ブロンク「珊瑚と貝殻」の翻訳詩。同人の詩作品。

エッセイ、コラム、そして山脈雑記。同人・準同人は左記の通り。

今泉協子、江口木綿子、太田富子、木場とし子、桜井さざえ、さとうのりお、鈴切幸子、すみさちこ、宗美津子、高島りみこ、高橋弘、司茜、冨田民人、永野佳奈子、西本梛枝、畠山まり子、三上透、山﨑美和、山中以都子、吉村俊哉、渡辺順子。

「山脈」同人も、「鮫」同人と同じく、長年詩人クラブの庶務を支える鈴切幸子を除けば、あまり詩界の前線で団体活動する詩人はいない。

本号で木場とし子「乳房」が力作。

二人目の子供を身籠った娘の乳房が／太陽の実りのように膨らんでいる／アフリカの逞しい女たちのように／強い腰に子供を乗せ乳房を実らせている／豊かに揺れている／／あの日だあれもいない手術室の床に／どろりと投げ出された母の乳房の残骸／医師は丁寧な手さばきで／母の癌の姿を見せてくれた／引き攣った筋肉のようなそれを／凝視しているようで意識は此処に無い／片端に見える乳首が無ければ／これが母の乳房とは／／（略）あの日／母も私も身体の奥に仕舞っていた／得体の知れないも

のを引き上げて／それに振り回されていた／／母の失った
乳房の跡は／引っ張りあげられた皮の下で／青い血管が
肋骨の隙間を埋め／うねる様に走っていた／／ガダルカ
ナル島から生還したおじさんが／眼にいっぱい涙を溜め
声を上げて／母の胸を見詰めていた／／おっぱい、おっぱ
いとはしゃぐ子／ついこの間おっぱい離れした／桃色の
乳首は猛々しく雄雄しくなって／命を繋ぐ逞しさを漲ら
せ／南国の木の実のように／熟れて　熟れて／子の誕生
を待つ

母、自分、娘、女性のシンボル「乳房」を通しての命のリレー。木場の表現はあくまで性を内側に閉じ込めるのではなく、西洋の印象画のように開放的である。それにしても、「南国の木の実のように／熟れて　熟れて／子の誕生を待つ」ことの背景に、「母の失った乳房の跡は／引っ張りあげられた皮の下で／青い血管が肋骨の隙間を埋め／うねる様に走っていた」ことを受容しなければならない。木場の詩は、乳房を通して、鮮やかに人の誕生とその終焉の場面を捉えている。

鈴切幸子「その傍らで」は、エッセイ「日々の断片」4、5とも合わせ、夫の介護の日々を綴った記念碑的作品である。鈴切の「くるしいときほど／たのしみましょうよ／いまは／いましかな

いのだから」（「その傍らで」四連）と自らを鼓舞する。妻にとって、夫の介護は最後に来る大きなテーマで、逆にいえば夫婦生活の総決算の時ともいえる。鈴切は家で夫に一、二時間毎に起こされ、熟睡することができない。周囲のアドバイスもあって夫を入院させる。そして、その時の心境をつぎのように綴る。

人の気持とは勝手なものだ。束縛から解放されたのだから、眠りを満喫出来るはずなのに、寝不足が続いている。病院からの万一の連絡を恐れながら、私の耳は、おしゃべり好きの彼からの電話を待っているのだ。
（「日々の断片」（4））

鈴切の夫への愛情が伝わる。筧とともに「山脈」の創刊同人、小説家でもあった由利浩について、その遺志を伝える山﨑美和も同人にいる。西本梛枝の気品あるエッセイも魅力的。今号では大河ドラマ平清盛について触れていて、「やっぱり！　清盛も夢みる若者だったのだ。聖徳太子や坂本龍馬のように、展望を失ったこの国に対して、変えたい、変えなければ、という思いに駆られた若者だったのだ。」と記す。

現代詩展望の意味と未来（1）

―神崎崇の質問・冨上芳秀のことなど―

この連載も残すところ、後二回ということである。連載期間、いわゆる詩壇活動もしなければならず、生活時間のほとんどが詩に侵食され続け、あまり他にこれといった有効的な趣味をもつこともできなかった。それまでの八〇年代半ばまで、私はロサンゼルスでみた大リーグ野球に魅せられ、寝ても覚めても野球漬けという時期があった。当時はテレビで大リーグ中継もなかったので、沖縄の知人にダビングしたテープを送ってもらっていた（沖縄米軍基地内では大リーグ中継があったようだ）。国内の大リーグ友の会にも入っていたので、その関係の友人と会って、お互いに情報を交換したり、秋の日米野球を見に行ったり、それなりに趣味を謳歌していた。

たしか、八〇年代半ばの最高給取りの一人は、カージナルスのオジー・スミスであった。オジーは守備の名手で、打撃は二割少しの非力打者であったが、ただ守備の評価のみによって、アメリカ野球は彼に三億円の待遇を与えていた。オジー・スミスのセールスポイントは、守備に就く際のバク転で、このパフォーマンスみたさに全米ファンは球場に足を運んだ。まるでサーカス隊員さながらの軽い身のこなしで観衆を沸かせた。私はドジャー・スタジアムでこれを生でみたことがあり、その後その雄姿に東京の日米野球で再会した時の感動は忘れられない。

しかし、九〇年代に入り、大リーグはFA導入によって、著名選手の獲得に十数億の金が躍るようになった。いわゆるマネー・ゲームの始まりで、すっかり私は大リーグ熱が冷めてしまった。たしかに、日本人選手がアメリカンドリームと称して、十数億の年俸を稼ぐことに異論はないが、正直そんな姿にあまり興味は湧かない。いくら、アメリカンドリームといっても、この格差社会にあって、一選手に十数億の報酬は度を越えているのではないか。FAはスポーツをビジネスにし、金銭まみれの不健康なものにしてしまった。それより、今は緻密な日本野球の方が質は上で、みていて面白い。たしかに日本でも、スター選手の年俸は高額だが、アメリカのような常軌を逸したものにはなっていない。私の贔屓は、オジー・スミスの印象がつよかったためか、守備と走塁によって一軍で活躍する鈴木尚広（巨人）や英智（中日・今期で引退）などの選手である。彼らはレギュラーではなく、さほど高額な年俸を得ていないのもよい。それに比し、たまに打つだけで、走れない、守れない選手が本当のプロといえるのか。日本野球は、そんな選手に破格の年俸を与えているが、これは明らかにまちがいである。

つまり、私の大リーグ熱が冷めたのと入替えに「柵」の連載が始まった。何か新しい趣味を探そうと思っていた矢先、タイミングよく本誌の連載が始まったというわけである。それでは、あなたは趣味で書いていたのかと言われると返答のしようがないが、そうした部分がなかったと言い切れない。詩書の読み方は、書斎に姿勢をただしてというより、夕食が終わり、テレビに飽きると、睡魔が襲ってくるまで手当たりしだいに乱読した。日常的には適当に数冊を持ち歩き、銀行や役所での待ち時間で読み、少し深刻なことをいえば、病院での妻の手術中にもつぎつぎに読んだことも忘れられない。

長く連載が続いていると、そろそろ別の方に交替をと志賀英夫氏に言ったかどうかの記憶はない。ただ、同じ人間が書いていると、見方が偏ってしまったり、読む前から内容が分かってしまったりするもので、あまりよいことではない、との持論はもっていた。よって、志賀氏からの選手交替通告はつねに頭に描いていた。まさか、「柵」終刊に至るまで続けられるとは思ってもいなかった。

この間、さまざまな詩人たちから連載への率直な感想をもらった。その一人神崎崇はかつて「柵」の同人で、詩人クラブ忘年会の席上、余興で手品を披露するなどユニークで人柄のよい詩人だった。詩集に『マジシャン』というものもあった。神崎は私の連載を丁寧に読まれていて、クラブ例会後、懇親会の席で、いろいろと拙文の矛盾を突いてくるのが勉強になった。たとえば、あなたは分かりやすい詩を提唱しているが、一方で詩言語は分からなくてもよいと言っているのだが、一体どっちが本当なのかと詰め寄られたりしたことがある。当時、まだ私は書くのが精一杯で理論武装が弱くて、こうした質問に即時対応できる力量はなかった。結局、神崎に明瞭な答えを出さずに終わってしまった。今であれば、これは分かりやすいことばで、深い内容を書くことを言いたかったにすぎない。いわば、修辞を指す場合は日常語で平易、内容については深く掘り下げてという意味のことを、単純に難解と平易で分けていたら矛盾が出てきてしまった。

そのころ現代詩＝難解という公式が一般化し、それが作者＝読者の閉塞性を生み、詩の衰退が言われ始めた時期であり、多くの詩人がそれを乗り越えるための方法論を模索していた。それもあって、一九九〇年代に入ると、H氏賞を高階杞一『キリンの洗濯』、杉谷昭人『人間の生活』、本多寿『果樹園』、以倉紘平『地球の水辺』が受賞し、これらの詩集はことばは平易だが内容は深く、どれも私の詩論を満たしたすばらしいものであった。その頃、私も『Ｍｅｔｓ』という詩集を出し、運良く第一回詩人クラブ新人賞を受賞したが、これは謙遜自慢でも何でもなく、ことばが洗練されておらず、高階や杉谷のように「平易で深い」ものが書けるよう、その時点で自らに出直しを誓ったことを告白しておきたい。この四冊が出て、平易で深い詩的世界という、ひとつの詩の潮流が生まれたと思ったが、それも一時の流行だったのか、確立するまでには至らなかった。難解で内容がないのは論外だが、それ以上、もっと罪深いのは平易で内容が薄っぺらな詩集である。ある意味で詩語の平易さには、天と地ほどの等級があり、読み手はそこに厳しい批評を打ち立てていかなくては、本当に現代詩は滅んでしまう。神崎は体調を崩して、詩界に距離を置くようになり、いつのまにか私の回りから消えていった。しかし、神崎の鋭い指摘が、本論を書く上で参考になったことに、この場を借りて感謝したい。

つぎに、展望は詩論ではないし、今流行りのブログ感覚で筆を進め、書き始めたら、よそみをせず、一気に書き上げるという文体をとった。研究論文のように一字一句吟味せず、新たな資料読みもせず、持っている力の範囲で書き上げた。そのため、中心軸がつかめず、いわゆる有名・無名が玉石混淆であるとの指摘が多かった。本連載を始める前、「柵」で竹中郁論などで論陣を張っていたのは冨上芳秀である。大変な論客で、その後を私が引き継ぐことができるか半信半疑で連載を始めた。最近、その冨上からつぎのような批評をもらった。

日本現代詩文庫などの解説ではさすがに構築された論として説得力はあるが、引用された詩が中村氏の評価ほど、私にはいい詩であると思えないものがあった。評価基準の相違と言ってしまえば、それまでだが、ちょっと考えさせられた。（ポエジーを求めて1・「詩遊」三六号）

まだ拙論が、冨上のいうレベルには達しているとは思えないが、これからもそうなるように日々精進していきたい。ただ、本論は名詩紹介をする場所ではなく、詩人をランキングするものでもない。私はたとえ当該詩人がなんらかの詩集賞を受賞したとしても、つねにいったんゼロベースに戻し、そこから客観的にみていくことにしている。詩人が詩界でのキャリア・アップを狙うのは邪道であって、もし、そんな世俗的なことを考えているとしたら、見当ちがいもはなはだしい。いえることは、詩人はすべて名詩を書けるわけではなく、凡庸な詩の中に、数篇そうしたものがあれば合格ではないか。つまり、野球でいえば、作品の数に比し秀作が多ければ三割バッターであり、凡庸な作品群の中に一篇の詩のインパクトが強ければホームランバッターである。最近、伊東静雄、三好達治、村野四郎、西脇順三郎、北川冬彦などの全詩集を、手当たりしだいに再読した。打率に優れているのは村野四郎で、伊東静雄などは「わがひとに与ふる哀歌」「寧ろ彼らが私のけふの日を歌ふ」などの快作をみれば、打率よりホームランバッターではないか。西脇や三好や北川はその中間に位置するか。ここで言いたいことは、一篇で残る詩人もいれば、打率で残る詩人もいるということである。現代詩の旗手、谷川俊太郎や吉増剛造、田村隆一、吉岡実も同じことがいえて、すべて彼らの詩が傑作というわけではない。私見であるが、戦後詩世代で最高打率を誇るのは宗左近ではないか。この詩人の詩作品は、どれも高水準で、現代詩の職人の技に近い。宗左近は、今後読みを深めていきたい詩人の一人である。

これからも私は、名前や既成の評価にとらわれず、作品本位でいきたい。本誌「柵」には、極端に作品数の多い中原道夫、進一男がいるが、言語派ではないがときにはっとさせられる作品を書かれる。こうして身近にも、傑作が転がっていることを忘れてはならない。現在、詩人を測るのは、詩集賞の場だけになっていて、そこで拾われなければ作品は時の彼方へと消えていってしまうが、それは詩人の怠惰というより、読者の怠慢とはいえないか。もっと、詩誌の中で、積極的に他者の詩の発見があってもよい。なぜ、それをはねのけてまで、素人が映画や音楽のこと、小説のこと、あるいは紀行文や趣味のこと、あえてそれを書く必然性があるのだろうか。

ここでは意図的に「現代詩手帖」を反対勢力にし、一極構造にゆさぶりをかけてみた。しかし、ここにきて「詩と思想」が力をつけ、二極構造をいうものが若干出てきた。吉本隆明や小池昌代などは、日本には詩の雑誌は「現代詩手帖」だけだという論を唱えていたが、ただ、二人のいう「現代詩手帖」のレベルそのものの実体が一極に値するものかどうか。言えることは、結局詩人たちは「現代詩手帖」の近くにいなければならない、という抽象論になってくる。たしかに「現代詩手帖」を支える「歴程」同人には、入沢康夫、安藤元雄、新藤凉子、粕谷栄市、野村喜和夫など、相対的に優れた詩人が多い。だからといって、「現代詩手帖」の外に優れた詩人がいないということにはならない。二十年前から「詩と思想」は、もうひとつの現代詩の理想を掲げて、「現代詩手帖」の外側にいる詩人に光を当ててきた。私はその理念に賛同し、もう二十年近く、編集の場でそうした詩人たちに立ち会ってきている。

そして、ここでさらに言いたいのは一極を二極にすることではない。吉本隆明や小池昌代がいうように、「現代詩手帖」に相手にされない「詩と思想」であってもよいし、錆びついた一極構造に新たなくさびを打ち込めさえすれば、それでよいのではないか。むしろ、詩界が「現代詩手帖」と「詩と思想」の二極にむかっていけば、それは二誌の競合となって、詩人たちは○○派という踏み絵を踏まされる。よって、若い詩人たちにあっては、これからは一極か二極かというより、どんな詩誌にも虚心坦懐で向き合っていってほしい。

最後に、これからの詩界について、まるで現在の政治状況のようであるが、「詩と思想」も含めた第三極の広がりによって、詩界が風通しのよいものになっていくことを期待したい。とくに「現代詩手帖」は、人生派、社会派を嫌う排除の論理ではなく、あまねく全国の全世代の詩人たちに愛されるという包容の論理で、世界に通用する総合詩誌となってほしい。

現代詩展望の意味と未来（2）

―大震災とモラルの再建―

　このたびの衆議院選挙の結果をみて、原発再稼働容認とみられる自民党の一人勝ち、一方原発卒業をうたった日本未来の党が惨敗したことに衝撃を受けた。同様に反原発・反自民の共産党も社民党も伸びておらず、そこには反原発の署名活動、デモの動きが投票結果に反映していない。どうして反原発に対し世論は動かなかったのだろうか。被災地の福島をみても、小選挙区五のうち四を自民党、一は民主党の玄葉現役外務大臣である。比例は、自民が一一三万（議席五）、民主が八〇万（議席三）、未来は三九万（議席一）にすぎない。ここには復興の問題がどう絡んでいるのか。

　たしかに日本経済はデフレで大不況。私も零細企業経営に少しかかわっていて、そのことの深刻さは実感している。具体的には、ここまでデフレだと、多くの零細企業は赤字申告、過去に内部留保したもので埋め合わせ、かろうじて経営を保っているのが現状で、社員に気前良く賞与を出すだけの原資がないのである。それでも銀行に言わせると、まだつぶれないだけいいですよと、彼らはカバンに決算申告書をしまって帰っていく。新内閣は金融緩和だそうだが、過去に銀行から「貸し剝がし」「貸し渋り」でいじめられた経験をもつ零細企業は、もう二度と怖くて銀行からお金を借りる気にはなれない。政府・日銀の紙幣増刷（インフレ誘導）の目論見どころか、瞬間的に景気は上がっても、再稼働で原発危機は深刻になったといわざるをえない。そして、さらに国が憲法改正、国防軍創設などを進めていくとなったら、いったい日本の将来はどうなっていくのか。この連載の最後に、今回の日本人の選択に、ほとほと絶望したといわなければならないのは侘しい。日本の未来が封鎖されたという思いで筆力が湧いてこない。

ただ、私の姪の世代（二十代、三十代前半）は、情報不足で、選挙に行かなかったり、未来の党の主張を知らなかったりで、反民主というだけで何も分からず自民に入れた者も多い。これは未来の党に限ったことではないが、各政党は来年の参議院までに仕切り直しをして原発を争点に戦ってほしい。

岩手県釜石生で、美術評論家としても活躍しているワシオ・トシヒコの新詩集『晴れ、のち〈3・11〉』（二〇一二年・土曜美術社出版販売）から、一篇を読んでみたい。

テレビ画面のこちらと向こう側

黄金色の泡いっぱいの／ビールジョッキを傾ける／手がときどき／卓上の海の幸山の幸を求め／ふらりふらり空間をさまよう／眼だけしっかり／テレビ画面へ張りつけながら／／アット・ホームな光景だ／もしも画面中の被

災者が／こちらの団欒を覗けたとしたら／どんな反応するだろう／　何ヲ眺メテイルノカ皆ノ衆／　悲劇ノ見世物ナンカジャアリマセヌ／そう叫び／鋭く睨み返すのではないか／／だが残念ながら期待できない／どんな惨状に晒されても／ホンネを吐かず冷静を装うのが／和の全体主義の／歴史的民族性なのだから／／瓦礫の下の人影／遺体ぽかりぽかりの海／そんなリアルを映すことなど／ほとんどないメディア／画面に垂れ流されるのが／ヒューマンドラマふう味つけドキュメント／サッカーのワールドカップ並みの／「頑張れニッポン」コールばかりなりけり

（全篇）

こうした日本人の心性は、負の部分では戦前の全体主義を形成し、一方では敗戦後の経済復興の力の源泉をもたらした。今回の震災で、原発停止を最優先に民意が動かなかったが、これは「テレビ画面のこちらと向こう側」の温度差なのか。しかし、「どんな惨状に晒されても／ホンネを吐かず冷静を装うのが／和の全体主義の／歴史的民族性なのだから」で済む問題とは思えない。

ワシオは釜石に生まれ、今回の大惨事でそこに住む叔父夫婦を亡くした。その故郷が一瞬の内に失われたことの衝撃は測り知れない。「テレビ画面のこちらと向こう側」の一致を願うが故の思いは、美術評論の仕事にも影響を及ぼす。

もう画廊へも／美術館にも行かなくたっていい／画集だって開かなくてもいい／いつでも　どこでも／絵は自由に観られる／小さな部屋　揺れるバス／走る電車の／どんな窓辺からでも／／仰いでごらん／どこまでも涯しなく広がる／窓のキャンバス／描かれる千変万化の／雲の喜怒哀楽／いつだって絵が観られるのだ

（「空のキャンバス」全篇）

絵画は自然の再現であり、そこに作者の精神の厚みが加わり、それはただ自然であること以上の比類のない美的世界を描き出す。有史以降、祖先たちの作り出した美術品が今に残され、現代人の胸を打つのは、それは自然の再現というより、人間精神の像姿（内面的苦悩）をそこにみるからであろう。しかし、ワシオにとって、今回の自然の猛威は、これまでの美の定義を根底から覆すほどの衝撃をもたらした。

いずれにしても、日本の未来は内にも外にも封鎖されて身動きができない。私は二〇一二年、世界最貧国のインド・コルカタに行ったので、それからみれば日本人はみんな恵まれているし、いくつかの発展途上国からみれば、今の日本に何の文句があるのという見方も出てくる。しかし、私はそうしたAよりBはましの議論は、物質的困窮云々というより、精神の貧困を指していて共感できない。

くしくも「新潮45」二〇一三年一月号の特集は「日本政治への正しい絶望法」。その中で、辻井喬は「こんな日本じゃ死ぬに死ねない」、「生まれてこのかた、ここまでひどい時代はない。唯一の処方箋はモラルの再建ではないか。」と発言。辻井は一九二七年生まれで、空襲・原爆、敗戦後の廃墟を経験している世代である。それに比べても、今の日本の状況はひどいという。ここで辻井は、政治・経済、教育をはじめ人間の精神性が堕落し、そこからの再生が絶望的に見込めないのだという。おそらく、戦後はここでのモラルの部分でまだ日本人に一つの希望があったのであろう。それでは文化はどうかというと、新聞・テレビはもとより、すべての芸術分野において、原発をモラルの観点から語ったものはない。辻井はそれを問題にしている。

原発について、さまざまな議論がなされています。ただ、われわれは一九四五年八月、広島と長崎に原爆を落とされて、二十万人以上が亡くなった国に生きています。この死者たちは、まったく戦闘に参加しておらず、恨みを呑んで死んでゆくほかありませんでした。その後輩が、原発は便利だから、気を付けて使えば役に立つ、と戦後の繁栄を享受するのは筋が通っているのだろうか。広島、長崎の死者にどんな顔して手を合わせればいいのか、分からないでしょう。

どの新聞でも、私が今言ったような視点から論じる記事はなく、モラルの視点からの議論が、３・11から一年以上経っても、まったく起こりません。どんな政策でも、経済効率だけで判断してはいけないのです。
モラルに裏付けられた政策でないと、他国も納得してくれません。
私は、日本人が知恵と能力を尽くせば、代替エネルギーの問題は三年あれば解決できると信じています。それぐらいのポテンシャルは、持っているでしょう。その技術を他国に売れば、胸を張っていきていけます。

（「新潮45」二〇一三年一月号）

いわゆる、今の日本に原発停止という国民的選択を越えて、いったいその先に何があるのだろうか。今戦前の侵略戦争を止める位の大きな決断が求められる時ではないだろうか。もちろん、原発稼働地域の経済的事情もあり、ただちに原発を止めて終わりでは済まない。「原発止めろ」の観念的決着ではなく、当該地域が経済的自立を果たすまでの現実的援助を惜しんではならない。そのため国家財政は一時的に困窮を極め、さらなる増税は避けられないかもしれない。われわれの生活レベルは後退し、これまでの高生産、高消費のサイクルから一転し、一九七〇年代までに経済は落ち込み、世界の先進国からの脱落を余儀なくさせられるかもしれない。それでも、そちらを選ぶのがこれまでの日本人の判断基準ではなかったのか。未来に投資するという意味で、粘り強く原発停止は進めていかなければならない。本欄で断片的に書いてきた原発問題については、いずれ展望シリーズに一冊としてまとめてみたい。いよいよ「柵」での現代詩展望も最終コーナーに突入である。これまで長い間、全国からたくさんの詩書、詩誌をお送りいただいたことを感謝申し上げたい。ここで取り上げる機会もなく、終わってしまったものもあるが、それはけっして等閑視したということではない。すべての詩書、詩誌を読み、そこで得た個々の仕事内容について、その断片を記憶し、それをつぎの機会に活かすという方法を取っている。おそらく、それは志賀英夫の『戦後詩誌の系譜』の地道な探求心から学んだことで、この連載が終わっても、なんらかの形でその精神を引き継いでいきたい。

最後に、長く「柵」の誌面を支えてきた中原道夫の新詩集『徘徊者』（二〇一二年・土曜美術社出版販売）から、原発事故を文明批評的に描いた「廃墟」という作品を紹介したい。

裸電球の下での／家族団欒の温もりを／誰が不幸だった
というのだろう／／ビルが建ち　車が氾濫し／深夜に亘
り／光でない光が辺りを照らし／／そのために／マネー
の手先に堕落した／予想外の科学が齎したもの／／ヒロ
シマ・ナガサキの／悔しさを逆撫でしながら／魔性の酒
に酔いしれていたもの　いるもの／／それはあの日海に
向かってではなく／陸に向かって走った船の姿ではない
のか／住処も飼い主も失って／彷徨い歩く牛の姿ではな
いのか／／日本国東北の素朴な福島を／世界のフクシマ
に変えたのは／家族団欒の温もりを知らない餓鬼なのか
／マネーと同義語になった文明なのか／／あれから一年、

二〇一一年三月十一日／ぼくは日本中の原発建屋が一度
に／爆発した夢を見る〃すべてが瓦礫　すべてが廃墟
／生あるもののすべてが焼け爛れ〃なにもなかったか
のように／天空には／劫初からの星が瞬いていた
（全篇）

中原道夫の震災詩について、一色真理が「中原さんのこの詩集では、震災の詩でも、自分が震災の被害者になり代わって書くとか、被害者に同情して書くというありがちな書き方は一切していないところがいいですよね。第三者的な虚構として自立させた上で切実なテーマを扱うという、短編小説的な書き方をしている。」（「詩と思想」二〇一三年一・二月号・二〇一二年度回顧と展望）と述べている。ここでの中原の問題意識を共有しながら、われわれは物質文明のもたらした廃墟を歩んでいかなければならない。まさにこれから先、そこからの未来、そこからの一歩というしかない。

長崎軍艦島訪問
―中正敏詩集『雪の轍』―

この六月、数年振りで長崎を旅したが、今回は壱岐・対馬観光をメインに、その帰途、妻の親友夫妻との再会も兼ね長崎市内に入るコースを選んだ。長崎はなんども訪れているので、観光名所に心が動かず、長崎平和記念館の他は特に行きたいところはなかった。

対馬から長崎へのフライト中、現地に着いたら、ホテルのテラスでのんびりと、本でも読んで過ごせればよいと思っていた。そんなことを考えていたら、客室乗務員から配られた軍艦島ツアーの案内パンフレットに目が釘付けになった。明日はこれに参加しようと決め、ホテルに着くなり翌日参加の予約を入れた。

長崎市内中心部は、少し前に行った宇部や前橋で遭遇した、寂れた感じはなく、それなりに街は賑わっていた。オランダ坂周辺には修学旅行の学生たちも多い。それでは、パンフレットから軍艦島の概要を紹介してみたい（一部要約）。

三菱石炭鉱業の主力炭鉱があった高島から南西に約二・五キロ、長崎港から南西に一九キロの沖合いに位置する端島《はしま》のこと。

端島は、南北に約四八〇メートル、東西に一六〇メートル、周囲約一二〇〇メートル、面積約六万三〇〇〇平方メートルという小さな海底炭鉱の島で、岸壁が島全体を囲い、高層鉄筋アパートが立ち並ぶその外観が軍艦「土佐」に似ていることから『軍艦島』と呼ばれるようになった。

炭鉱閉山後、長い眠りについていた「端島」は、二〇〇九年一月五日に世界遺産暫定リストに掲載された「九州・山口の近代化産業遺産群」の構成資産の一つとして、また新しい歴史を刻もうとしている。


端島（軍艦島）は日本の近代化と共に数奇な歴史を刻んできた。一八九〇年、三菱合資会社は、端島の海底炭坑で操業を開始。出炭量の増加と共に端島に人が集まり、一九一六年、日本初の鉄筋コンクリート造の高層集合住宅を建設。最盛期、島には五二六七人が住む。戦前から戦後、経済の高度成長期まで、国家のエネルギー政策の基幹は石炭と鉄鋼であった。だが、端島は一九七四年一月に閉山、同年四月、国のエネルギー革命で、石炭から石油に変わったことで無人島になってしまう。島の所有は三菱マテリアルから高島町、二〇〇五年一月、合併によって長崎市に帰属。その後、無人島になってから立入り禁止となっていたが、世界遺産暫定リストに入り、二〇〇九年四月から、区域限定で上陸が許可されるようになった。

上陸し、軍艦島内部を見学した。島内にないのは、火葬場と墓地だけといっていい位、病院、小中学校、映画館、神社、パチンコ屋、スーパーと、何でも揃っていた。彼らの生活は比較的豊かで、電化製品の整備は長崎市内より早かった。それは３Ｋの代償といってしまえばそれまでだが。島の半分以上を鉱場、残りを生活空間の場として使い、そこに約五三〇〇人もの人が住んでいたことに驚かされる。今は無人島ではあっても、日本初の鉄筋コンクリート造の高層集合住宅の威容をみると、そこでの当時の人々の生活が浮かび上がってくる。島全体が一つの確たる生活共同体を形成していたことは、世界でもきわめて珍しい。昨年、フランスの誇る世界遺産、モンサンミッシェル（修道院）を訪ねたが、軍艦島の光景には正直それ以上の感銘を受けた。

軍艦島関係の本を読んでいて、つぎのような記述に出会った。

米国首都ワシントンにある国立公文書館玄関の彫像台座には、「過去の遺産は将来の実りをもたらす種子である」の文が刻まれているという。軍艦島は海底に炭鉱、海上に都市《まち》を抱える、言ってみれば海上に浮かぶ「海底炭鉱都市」であった。したがって、軍艦島を世界的にも珍しい海の産業遺産として捉え、その歴史なり、学術性なり、生活のあり方なりを知ることは、日本の将来に活かされるはずである。（後藤恵之輔・坂本道徳『軍艦島の遺産』）

これを読んで、軍艦島は世界遺産に登録されることを確信した。近年、軍艦島への関心は高まっており、００７シリーズの新作「スカイフォール」（二〇一二年日本公開）の舞台ともなっている。

軍艦島に行ったことを、新詩集『雪の轍』（二〇一三年・詩人会議出版）へのお礼を兼ねて中正敏氏に伝えた。『雪の轍』の中に、つぎのような詩が収録されていたこともある。

生き埋めの坑夫が／風管を叩いて合図を送る／——まだ生きている／　助けて欲しい　早くお願いです／／ガス爆発だ落盤だ／エア・コンプレッサーを止めて送風するな／風門を閉じスキップ止めろ人車送るな／人命より炭層がだいじ後日採炭できる／／採掘すれば土堤も人家も沈下する／嵩あげせねばならぬ碇川《いかり》　街が危い／炭鉱助成金食うばかり税金食うな／／ハーモニカ長屋の葬儀何人葬っただろう／幼い子どもは死の意味知らず鳩車を指で押す／資本の論理を怨み殺人がイヤになる。

地震探知器で検知すれば／炭層の有無がわかる／遠い地をニワトリが歩く音も探知できる／精密測定器／／本社から技師が派遣され／隣接炭鉱の調査に来鉱した／どうですかと尋ねると駄目だ炭層が無いと言い／技師は社長に良炭があると報告した／／社長は縁故の炭鉱主と／買収の契約をとり交して経営参加／石炭は採掘されず坑夫

（「財閥」）

は首になる／／買収しては企業がつぶれると／社長室に
捻じこんで退社／誰にも諮らずやめて申しわけできない
（「縁故」）

炭鉱の決算は赤字つづき／コストの修繕費を／固定資産
支出に振りかえれば損益計算書は／なんとかプラスに変
わる／／赤字を黒字に粉飾して／利益のないのにタコ配
すれば／経営の資金が不足する／根抵当をこえて借入は
難しい／／技術家の社長に再三説明しても／決算と資金繰
りの違いをわかろうとしない／もっと利益を計上しろと
迫る／／限度をこえて粉飾すれば／有価証券法違反の罪
に問われる／罪人になりたくなく会社を飛びだし詫びる
（「粉飾」）

おそらく、これらの事象は軍艦島でも普通に起こっていたにちがいない、石炭産業の内実である。「財閥」は、ガス爆発が起きても、生き埋めの坑内労働者を置き去りに炭層を守る資本の非情さが描かれる。中は「資本の論理を怨み殺人がイヤになる。」と書くが、いわば資本主義が殺人マシーン化する必然を体現してきた詩人である。かつて中は住友財閥系の住友鉱業に入社、幹部社員となって辣腕をふるっていた。その過程で、北海道、奔別礦業所の賃上げスト中、組合員の一人に顔面を襲われ失明寸前となるが、この時、中の怒りは組合員ではなく、そうした暴力を生む資本主義内部に向けられた。すなわち、それは資本の側にいる自らの生き方の刷新も踏まえて。「財閥」の背景について、中は「坑内の落盤、ガス爆発続出。坑内火災が発生しても通風用坑口を閉鎖すれば鎮火する故、坑内で人が生き埋めになっても炭層の延焼は免れ、後日再び採炭可能となる。人命より鉱業資源保全の風潮が財閥炭礦にある。」（中正敏詩集・年譜・一九五二年七月）と書いている。

「縁故」で中は炭鉱経営の計略を内部告発する。まるで実態のない経営一族の利益のため、坑内労働者の人権を犠牲にする。何より、企業は私利私欲のため、会社自体を赤字に粉飾してしまうが、この件についても、中は「赤字決算でもタコ配をせねば、住友連系会社の白水会で、社長が株式持合株主に申しひらきできぬとの理由で、経理担当役員が粉飾決算を強要。これを拒み退職すると言い放って席を立ち帰宅。そのまま出社せず。」（中正敏詩集・年譜・一九六二年五月）と書いている。これを契機に中は企業の最前線を退き、詩人中正敏としての行動を先鋭化する。この時、中は四十七歳の働き盛り。

中は役員たちの私利私欲のための粉飾決算、それに伴う坑内労働者の不当解雇に対し、その巨悪にたった一人で立ち向かう。

このたび、中氏より、その件について「ガス爆発、落磐などの事故が多いのと、労働者への人命尊重の欠陥によって、炭礦勤務がイヤになり、企業を飛び出してしまった」とお便りをいただいた。

軍艦島は００７の舞台となるほど、その独特な景観は一瞬にして見る者の目を釘付けにする。

これから世界遺産に登録されれば観光化は免れない。その時われわれは、それと同時に、ここでの中の一連の炭鉱詩を記憶遺産とすべきであろう。
つぎの詩を読むと、いまだ中の批評精神は衰えていないことが分かる。

死人クラブ
—現代死とは何か

まだ死を知らぬものが
死人クラブに入会して死を書いている
月に一度勉強会が催され
死が表現されているか合評する

創作した死を提出せず漫画見て
二次会に現われ鍋奉行になるものがいる
駆け廻る廊下トンビが徳利を抱え
ころんで死ができたと思うらしい

入会するには二人の死の先輩の推薦が要《い》る

――テーマは死だが生煮えだネ
　煮えたつには死人の懐に深く入り給え
死に賞金が与えられる不思議な価値観がある
鬼籍に入る以前に赤文字の墓石を
　富士山麓に建てるのが死人の夢だそうだ

私は詩人クラブでかなりの長期間、それなりに理想をもって立ち向かったが無駄な抵抗だったかもしれない。ただ、いろいろあっても、すでに故人となったが、寺田弘、筧槇二、天彦五男、菊地貞三、鈴木敏幸各氏などは、格別お世話になり、すべて他ではお目にかかれない高潔な性格の持ち主であった。その中の四名は会長経験者、もうこれは時効であるが菊地氏には会長打診したが断られたことがある。その理由は、「事前工作をした」ということだった。かつて菊地は、詩壇内部の政治活動を嫌悪し、すべての組織から身を引いたことがあった。そんな菊地にしてみれば、その抗議は会長就任を断る口実だったかもしれない。詩人がこの詩のように純粋さを保つためには、中や菊地のように組織内部を自ら離脱するしかない。幹部になれば、ある種の政治的な事前工作は避けられないし、それはそれで見た目もきれいではない。おそらく詩界は、詩人というより、詩人組織そのものに自浄作用が働かず、ついに心ある詩人たちを絶望の淵に追い込んでしまうのである。

原発再稼働反対
—「風立ちぬ」と言葉の身体化—

今年は宮崎駿のアニメ「風立ちぬ」が話題を集めた。ゼロ戦製作者堀越二郎と堀辰雄、前者は愛国主義に利用され、後者は国内逃亡ともいうべき反戦主義者の立場を貫いた。戦時下に生きた、一人の人物の中の二律背反を描く内容である。科学者はいつの時代も、自らの技術を平和貢献のためなのか戦争加担なのか、自由意思で選べない。つねに時代状況が科学者たちの技術を恣意的に利用することは、現在の原発技術者にも当て嵌まる。クリーンで安価なエネルギーであったはずの原発が、先の福島原発事故で、いつのまにかみんなのお荷物扱いである。これらの事案をみて思うのは、戦争と平和はもとより、人類にとっての有用か無用かの選択基準が、きわめてあいまいなことである。それは、われわれの平和が論理的に保障されていないことを意味する。ある日再び、国から国家総動員法のようなものが発動され、戦争に行かされることになるかもしれない。すぐ隣にある戦争を甘くみてはいけない。

宮崎の「風立ちぬ」に学ぶのは、そうした社会全体に内在する危うい生と死、戦争と平和の問題に挑戦する姿勢である。「風立ちぬ」について、詩人たちの感想を知りたいのだが、まだその情報を集約できていない。「詩的現代」第二次六号の特集「私を映画に連れてって」を読むと、ずいぶん手厳しい。その中から福間健二の見解をみておきたい。

大事なところはほとんど夢にして筋を運んでいくのには驚くが、それでも、宮崎作品にしては背景が現実的。恵まれた条件でやっているわりには、その絵が貧しい。写真的な明細度からの、絵画的な「自由」が足りない。現実をこえて現実的であるという絵画のリアリズムに遠く及ばないと思う。

福間健二は映画監督もする専門家であり、われわれ一般人とは映画の見方がちがうのかもしれない。ゼロ戦の開発がはじまったのは一九三七年で、それは偶然にも堀辰雄が『風立ちぬ』を完成させた年でもある。この年、日本のGNPは高度成長し、ソビエト連邦を抜き、先進国のフランス、イタリアに迫る勢いをもっていた。つまり、日本の軍国化は経済の高度成長が支えていたのであって、ある意味戦争の一要因は、さらにその上を目指したが故の経済的敗北であった。戦争は経済成長の慢心さが招いた禍であって、そこには日本国民を欧米の侵略から護るという崇高な精神性はなかった。そんな時代にあって、ゼロ戦は人殺し兵器として世界を飛び回った。一方、堀辰雄はサナトリウムに入り一人の異性への愛の形を描いた。宮崎はどちらが人間的真実だと主張はしない、ひとりひとりが考えて結論を出してくれ、とした。たとえば堀辰雄が健康体であれば、鉄砲をかついで、中国戦線を行っていたかもしれない。堀越二郎が凡庸な人間であれば、そんなだいそれたゼロ戦製作などにかかわってはいないだろう。このように運命の糸はあやうい。

われわれは国家の誤った判断にどう対峙し、制御できるのか。これまでの人類が培った知恵を総動員しても難しい。たとえば、つねに問題を起こす尖閣諸島や竹島、せっかく次世代に棚上げするという知恵が働いていたのに、両国でそれを無効とする過激な動きが活発化している。領土問題は本格的な戦争に入っていくこともあり、現政府はこれにもっと慎重に対峙すべきではないのか。もうあんな戦争はしたくない、というのがわれわれ日本人の総意であったはずである。まずは両国で話し合いのテーブルにつき、答えが出るまで粘り強く、話し合いを続けていくしかない。

安倍首相は集団的自衛権や近隣諸国への敵対意識を加速化している。かつての宮沢首相、それ以前の石橋首相の平和外交の理念を忘れている。現在の首脳陣がキリスト教信者で、アメリカのWASPを思い起こして危険信号である。いずれにしても、今夏アニメ映画『風立ちぬ』はいろいろなことを考えさせてくれた。

こうした日本人の二律背反は、さらにアベノミクスと称する経済成長至上主義にも当て嵌まる。もう日本人は世界的にみて充分豊かで、これ以上経済成長する必要はないのではないか。問題は富の配分の仕方である。いわば問われるのは政治の無知無力さである。一方に一千四百兆円の貯蓄をもつ勤勉で実直な国民がいて、もう一方に一千兆円の国の借金がある。これは逆にみれば、国民が国に一千兆円貸し付けていることを意味する。実質、日本政府は借金とは考えておらず、国の無策を国民が尻拭いしている位にしか思っていない。政府はまだ四百兆の余裕があるとしか思っていないのではないか。国民の貯蓄額が国の借金を下回らなければ、日本の国債は債務不履行とはならず、世界的信用は持続するのだから、何も心配はいらないはずではあるが。政府は消費税を上げるため、いたずらにギリシャの再現などと危機を煽るのではなく、富の再配分の方法論を考えてほしい。ある意味、かつて日本人が一億総中流といっていた時代、案外政治はうまく回っていたのかもしれない。

先の選挙で、私は原発再稼働反対の未来の党に入れた。しかし、国民の選択は、復興でも原発でもなく、アベノミクスの経済成長であった。ここに食糧統計があり、日本は五五〇〇万トンを輸入し、一七〇〇万トンを捨てているという。国内生産も含めると、その廃棄量で発展途上国の五〇〇〇万人の食糧がまかなわれるという。家庭から出る食糧廃棄物も一〇〇〇万トン、金額にして約十一兆円。その廃棄物処理に二兆円がかかるから合計十三兆円。こうした現象は、詩人のパーティーでもずっと気にしていたことである。おそらく半分は食べ残しだなという目でみていた。こんなことは、今もどこかのパーティーで行われているのだろう。

もう一つはブラック企業と若者の関係である。現在、私はある事情で家内企業の経営の立場にあるが、本当はこんなことはもう止めて、静かに暮したいというのが本音である。現在六十三歳というのは、そうしていても不思議ではない年齢である。組織が存続するためには、それは当然利潤追求主義になってくる。これにはいろいろな事情があり、利益が出なければ法人税を払えないし、その前に銀行が決算で利益を出せとうるさい。いわば、財務諸表の健全化は必須事項で、そんなに安閑としていられない。ブラック企業は、財務諸表の黒字の最大化のため、労働者を人間ではなく材料費の一部として原価計算する。つまり、企業が内部留保を増大するためには、労働者は安価で代替が容易であるに尽きる。そしてその触手は若者に伸びてくるのである。以前であれば、日本にこんな非情さはなかった。儲かれば、臨時ボーナスを支給し、さらに家族も含めて海外旅行と、儲けを労働者に還元する慣習があった。いわば、これはよい意味でも悪い意味でも家族主義で、日本特有の風習であったかもしれない。

終身雇用は擬似的家族制度と密接不可分で、封建的な面もあった。家族だから、公用と私用の境目が明瞭ではなく、休日でも上司の引っ越しの手伝い、ゴルフのお供、平日も仕事だか遊びだか分からない業務に付き合わされる。非正規はそういうことから解放され、働きたいときだけ働き、自分の時間はキャリアアップのための勉強、長期の休みをとって海外研修などにも行けた。しかし、これもいいことだけではない。経営者側に主導権を握られると、一部の能力をもった者を除いて、使い捨てにされてしまうのである。現在、非正規雇用は三五%、五〇〇〇万人の全雇用者のうち、一七五〇万人が非正規雇用。労働組合組織率は一七・九%で過去最低。これは世界的趨勢だが、この流れは労働者の権利が守られないことを意味する。それによって、正社員の平均年収が四百四十二万だが、非正規雇用者はおおむね二百万という格差が生じている。大企業では一千万を超えるところも多い。

この流れは止められない。なぜなら、経済のグローバル化で、日本だけが家族主義というお茶の間劇場を演じ続けていられない。企業の儲けは、はじめに海外投資家も含めての株主で、つぎにリーマン・ショックなどに備えるために企業の積立て、そして最後に労働者ということになるが、その時点ではもう金銭的余裕はない。

今年の詩集は、こうした不穏な社会状況を反映し、身体性につながるものが多かった。タイトル名を上げていくと、日原正彦『冬青空』(二〇一三年・ふたば工房)は、妻の死をモチーフとした形而上的な抒情詩。リアリズムを超えた言語世界が人の死の崇高な美を描き出す。岡島弘子『ほしくび』(二〇一三年・思潮社)は水の詩人の故郷回帰が印象深い。もともと岡島の水は身体性を意味するのだが、ここでは原初の記憶が故郷甲州の水や川に溶け合う。御庄博実『川岸の道』(二〇一三年・思潮社)は、被爆者研究の医師詩人としての立場から、この時代の原発再稼働の動きに警鐘を打ち鳴らす。御庄によれば、原発は原爆と同じ根をもっていて、原発再稼働はどこかで戦争推進の道筋とつながっていると主張する。だから、二度と戦争をしないために、たとえ平和利用であっても原発を動かしてはならないのである。苗村吉昭『半跏思惟』(二〇一三年・編集工房ノア)は、現代詩に希有な思想詩、宗教詩の趣きがある。現代詩は未分化の感情の露出に高評価を与えているが、ここらでもう一度詩人は思想・宗教に軸を戻さなければならない。苗村は優れた詩論家でもあり期待が大きい。水嶋きょうこ『繭の丘。(光の泡)』(二〇一三年・土曜美術社出版販売)は多摩ニュータウン盛衰の身体表現。ある時代、ニュータウンは日本の近未来であったが、住人の高齢化と共に、それは過去の遺物となり崩壊が進む。文明の虚しさが募る。私もこの町に週一日ではあったが、七年間通った。北川朱実『ラムネの瓶、錆びた炭酸ガスのばくはつ』(二〇一三年・思潮社)は、啓示と修辞に秀でた才能で、この時代の空気を鋭く斬る。橘田活子『のこれ　ことばに』(二〇一三年・土曜美術社出版販売)は社会派詩人の意欲作。社会を平面にみるのではなく、人間心理の掘り下げによって真実に迫る。タイトル・ポエムは東京電力に挑んだ詩人がモチーフ。東京電力は共産党員を思想差別したことで知られている。それは十九年に及ぶ東京電力人権裁判となり、判決は東電の過ちを認めた。それに闘いを挑んだ一人が詩人返田満。それにしても、東電の独善性は想像を絶する。こんな企業が適切に原発事故の収束を行えるわけがない。もう一篇、「ダヤダンの月」は、インド・コルカタ「マザー・テレサの家」で働く女性がモチーフ。昨年私たちはコルカタを旅したが、世界最貧国の街には、想像を越えた無間地獄があった。おそらく飢餓で死んでいく者もいるであろうし、病気になっても日本のように適切な医療が施されない。その原因をここで探る誌面の余裕はないが、それに手を差し伸べたマザー・テレサのことはだれでも知っている。テレサが正真正銘の聖人だと実感したのは、その書斎兼寝室をみたときで、彼女は六畳程度の狭い空間に寝起きし、コルカタでその一生を終えていった。テレサは実業家でもあり、ノーベル平和賞の賞金もすべてコルカタの救済事業に投じた。そして、この詩は、日本にもそうした善意を支えてくれる人たちがいることを伝えている。

一生働いても／報酬の無いボランティア／それでもあなたはダヤダンに／身を置いていくのだという／そんなあなたのひたむきな心に／起ちあがった人びとがいる／銀色の絆を深くひろげて／あなたの一生（生活費）を／包んでくれたのだ
（五連）

H氏賞候補の頃
――辻井喬追悼――

二〇一三年十一月二十五日、辻井喬の死は、実業家堤清二の知名度も加わり、新聞・テレビなどマスコミを通じて多くの耳目を集めた。私は当日の夕刊でこの訃報を知り、その場に呆然と立ちつくしてしまった。前々年の秋まで、日中文化交流協会会長として、中国訪問の元気な様子が、テレビなどでも報じられていたので、こんなに早く亡くなられるとは思ってもいなかった。辻井は詩界のみならず、文壇、経済界を柔軟な思考で自在に横断する知の巨人であった。本著で容易にその全貌が捉えられるものではない。ある意味、その複雑に幾重にも入り組んだ人間像は、第三者が分析するのは難しい。本格的な辻井喬論は、辻井自身にしか書けなかったのではないだろうか。事実、その通り、私は辻井が本格的な自叙伝の執筆に着手していたのを耳にしていた。これまでも、『彷徨の季節の中で』『暗夜遍歴』など、それらしき著書は多々あったが、辻井はそれをもっと自らの内部の経験に引き付けて、その足跡を後世に書き記しておきたかったのではないか。今は辻井本人、それが実現出来なかったことを何より悔やんでいるのではないだろうか。

稀代の実業家であり詩人・作家、これほど多面体の人物になると、そのどこにアングルを合わせるかで極端に評価のちがいが生じてしまう。

かつて私の出版した凡庸な第一詩集が、辻井喬の推薦で当該年度のH氏賞候補に推されたことがある。それまでの私は二十歳の頃に入ったサークル詩で、こつこつと生活詩を書く一人にすぎず、自分の詩の傾向は現代詩とはちがう言語領域にあると自覚していた。やっと分かる詩は、吉野弘、黒田三郎などまでで、辻井喬も含め、難解な現代詩はなんど読み返しても意味がよくつかめなかった。当時の私は、現代詩特有の暗喩という概念を、日常言語の延長で理解しようとしていたのである。それから、詩に特定の意味解釈はいらない、自分には自分の読み方があればよい、そのことが分かってから気が楽になった。詩には「前文を読んで後の問に答える」必要性はない。読みっ放しでよいし、たとえ何か答えが分かってもそれを言う必要はない。私にそういう暗喩解読の個人的変化があり、辻井のような難解な詩にも恐れを抱くことはなくなった。

いずれにしても、十年、いわゆる私はサークル詩の渦中にいて、詩界の華であるH氏賞候補になる日がくるとは、よもや想像もしていなかった。

はたして第一詩集『ベース・ランニング』は、サークル詩的な生活抒情詩で、とてもH氏賞で選考されるような言語レベルに達しているとは思えず、それまで面識のない辻井が、いったいどこに目を留めてくれたのか、今でもその理由がはっきり分からない。いずれにしても、一夜にして、一介のサークル詩人が、現代詩人の仲間入りができたことの喜びは計り知れなかった。

それから、私は十年所属したサークル詩の会を退き、一念発起、詩壇の登竜門誌「詩学」に投稿し、現代詩人としての研鑽を積むことにした。一九八四年、第二詩集『ダッグ・アウト』を出版する際、「詩学」編集長、岡田幸文の仲介で幸運にも辻井喬の跋を得た。当時、辻井は世界を股にかけ多忙を極めており、よもや、私のような者の詩集に跋文を書いてくれることは考えもしなかった。しかし、辻井はその依頼に快く応じてくれ、それはさらに私の詩的成長を促す丁寧に書き込まれた文章だった。

一九九〇年代に入ると、私は詩集を出したり、詩の雑誌の編集に関わったり、いつのまにか評論集や山村暮鳥の研究書を出すようになっていた。辻井とは、プライベートで直接お会いすることはなかったものの、この頃から、さまざまな場所でお話ができるようにもなった。とくに「地球賞」の選考の場では選考委員として、一九九三年にご一緒させていただき、その後も一九九七年、二〇〇二年とそれは続いた。よもや、辻井と一緒に、他者の詩を評価する機会が訪れようとは夢にも思っていなかった。

辻井と同席して驚いたのは、選考会が終わると、われわれがお茶を飲み、一息ついている間、その場で選評を書き終えてしまう集中力の凄さであった。これはまさに神業で、それを真似することはできなかったが、それ以来私は、どんなに疲れても毎日詩集を読み、机に向かうことを自分に課した

私は辻井から時間活用の仕方を学んだが、なるべく詩人との交流は積極的にするようにした。いわゆる、私が辻井から学んだのは、多忙な中での時間活用の仕方であって、自分の執筆時間はだれにも妨害されたくないという偏ったものではなかった。多忙な中、どう時間を捻出したらよいのか、それを意識したとき、どんな場でも辻井のように読書及び執筆が可能となった。たとえ

ば、待ち時間が想定できる病院の待合室、銀行、新幹線の中などは、瞬時にしてバーチャルな書斎になった。さすがに論文執筆までは無理だが、この時間を有効利用して多くの詩作品やエッセイを生むことができた。

二〇〇〇年に入り、編集委員の小川英晴の企画で、土曜美術社出版販売から「現代詩の十人」シリーズが出版された。その十人の一人に選ばれ参加したのだが、小川を通し、辻井はその解説執筆にも応じてくれた。ここでの辻井の解説は、その著書『深夜の孤宴』（二〇〇二年・新潮社）にも収録された。

その前後から、私は廣田國臣編集発行の「点」、鈴木東海子編集発行の「櫻尺」などに辻井喬論を書くようになっていた。廣田の「点」は、何かと比較されがちな「現代詩手帖」「詩と思想」の垣根を越えた視点で、詩界全体の動向に広く目を配った優れた詩誌であった。廣田は辻井と共にかつての「今日」の同人であり、それもあってか、私の辻井論執筆に誌面をふんだんに使わせてくれた。当時、廣田と会食した際、今度辻井のよく訪れる銀座のバーに一緒にいかないかと誘われたが、なぜかそのままになってしまったことが悔やまれる。その理由は分からないが、私が詩人団体の仕事に時間が取られるようになったり、廣田の雑誌が休刊になってしまったりしたことも影響しているのかもしれない。物事を進めるにはいろいろとタイミングがあることを思い知らされる。

当時私の関係する「詩と思想」で、「現代詩の五〇人」という特集を佐川亜紀と一緒に企画し、辻井喬については廣田に執筆の労をとっていただいた。その廣田の文章が辻井のもとに届き、廣田からその紹介への感謝を書いた手紙をみせてもらったことがある。廣田の文章は、辻井をよく知る詩人の優れた辻井論で、ここでその一部を紹介しておきたい。

辻井喬自身の「あとがき」に依れば『ようなき人の』という題名は、よく知られた伊勢物語の第九段「むかし、男ありけり、その男、身を要なきものに思ひなして」から取っている。しかし、辻井喬がある日、百貨店の売場で、新しい室内足踏健康器が売り出されている前を通ったのが、動機となったもうひとつの要素《エレメント》としてある。横には駈ける姿をしているが、駈けてはいない男の笑顔の投身大の写真が立ててあった。自分自身の姿のようだと思い、「駈ける男」という言葉が頭の中に浮んできた。——と辻井喬は述べている。「ようなきひと」ではじまり「駈ける男」で終る詩集『ようなき人の』を八重洲BCで見た時、私自身ぎくりとして、何かが胸に支《つか》えたのを今でも思い出す。バブルが弾けた昨今、平成不況の中で「ようなき人」は確実に増えており、用なきか、又は、要なき老年層の増大も社会問題になっている。この詩集は、その現実を先取りしたような先見性があった。

これは辻井の詩集『ようなき人の』の一端について述べたものである。この詩集の刊行は一九八九年で、八四年に有楽町マリオンが完成し、ちょうど日本がバブル経済に向かう頃で、同時に辻井率いるセゾングループの絶頂期であった。辻井の銀座西武ができたとき、行ってみて驚いたのは、ある階のほとんどのスペースが、何もないチケット売場であったことである。おそらく、辻井はデパートがすでに物を売る場所ではないと認識していたのであろうか。たしかに、今やデパートは従来の百貨店としての機能を放棄し、ブランド品を所狭しと並べるテナントビルに変容してしまっている。辻井は、消費文化の変化と従来のデパート経営の見直しをいち早く察知していたのであろうか。そしてまもなく、バブル経済崩壊の余波もあり、デパート経営から全面的に手を引いてしまう。

それでは、辻井の『ようなき人の』のタイトル・ポエムから、その一部を引きたい。

ようなき人はふりむかない
夕陽のあたる家のかたわらを通りすぎる
文字は胸のなかで踊る
町が燃え　空が燃え
川が焔をあげ
かなしみは光を女の髪のように靡かせ
青ざめた淵で歌が泣く
　風化を拒否して
ようなき人は風になる
魂と入れ替る

どこに行くのか分らないままに
風景を身にまとい
重さを失くして
　雲が恨みやあこがれを支えている
（略）
ようなき人は
まばゆい時の崖を仰ぎ
コンピューターやワークステーションの中で
ふやけてしまったなりわいの
いのちの糧のゆくすえの
　倦怠に棹さして
　　中空に跳ねた日を想起する

おそらく辻井は、この対極の「用ある人」の側のトップランナーで、世俗的には充分「用ある人」の人生を生き切ったといえよう。しかし、そこで払った精神的苦痛の代償は計り知れず、その孤独感は好きな文学によっても払拭することはできなかった。この詩は、そうした辻井の精神内部をリアルに描いた作品として注目できる。

ある時期から、私が辻井本人に辻井論をまとめることを公言したことで、何か必要な資料があれば提供したいとの連絡をいただいたことがある。しかし、私の力量が足りず、これまで十年以上、辻井の周縁を右往左往しているばかりの状態で、ご存命中、辻井喬論をまとめることはできなかった。

なぜ辻井喬論なのか。これは直接的な恩返しという意味もあるが、もちろんそれだけではない。辻井は実業家と詩人・作家という二律背反を全身で受け止め、その稀有な体験を詩と小説で言語化しようと試みた。まさに辻井は日本近代文学史上、他に類例のない存在であるといってよい。さらに、かつて日本共産党員であったこと、三島由紀夫と昵懇の間柄であったことなど、その型破りでスケールの大きい経歴も興味深い。

こうして一冊にまとめてみて、いかにも辻井が望んでいた「辻井喬論」に達していないことを痛感してしまう。これは辻井論のゴールではなく、そこへのひとつの出発であることを肝に銘じ、さらに精進を重ねていきたい。

私ははじめ本著を「辻井喬私論」で書き始めたのだが、廣田國臣より、「辻井喬論」とするようにアドバイスを受け、それに従った経緯がある。しかし、今でも私は「辻井喬私論」のほうがふさわしかったと思っている。

崔華國と国境の越え方

──崔華國生誕一〇〇年に向けて──

この二年、私はひきこもり状態になっていて、あまり人と会うことはない。しかも、二年前、住居を職場と同じ場所に移したため、通勤する必要がなくなり、部屋から一歩も表に出なくて済むような環境になった。そうするとどうなっていくのか。本を読み、文章を書く、これが過去に類例のないスピードで進むようになってきたのである。パソコンを自宅、事務所、書庫と部屋ごとに三台置いて、気分を変えて、一日の中で複数のテーマをかき分けることも可能になった。書くテーマによって部屋を移動し、場合によっては三つぐらい原稿を掛け持ちしたりする。そうして出た結論は、ひきこもりは悪くないということだった。むしろ、これからはひきこもりが、新しい文化を作るという予感さえしてきている。現在ひきこもり状態にある人は、無理に人付き合いなどしなくてもよいのではないか。古今東西、世界中の偉人が残した書物に触れたり、あるいは名もない人たちが残した詩集を読んだり、そうすることで無限大に外部の世界が広がってくることが実感できた。崔華國との再会もそうしてできた。

崔華國については、「あすなろ」創設からの文化活動については上毛新聞記者藤井浩の精緻な研究発表がある。それ以上、崔の側近中の側近で、すべてを知る曽根ヨシの存在がある。もうそれで崔のリアリズムは完成されていて、正直私にそれ以上のことが語れる自信はない。

たとえば、戦後在日コリアンとしての境遇に苦しみ、そこからことばを発した詩人はたくさんいる。しかし、崔にその思いはあるとしても、他の在日コリアン詩人と決定的に違う特異な雰囲気がある。まずそれは、戦前反帝メンバーとして日本で、戦後は新聞記者として、米軍政策及び李承晩政権の政策を批判したとして韓国で、官憲に囚われの身となるなど、鋼のように内面が鍛え抜かれていることである。とくに韓国側がみせた反民主化的行為は、崔にとっては母国喪失の大ショックであり、その後まるでユダヤ人のように、流浪の民となって世界をさまようことになる。そして、たまたまかつてその身を囚われた日本に漂流を果たす。いわば、崔の前に待ち受けていたのは、二つの国の狭間で切り裂かれた無国籍者のような虚無的な人生である。

そして、崔は日本の高崎に仮設場所を定めるが、そこを日本のウィーンと名づけて、喫茶「あすなろ」を起点に独自の文化事業を展開していくことになる。これについては、前述の藤井浩の著作と曽根ヨシの文章で語り尽くされている。

現在、日本で韓流映画は大ブームになっている。それと同じに、一九五〇年代、韓国でもたくさんの映画が作られている。一九四六年、まず崔寅奎《チェ・インギョ》監督の『自由万歳』が作られるが、これは日本の敗戦直前、独立運動の志士たちが刑務所から脱獄する物語。ジャーナリストであった崔は、当然こうした祖国解放の映画はみているはずで、それをどのように思ったのだろうか。

戦前一九四五年、『ここに泉あり』の今井正監督はこの崔寅奎とともに、内鮮一体化政策の国策映画『愛と誓ひ』を作っている。これは朝鮮人の青年が日本軍に志願し、連合軍と戦うという物語。

こうしてみると、崔華國は今井監督の映画に感動したというより、映画の中のマネージャー井田の絶対に夢をあきらめない生き方に触れ、そのように自分も生きようと決意したのではないか。おそらく祖国解放の大義より、何か心を動かす絶対的なものを感受したのであろう。崔の胸をとらえたのは、祖国解放を描く韓国映画ではなく、人々が芸術の理想に向かって生きる日本映画であった。

実際、「あすなろ」の経営は「ここに泉あり」のように、金もうけより人間愛によって運営されていった。

崔の生き方の一つに、その出自が両班ということもあり、日常的に貴族的な立居振舞が濃厚であった。崔は東京の開成中にも編入合格する秀才だったが、すこぶるスノッブ嫌い、つまり、貧しさから叩き上げで猛勉強し一定の地位につく、そうした立身出世主義を嫌うところがあった。崔は東京が世界の中心の一つでアジアのリーダーであることは分かっていたが、スノッブたちの集合体である東京だけは行きたくなかったのではないか。

崔と親しかった詩人に齋藤忠がいる。私は「詩学」で齋藤に学んだこともあり、ずっと身近にいて可愛がってくれた恩人である。私はこの齋藤に崔と同じ高踏的な匂いを感じていた。齋藤はソウル大学の医学部に入る秀才だったが、やはりその経歴によるものか、最後までその高踏的姿勢は消えず、叩き上げ、努力型の泥臭い労働者詩人は認めていなかった。崔との関係でいえば、その導きで齋藤がソウルに行くのだが、この旅は齋藤が過去の日本の犯した過ちを詫び、崔がこれを許すというものだったが、私には何かそれが日本と韓国の歴史的事実を直視せず、多分に情緒的な解決処理にみえた。これは齋藤を特定していうのではないが、過去の過ちを詫びながら、時の体制勢力を支持し、たとえば村山談話や河野談話を否定するようなものだったら、それは謝ることを謝るという形式主義に堕してしまう。現在も、日本と韓国の関係は、従軍慰安婦問題、竹島問題などで、なかなか友好的にはなれない。崔が齋藤と意気投合したのは、お互いにスノッブ嫌い、立身出世する者への軽蔑という、日本と韓国の歴史的事実を抜きにしての、高踏的姿勢への共鳴からだったのではないか。私はこの高踏的姿勢とスノッブ嫌いについて、崔は「あすなろ」で成功したが、齋藤はあまりうまくいかなかったとみている。齋藤には詩の読書会の名称を中野学校とするなど、かつての将校的精神を暗示させるものが残っていた。

二人の関係をみて、日本の植民地支配のもとでの、超エリートであった齋藤と、その支配下で苦しんだ崔とのちがいの溝は埋まらなかった。ただ、日本の詩壇は、大なり小なり、学閥と立身出世がはびこっており、崔が日本で親しい詩人をみつけようとすると、そんなに多くはいかなかったのではないか。たとえば、崔と近い、高踏プラススノッブ嫌いでいえば、嵯峨信之もそうだし、「風」の土橋治重もそういうタイプである。嵯峨は「詩学」のオーナー、土橋は朝日新聞の記者という肩書も、崔にとっては高踏的姿勢と俗物嫌いの両方を満足させるものがあった。崔の性格を考えれば、そういう詩人としか、親しくなれなかったのではないか。この点では、崔もまた、齋藤のように、汗臭い労働者詩人には関心が動かなかったのではないか。

おそらく、崔は歴史意識を超越し、齋藤に「もうそんなことは気にするな」と言いたかったのではないか。これは過去の歴史的事実を日本人に断罪させるというより、愛をもって生きていこうというものだった。もう日本対韓国というナショナリズムの戦いは止めるべきで、今、若者の政治離れが進んでいるが、これを無関心と決めつけるのではなく、もうナショナリズムをツールとして国家を動かす原理は古くなっている。日本ではない、韓国ではない、みんな一人のグローバルな地球市民なんだという認識である。そういう観点で世界をみれば、日本人の中にも付き合いたくない人はいるし、同じように韓国人の中にもいる。崔がそうしたように、日本人の中の好きな人、嫌いな人、韓国人の中の好きな人、嫌いな人というように分ける、世界をシャッフルする価値観である。日本というだけで韓国人より日本人を愛さなければいけないというのは、国が要請した共同幻想で、とくに守る必要もない。

崔が苦悩の中で選んだのは、これはある面強制的だが、国家という枠組みからはみ出し、個の立場として世界に対峙していくという生き方である。いったい国が何をしてくれるのと考えたとき、日本での一番の拠り所は憲法九条で、戦争をしない国であるということである。これだけは、日本人でいることの誇りで、これがなければ、日本人でいる理由はない。この点で、崔は時代を見る目の先駆者であった。人間なんだから、差別もするし被差別にもなるし、これはその属性としてなくなることはない。崔の「あすなろ」は、それを知った崔が仕掛けた世紀の友愛プロジェクトであった。「ここに泉あり」、さらに「ここに人間あり」であった。

そして崔は、こうしたグローバルな先駆的な生き方ができるのは、詩人しかいないと思ったのではないか。

たしかに、私も中国、韓国、インドなどを歴訪し、現地の詩人・文学者と交わりを保つと、国家という縛りが消えていることに気づく。十年前、ウルムチの詩人会議に出たとき、ウイグル人の詩人が来ていて、中国当局に監視されているという噂が飛び交った。その時、私はウイグル人の心情に同化し、日本人でも漢民族でもない、一人の人間としての熱い友情を覚えたことがある。

たしかに崔には中国人でも日本人でもない、韓国人だというプライドがあった。しかし、これは保守的なナショナリズムではなく、次のように解釈すれば自然なのではないか。金素雲のことばである。金は水槽の中の魚は、自分がどんな形をしてるのか知らない。それでも群泳しているといっている。魚だけでなく、鳥や獣の世界も同じだと。そして、次のように核心に触れて述べている。

　私は民族愛というのは、掟された、何か強いられた義務じゃなくて、一つの摂理だと思うんです。

摂理とは、すべて神の配慮によって起こっているという意味で、キリスト教的価値観である。

もうひとつ、崔の国際意識で重要なのは、日本でも韓国でもないプロテスタント国、第三極のアメリカへの視点である。最後にアメリカに行ったということだが、そこには令嬢、孫という血族の存在があり、その選択となったと思うのだが。おそらく、グレゴリア聖歌を好み、キリスト教に帰依したが、本当は、ヨーロッパのカトリック国に身を置きたかったのではないか。荒川洋治は崔の詩を日本人にはない「七色のことばがある」と表現したが、崔は身体そのものが、韓国、日本、アメリカと何色にも色分けされているのではないか。

このように崔は心と身体を自由に移動させるが、心はつねにひとつ、コスモポリタンで世界的な平和主義者であった。その生き方は、まさにクリスチャン的である。

崔の「あすなろ」の生き方を支えていた根底には、クリスチャン的発想があったことは間違いない。崔は人生の出口でクリスチャンになったが、「あすなろ」創設時点のどこかで、すでにクリスチャンとして生きることを選択していたのではないか。それはキリスト教の召命にあたる。それは自ら何かの職業を選択するのではなく、ある時、何かのきっかけで天の声を耳にするという意味である。おそらく崔はこの召命によって心が動かされたのだと思う。そのように考えなければ、「あすなろ」の活動は理解できない。今後、崔とキリスト教の関係の研究が待たれる。

キリスト教は世界宗教で、国境を越えるには友好的なツールのひとつである。そして、崔は晩年に、もうひとつ詩人というグローバルなツールを手にする。しかも、日本でもっとも著名なH氏賞受賞詩人として。私はだれもかれもH氏賞をとは思わないが、崔はこれをとられて本当に良かった。これによって、崔の作った「あすなろ」の名が、後世に残されることになったのだから。

（二〇一四年四月十三日・「あすなろ忌」講話の一部）

震災詩の現況
―独裁政権から原発詩を考える―

二〇一四年四月、スペインのビルバオに滞在中、偶然近くの小都市ゲルニカに立ち寄った。とくにスペイン内戦に関心があるわけではないが、ピカソの「ゲルニカ」の壁画に引き寄せられたのである。本物はマドリードのソフィア王妃芸術センターにあって、私がゲルニカでみたのはそれを模写した壁画である。内戦中の一九三七年四月二十六日、ゲルニカはフランコの援軍ナチス・ドイツ軍の爆撃を受けたことでしられ、ピカソは渾身の力でその悲惨な様子を描いた。ナチス軍の史上初の無差別爆撃で、全住民七〇〇〇人中、一六五四人が死去。これについて、米英仏などの報道機関が非難したが、フランコ政権はアナーキストの犯行だと事実を捏造する。

そのスペインのフランコ政権（一九三九年～七五年）によって、近年「盗まれた子どもたち」事件が問題になっている。この事件は、フランコ政権下、国家政策として、共和党やアナーキスト、共産主義者の子どもを誘拐し、その親権を国家に書き替えてしまう卑劣な犯行であった。国家政策として子どもの拉致を推進し、それに協力したのがカトリック司祭、修道女、医師たちであったことは、もっと衝撃的だった。司祭や修道女が養子縁組のリストを作り、医師たちがそれを推進するという図式で、こうした人たちの関与無しに、ここでの拉致は成立しなかったといわれている。この事件が明るみに出ると、弁護士たち原告側は、その犠牲者数は最大三〇万人と試算している。スペイン国内で、養子縁組法が改正されて、幼児誘拐が終わったのは一九八七年というから、こんな恐ろしいことが、つい昨日まで続いていたのである。

この事件は、誘拐に加担した修道女を被告に、生みの親との再会も実現し、少しずつ真実が明らかにされつつあるというが、ただ、日本のハンセン病裁判で、司法が国の強制隔離政策の誤りを正したように、スペイン国家そのものが裁かれたということは聞かない。

もう一つは、ルーマニアのチャウシェスク政権（一九六五〜一九八九）の堕胎禁止令である。チャウシェスクは夫人エレナと共に、言論・宗教弾圧、思想統制を強め、一方で自宅のための宮殿建築、不正蓄財一千四百億円などの私腹を肥やし、史上最悪の独裁者ともいわれている。その中でも、きわめつけは堕胎禁止令である。チャウシェスク政権は国力強化のため、コンドームを販売禁止にし、国民に最低五人の子どもを生ませる政策を課している。一〇人産めば、交通機関無料などの恩恵を与えたりするなど巧妙であるが、それにより一〇〇万人以上の女性が重篤な病にかかり、その半数が命を失ったという。

これをみて、近年のパリ治安悪化ということが脳裏をよぎった。これは私も経験したことだが、オペラ座近くなどで二度も、五、六名の少女たちに囲まれ、胸元から財布をひったくられそうになった。後で現地の日本人ガイドに聞くと、ルーマニアからきている少女たちで、組織的に経済活動として恐喝行為を行っているという。ほとんどが未成年のせいか、捕まってもすぐに釈放で、結局は根本的な解決に至らないという。その根っ子をたどると、チャウシェスクの悪政に行き着くのかもしれない。

＊

東日本大震災から三年半ちかく、津波と原発事故の被害で、いまだに約二六万七〇〇〇人が避難生活を余儀なくされるなど、復興は進んでいない。これまで、多くの原発関連詩を読んできた。最近、興味深い原発関連詩を読んだ。一色真理詩集『エヴァ』（二〇一四年・土曜美術社出版販売）、柴田三吉詩集『角度』（二〇一四年・ジャンクション・ハーベスト）という現代が誇る書き手で、その創造的な仕事に目を奪われた。

一色の詩集は、全篇大震災をモチーフとしているわけではない。その中で「地震の日」三部作は、独自の視点で震災に対峙した注目すべき作品である。

地震の日　3

そこは立ち入り禁止区域になりました。
ぼくが致死量の言葉を書いたノートを忘れてきたから。
お父さんもお母さんも先生も近づいたら、皆殺しだよ！

ぼくは壊れました。
みんなが怖がって、遠くからぼくを指さしています。
いい気味です。

*

よくもぼくのことを「汚い！」と言ったな。
きみが死んでも、ぼくは百万年
きみを汚染し続けてあげるよ。

*

高いところからぼくを落とす。
熱湯を背中に浴びせる。
ぼくのほっぺたを千回殴りつける。
すると、お父さんの部屋の電灯が朝までともります。

＊

お父さんがぼくを○○したと訴えたら、
言葉の放射能をばらまくな、
あっちへ行け！　と言われました。
○○○がうつるぞ……と。

＊

悲観より楽観を。
絶望より希望を語りなさい。
本当のことを言ってはいけません。
笑いなさい。
元気を出しなさい。

＊

なぜ、こんなときにへらへら笑っている?!

お父さんはぼくを打ちました。

＊

ぼくを造ったのも、壊したのも、罰したのもお父さん。

＊

レンドルミンとハルシオンとデパスを百錠ずつ。
それでもぼくにはポンプで水を飲むのと同じだ。
誰がぼくを永遠に眠らせてくれるのだろう?

＊

ぼくの顔を直接見ると、死ぬよ。
鏡を使うといい。
でも、今きみが見ているのはきみ自身の顔だ。

悲鳴を上げなくてもいいさ。

＊

いくら水をかけても百万年消せない火。
それがぼくです。

＊

なぜ黙ってしまったのかって？
本当のことはそう簡単に言えるものじゃないですから。

＊

いい匂いだ。
きみと、きみのお父さんの死体が港に浮かんでいるよ。

＊

死に半減期はありますか？

世界の終わり

今日は世界の終わる日だ。ぼくがトイレから出てくると、同僚たちは黙々とオフィスの中を片づけている。汐招きのサイン入り色紙、鎌鼬のデビューステージの記念写真……。股引姿でデスクの前に戻り、ズボンを引き上げる。ふと、腿のあたりに白い染みがあるのに気づいた。何か恥ずかしいものではないかと不安になり、鉛筆立てからカッターナイフを出して、削り取る。粉末状のものが指の先についた。顔を寄せて嗅いでみると、砂糖のような甘い匂いがする。そのとたん、引き出しの中で何かがごそりと動いた。慌てて取り出すと、ねずみ色の巻貝を背負ったヤドカリだ。たちまち三〇年も前の痛切な思い出がよみがえる。こんな日に今さら……と思うが、刻一刻と前進してくるそいつからもう目が離せない。赤白ストライプのズボンがすっかり足元にずり落ちてしまったのにも気づかずに。

一色は一九八〇年、幼少年期の緘黙症体験を描いた『純粋病』（一九七九年・詩学社）でH氏賞を受賞、以降一貫して、完成された日本語の美しさで心の領域を切削し、読者を魅了し続けている。この詩集の背景になっているのは、一色の幼年から少年時代にかけての特異な被抑圧的体験である。

十代の頃、家庭でも学校でも地域社会の中でも自分の異質さのために孤立していた私は、毎日チャイコフスキーの交響曲〈悲愴〉を聴くのが日課だった。私にはこの曲は、全人類が滅亡していく壮大な描写音楽として聞こえた。オーケストラが「みんな死んでしまえ！」と声を限りに叫んでいるのだ。これが私の原点である。

ここまで一色は社会全体から孤立していたが、その言葉はまるで何かに復讐するかのように増殖し続ける。そして、前作では父殺しを、そしてこの詩集では大地母神《グレートマザー》という主題に挑む。どうして、一色の詩が大震災の惨事に重なるのか。福島第一原発はメルトダウンし、廃炉まで数十年という気の遠くなる話がたちはだかる。この詩は近づくなとか汚いなど、壊れた原発に自らの幼少年期を投影した印象的なアレゴリー作品となっている。これまで原発は安価でクリーンな電源として、一部の反対運動はあっても、日本経済を支えた模範生徒であったこと疑い入れない。それでなければ、現在全国に十七ヶ所も原発はないはず。しかし、それがいったん事故を起こすと、希代の嫌われもののように扱われてしまう。だれもが当事者として、その責務を負わなければならないとしたら、まずは原発に支えられたわれわれの暮らしの見直しなのではないか。しかし、いつだって人間は身勝手で、すべて原発という抽象的な物体に責任を転嫁し、いっこうに便利な生活様式を改める様子はない。そうしたエゴを告発しようとしたとき、この詩は原発の側に立ったものとして有効性をもつのではないか。こうしたことは、いじめを見て見ぬふりをし、一方で道徳を説く教師にもいえるし、すべての問題解決は人間のエゴに起因している。すべては人間の欲望の肥大化が招いた結果であり、その欲求を保持したまま、原発停止はできない相談である。

つぎに、柴田三吉『角度』の震災詩に注目した。タイトル・ポエムをみていきたい。

ほの暗い裸電球の下、北方の、石斧に似た半島を起点とし、ボールペンを南下させていく。かたわらの地図を見やり、フリーハンドでまっ白な紙に、おぼつかない線を引いていく。複雑に浸食された海岸。連続する突起に抱かれた湾。座礁をくり返し、なおも無数の入江を越えていくと、とつぜん海と和解したような、なだらかな海岸線がはじまる。

このなだらかさが無防備だった。インクはかすれ、にじみ、蛍光色となって光りはじめる。海にも陸にも回避できず、震える手をなだめつつ、さらに海岸を南下する。その一点で爪は熱を帯び、鉛のようにとけてくる。強いめまいに耐え、身をかがめて隘路を脱出。ようやく見知った半島をまわり込み、電光あふれる湾を遡行し、川を遡行し、わが家へとたどり着く。

指を洗う。変形した爪をいたわりながら、かたわらの地図帳と比べてみれば、稚拙さは一目了《ママ》然。呆然とする。瞼をこすり、あらたに兆す恐怖をぬぐい、ふたたび北方の石斧を起点として南下していく。目をつぶったままでも描けるよう、細部を焼きつけるのだが、ふと気づく。この地図はすでに太古に属するもの、あの日の背後に退いてしまったのだと。

ぐずぐずの海岸線に目をこらせば、いまも無人の街がうずくまっている。陥没した同心円の中心。負の心臓が私を呼んでいる。いつの日か、このひび割れた大地に指を差し込まなければと思うのだが、問題はその角度。浅くても深くても、人の場所にはたどり着けないだろう。わずかに開かれた角度を探しあぐね、きょうもわたしは、いたずらに紙を反故にしている。

柴田は震災地の地形を睨みながら、被害者の立場に寄り添い、震災をつぶさに追体験する。これは創造の仕事であるが、どこにも逃げ場のない被災者の恐怖感が伝わってくる。そして、柴田は「この地図はすでに太古に属すもの、あの日の背後に退いてしまったのだと。」認識する。そして詩人の心は、その無人の街になんとか入りたいと思うのだが叶わない。人の心が他者の領域に入れるかどうか、すべての問題は角度だという。

大震災の詩は福島だけではなく全国で作られているが、柴田のように震災を思想的に捉えた詩は少ない。こうした非体験者が震災や戦争などの社会事象をどう描くか、表現者のジレンマは尽きないが、柴田は極限の領域に立ち入り震災全体を捉えている。日本には芸術至上主義と同時に体験至上主義があり、しばしば「経験もしていないのに書けるか」などの言説が飛び交うが、ここでの柴田の詩集は、経験の有無を超えて、後世に震災の悲惨さを伝える力をもっている。柴田は巻末に震災からの再生を願い、つぎのようなことばを置いた。

吹いてくるのではない　あとからくるものに押されてくるのだ。吹いていくのではない　まえをいくものに引かれていくのだ。うしろがなくなるまで　まえがなくなるまで。けれど　それはまえにあるものを押し　うしろにあるものを引いていると思っている。

ある日　袋小路に迷い込む。いくものがなくなりくるものがなくなり　世界はしずかに動きをとめる。そこではもうなにもうまれない。名前をうしなったものたちは笑わない。泣きもしない。しんと消え入りそうな息のなか　だれかがふいに思いだす。かつて旅立った草原のこと　すべてが生じた混沌の場所。わたしらはあそこで　小さな渦からはじまったのだったと。

遠すぎて思いだせない。そこへはもう帰れない。

だれもがため息をつくなか　はじめのだれかがヤブガラシのねじれた蔓を指さした。渦ならここにもある　あそこにもある。ここでもあそこでも生まれるなら　わたしらももういちど　手をつないでまわってみればいい。あるものとないものがまじりあい　くるくる溶けあって　ほら　世界はどこからでもはじめられるよ。

震災という問いは、われわれがどのように日々を生きているかにつながる。柴田の詩は現地に足を運び、それを踏まえての創造であるから、説得力がある。

現代詩展望
—二〇一四年詩書展望—

1

二〇一四年九月、突然クリニックで狭心症と診断され、救急車で大学病院の救急病棟に運ばれ、入院し、翌日には心臓のカテーテル手術となった。その日の午前中、教会の逝去者礼拝に出ていたので、まさかそこまで深刻な事態に陥っているとは思いもしなかった。担当医の説明によれば、冠動脈の一本が九九％詰まっていて、心筋梗塞の一歩手前だったという。いわば、これは九死に一生を得た感じで、退院後、世の中の風景がまったくちがった形にみえた。ある意味、瞬間的に臨死体験をしたようなものだから、これからの人生は天からのプレゼントとして前向きに考えていくしかない。前にも増して、何か社会に役立つことがしたいという思いが強くなった。

その後、十月にも三泊四日の入院をしたのだから、昨年後半は心臓のリハビリにずいぶんと時間をとられてしまった。その間、原稿を書いたり、評論集が出たりしていたので、病気のことはあまり人には知られていない。こういう経験をして思ったのは、すべては健康第一で、それを前に経済活動はもとより、詩の活動なんてありえないということである。ここでの健康の中には、家族はもちろん、場合によっては身近なペットも入る。だから、今では他者が家族の介護のため、詩の活動を中断することも理解できるし、執筆する気力も湧かないことだって充分分かる。

昨年来、世間を勝手に騒がしているのは、安倍政権の集団的自衛権閣議決定である。公明党の抵抗も虚しくというより、はじめからそれは期待をしていなかったので、さほどの落胆はなかったが、こんな重要事項を偽装された数の力で強行決定してよいのか。古今東西、独裁軍事国家の共通項は言論弾圧、抵抗する者への政治的粛清などが相場で、現在の安倍政権はどこまでそれを進めているのかまるで正体がつかめない。

アベノミクスの第三の矢、民間投資を喚起する成長戦略だというが、水面下、日本は非常に危険な死の商人となって、世界の軍事市場に兵器や原発を売り歩いている。これまでの武器輸出三原則はどうなっていくのか。これも、集団的自衛権と連動し、アメリカ等と共同開発する方向に見直しが始められているというし、核の平和利用と称し各地で原発再稼働もはじまるという。これらの不穏な動きをまとめてみると、けっして机上の抽象論ではなく、日本が平和国家から軍事国家へと舵を切っているのだけはまちがいない。

とくに、パソコンの富士通が軍需産業化していたり、トヨタが高機動車を防衛省に納入したり、われわれの身近にある企業が利潤追求のためなら、手段を選ばない新手のエコノミックアニマル化している。かつての政治家は、アリの一穴を開けちゃいかんと、アフガンでもイラクでも海外派兵を拒んでいたが、その障壁がなくなり、日本はかなり危険な水域に入ってきている。

戦前を知る作家の瀬戸内寂聴やノンフィクション作家の澤地久枝などは戦前の戦争前夜に似てきていると発言している。そうであれば、まだ表現の自由があるうちに、いろいろ現政権に言ったり、書いたりしておくことは必要不可欠なのではないか。

2

二〇一四年度に出た著書について少し触れてみたい。苗村吉昭の著書『中村正子の詩と人生』(二〇一四年・澪標)、結核療養所の詩人について調査したものとして秀逸である。中村正子は小学校の教諭となった後、肺結核で休職、滋賀県の国立療養所紫香楽園に入所。同所で大野新と知り合う。中村たちは療養所の機関誌として同人誌「いしころ」を創刊。中村は一九六〇年三月九日、左肺の手術によって呼吸困難になり逝去、八月、遺稿詩集『胸のそこの川原で』刊行。享年三十二歳。本著にはその全篇が収録されている。苗村は中村の詩について、解説で「いずれの作品からも、一人の女性の生きた証がリアルに迸っている。そして、その詩の骨格は堅実で確かな表現技法で貫かれている。」と書いている。

昨年は高田敏子の「野火」の再評価の動きがあった。四月から六月にかけて、新宿歴史博物館で高田敏子生誕一〇〇年「子どもへのまなざし」が開催され、長女の久冨純江が母高田敏子の人となりについて講演している。
秋川久紫散文集『光と闇の祝祭』（二〇一四年・私家版）。作者は美術の分野にも精通されていて、それを軸に論が展開されている。「『現在性の拒絶』ということ」で語られていることは、詩界も同じ。

中でも顕著に感じたのは、ヒエラルキーの頂点に君臨する一部の人気日本画家たちの異常とも言える神格化された扱いへの疑念であった。例えば「何故、生の諸相を哲学的かつ微視的に描き、そこに深い思索の痕跡を見ることが出来る高山辰雄よりも、色面を用いて平板な風景画を朴訥に描くだけの東山魁夷の序列の方が上なのか？」「専らシルクロードと薬師寺を単調な色彩で記号のように再現するだけの師匠の平山郁夫の凡庸な広告絵よりも、弟子の田渕俊夫の鋭利で繊細な草木の表現の方が遥かに優れているのではないか？」「皆が一様に敬意を表する加山又造のコシノジュンコみたいな顔をした裸婦像のどこがそんなにいいのか？」といったことを自分はずっと感じ続けていたが、それは触れてはいけない画壇の最大のタブーであり、当時そうした疑問や感想をメディアの表舞台で差し挟むことは、決して許されないような雰囲気があった。（P五一）

知名度と実力はイコールで結ばれていない。詩人の卵たちはそうした「裸の王様」的な大家の周りに群がる習性があり、結局、第二、第三の力なき権威を生むだけの悪循環になってしまっている。
二〇一二年六月に急逝した、安川奈緒のインタビューに関する文章は興味深い。その中で安川は、生活派の詩人を一刀両断にしている。

変な言い方ですが、頭は大丈夫かなと思わせるような詩以外は、あまり興味がなくて、自分の感覚と人生を描写しているだけじゃん、というような詩は評価しないことにしています。ある亀裂があって、がらりと空間が入れ替わってしまい、別の位置から語が繰り出されていなければならないように強いられているような転換の激しい詩、手裏剣があらゆる方向から投げられるようなタイプの詩がいいと思います。

これについて、秋川は「この書き方も非常に面白いと思う。まるで詩人は狂人か忍者か、という感じだが、現代社会や人間存在の重層性に自覚的であれ、という意味では大いに共感出来るし、亀裂や断層や転換こそが詩のアクチュアリティーを担保するのだ、ということも分からないではない。」と述べている。
安川奈緒は生粋の言語派詩人ではあるが、これからはこの意見を否定するのではなく、安川の否定する生活派と合わせ、二つの極を認め合う度量の必要性を思う。詩には芸術派も生活派もなくてはならず、互いが互いを否定したところからは何も生まれない。

『大貫喜也全詩集』（二〇一四年・土曜美術社出版販売）。石原武の解説にあるように、大貫の体験はヨブのようで、ここまで生き延びて全詩集が世に出たことは奇跡に近い。大貫の戦争から敗戦、そしてシベリアの過酷な戦時体験は、石原吉郎、鳴海英吉とともに、後世に貴重な証言記録として残っていくだろう。とくに作品「良心を下さい」には、深く胸をえぐられる。アメリカの身勝手さ、聖書と矛盾する行動は、十字軍の頃から同じで、同じクリスチャンとして恥ずかしい。

私はアメリカを利するだけの集団的自衛権には反対である。日本は大貫たちが命がけで作った平和を大切に、世界の戦争には加担せず個別的自衛権だけで対処していくべきで、二度と戦争をしないと誓った憲法九条の理念を捨象してはならない。

平林敏彦詩集『ツィゴイネルワイゼンの水邊』（二〇一四年・思潮社）。平林が戦後詩の創始者にして、今もその最前線にいることの奇跡を思い、目頭が熱くなった。詩集全体に死を待つ人へのある種の遺言めいたものが感じられる。私的な死への思いではなく、まさに寝食を忘れて、「一篇のすぐれた作品を書きあげ」てきた詩人の全人格が投入された、渾身の力作詩集である。平林は「荒地」的な形而上性と、「列島」的な労働者の身体性を合わせもつ稀有な詩人で、その独自な迫力ある文体は新詩集でも変わっていない。

瑠璃の青

たまゆらに／ふりむく空が裂けたかと／おどろく冬の朝

がある／／その研ぎすまされた瑠璃の青／つい昨日まで／何かが打ち砕かれていく予感のなかでしか／生きていられなかったのに／夜の明けがたから誰かが廃家の窓をあけ／おさない子がはしゃぐ声と／弾じける水の音が聞こえてくる／／ただよう浮雲の果て／ゆくりなくこの世にこぼれおちた日の／まぶしさもときめきもいつか薄れ／剪定をわすれた木の実のように／あらまし腐爛したものの影は／ひそかに荒れた地の底へ下りて行った／／見はるかす海／もえる陽はまだ中天にあり／まぼろしの光を反射する秤の皿は／愉楽と慰撫でほどほどに釣り合っているが／かつて破船とともに姿を消した漁夫たちも／明日は風の沖で網を打っているだろうか／／なべて約束の場所に生きるものよ／いつ仮に磔刑の日がおとずれようと／ふりむく空が裂けたかと／おどろく冬の朝もある／／その研ぎすまされた瑠璃の青／／低い屋根の下に住むわたしたちの暮らしさえ／いまはいとおしく潤んで見える

樋口武二詩集『異譚集Ⅱ』（二〇一四年・書肆山住）を読んで、団塊世代の文脈ということが頭を過った。詩集は修辞の精緻さ、その言語的密度において、政治と文学に明け暮れた七〇年代のメタファー全盛期が想起される。いくらか、読者に解読の忍耐を強いる側面があるが、今は、文学の軽量化が一般的なので、こうした知的な仕事は貴重である。現在、称賛を浴びている詩の多くは、あまりに内容が浅薄すぎる。

この詩集は「あらゆるものを抱えこんで、／ひとはまぼろしのように。暗闇の底へ倒れ込んでいった／それは、決められた事柄が執行されたように／ひとびとは生き、ひとびとは死んでいくのである／ただ、それだけのことであった／すこしばかり他と違ったのは／その町では、ひとの死というものが／大した意味をもたなかったということである／ひとも時間も、あらゆるものが、再生しつづけたのだ」（「ただひたすらに」）が解読のキーワードのように思う。この他、一篇一篇、言語密度が濃く、軽々には論じられないが、つぎの詩に注目した。

野の井戸は、覗いてはならないのだ　そこには、自らに似た風貌の者が　深く眠っていて　見知った人たちや、懐かしい風の香りなどを運んで来たりするから　戻れない日々への哀惜が　そのまま形となって　現れるのだ　だからこそ、ここは、見覚えるのある懐かしい顔、とでも言っておく方が　より安全なのかもしれなかった　ふらふらと、ただ泳ぎまわっていただけのわたしにとっては　その濡れた男は　まさに父であり、兄であり、帰れない時間の向う岸の物語なのである

（「井戸のなかから」部分）

ガルシア＝マルケスの魔術的リアリズムの円環的時間に似た切り口を感じた。日本でこのような手法で書かれている詩は少ないのではないか。

現代詩の発展的普及
―最近読んだ詩集の中から―

1

半年ぶりに書庫の整理を行った。心臓手術の後、主治医から極力重いものを持たないようにいわれていたので、本は読み終えると、そのまま廊下に山積みにしてあった。主治医から、そろそろ体に付加をかけるようにとの指示が出たので、二日間ほど書庫にこもった。たしかに本は重いし、一定の量を超えると体力的にどうにもならない。それにしても、一体詩人たちはどのように寄贈本を整理しているのだろうか。私の場合、まず自宅の書斎の書棚だが、一般サラリーマンが生涯に持つ量程度は収納できるが、これだけでは当然間に合わない。それで、数年前、職場近くに本を置くためのマンションを借りた。ここには、数千冊は収納できる。さらに郊外にもう一軒、詩書専用の公団住宅の部屋がある。こちらは自己所有なので家賃の支払いはいらない。とにかく、詩の研究活動をするには、こうした資料保存のためのスペースの確保がいる。私の場合、なんとか経費を工面して書庫を持つことができているが、これが出来ない人たちはいったいどうしているのか。

詩書は贈与し合うのが慣習で、これはその後、親密な関係に発展することもあり、当該寄贈書はなかなか整理できない。もしも、自腹をきって購入したものであれば、整理の自由は与えられているが、その点、贈与を受けたものは意外に決心がつきにくい。そうなると、書庫に詩書は増殖し続け、十年、二十年になるとその数は天文学的なものになる。その他、私はジャンルを無視して大量に本を買うので、整理をするというのはそうした自費購入したものを指し、寄贈詩書はなるべく保存するようにしている。なぜなら、詩書は歴史の審判を受けないと、その正しい評価が定まらないし、小部数発行なので、いざという時に入手できない。しかし、これは私のように余裕があればの話で、一般住宅の居住空間を考えた場合、ある程度の処分は仕方ないとみてよい。いずれにしても、こうして二日間で書庫の整理を終えた。

2

近年、巷はグルメブームであるが、なかなか普通の味でおいしいものに出合わない。たとえば、ラーメンであれば鰹のだしが効いて、適度にかんすいの匂いがして、なるとやチャーシュー、メンマにほうれん草というのが理想であるが、こんなシンプルなラーメンを都心で探すとなると至難の業である。下町に行けばあるのだろうが、麺がのびたり、湯切りが足りないとか、スープに味の素の匂いなど、やる気の感じられないものはだめで、ただ懐かしければよいというものではない。スパゲティも、メニューが豊富だが、食べたいのは青年期に親しんだナポリタンである。これが意外とみつからない。蕎麦は少し流行っている店は小料理屋風で、気楽に立ち寄れない。立ち食いそばのほうが、よほど江戸のファストフードの味を体現しているのではないか。

普通においしい、これは食べ物のことではなく、詩集にもいえるのではないか。近年読む側に忍耐を強いる詩集が多すぎる。コンクールの類には良いが、それは一般読者が普通に読めて楽しい詩集ではない。修辞が過剰で、一般読者の関心を遠ざけてしまうもの、そうしたものが本当に良い詩集なのか、最近は疑問に感じる。詩は感動といわれるが、そうであれば、詩集はもっとシンプルな味付けで良いのではないか。たしかに、おいしいラーメンの評価は人それぞれ違うが、そうであれば、これから私は一般読者の側に立って、普通に読めて優れた詩集を探していきたい。

そんなことから、今回は最近読んだ詩集から、普通に読めてシンプルで優れたものを紹介したい。

柴田康弘詩集『海辺のまちの小さなカンタータ』（二〇一五年・書肆侃侃房）は、第一詩集。一九五四年、兵庫県西宮生、現在行橋市在住。詩誌「沙漠」同人。柴田の詩歴は三十年に及ぶが、リルケの「詩は体験なのだ」という言葉に感化されて、現在まで詩集の刊行をためらってきた経緯がある。

だれもがリルケになれる訳ではないので、そこまで突き詰めることもなかったと思うが。柴田の仕事は教師で、還暦を契機に、ここで一区切りという思いがあったのであろう。リルケ的抒情に経験をにじませた世界はシンプルで美しい。

八月

ふと悲しみに襲われる／セミの羽根を拾い集めながら／八月の斥候たちが／消えた夏の神々を捜している／鳶色の眼をした若い鳥たちが／やわらかく波間に舞い降りてくる／（なぜ否定の響きをその声に内在させるの）／半島をめぐる風の力によって／遠い昔に封印された夏の親和力／（敗北はいつも布陣のはじめにあって）／ぼくらはなすすべもなく／古い寺院のような防風林に火を放つ／（どうしてだろう）／何も決意できない時にかぎって／空がどこまでも青い／（できるものならば）／その空のさらに深みに在るという／八月の静謐さの一点を／伝説のように探し求めたい／（そんなものどこにもないさ）／真夏の不安のように／一瞬、巨大なトビエイが身をひるがえし／海中深く飛翔していく／（だけどね）／真昼の水平線の向こうでは／さまざまな矛盾の重みをのせた

／いく枚もの白い天秤の受け皿が／いつまでも危うい均
衡を保ち続けている／そんな八月の夕暮れが／静かに始
まろうとしているのだ

八月というイメージがさわやかな比喩の力によって的確に表現されている。それでは、どうしてこれが普通で優れた詩なのか。それは「何も決意できない時にかぎって／空がどこまでも青い」の二行の発見にある。長く詩を書いていても、ここまでことばの深遠になかなか到達できない。読者はこの詩を読み、作者にはさまざまな人生の苦悩と葛藤があり、それを乗り越えて生きてきたということが容易に想像できる。いわば、だれもがこの詩に感情移入でき、個々の八月のイメージを追体験できる。

「半島をめぐる風の力によって／遠い昔に封印された夏の親和力」、「ぼくらはなすすべもなく／古い寺院のような防風林に火を放つ」も良い。もう少し、比喩と普通の言葉を適度に折混ぜるなど、全体の修辞効果を計算して書いてもと思うが、それでも作者の繰り出す詩句は自然で心地よい。

つぎに高田邦雄詩集『ぺらぺら』（二〇一五年・花神社）。一九四三年、高田敏子（一九一四―一九八九）の長男として東京生まれ。上智大学卒。姉にエッセイストの久冨純江、デザイナーの高田喜佐（一九四一―二〇〇六）がいる。高田はこれまで架田仁緒のペンネームで活動してきたが、第二詩集出版を契機に本名に改めたという。その理由として、「新川先生から本名での出版を促された事を契機に、ペンネームでの作品発表には何処か『甘え』と『逃げ』があったのではと気付かされたのだ。」（あとがき）とある。高田の詩は高田敏子が提唱した生活詩の範疇には入るが、全篇現在の安倍右傾化政権への憤怒に満ちている。その怒りの源泉が社会事象と直結していて、修辞的粉飾がないのが心地良い。この辺りは、難解な現代詩全盛の時期、分かりやすい詩を提唱した母高田敏子にも通じる反骨心が伺える。

どうして金持ちは／もっとお金を増やしたいのだろう／どうして支配者は／もっと権力を欲しがるのだろう／もっと便利に　もっと綺麗に／もっと豊かに　もっと幸福に／もっと　もっと／もっと　もっと　もっと／／森の中に棲む昆虫のように／多種多彩な欲たちが蠢いていて／不気味な音を発している

（「足るを知れば……」Ⅱ部分）

たしかに、この詩を読んで、言っても分かることを言っても意味がない、と一蹴するのは簡単である。しかし、それに代わって出てきたのは、何を言っているのか分からない言語モダニズム詩では、どちらを取るかといえば、私は高田の詩を支持したい。今、安倍政権は戦争ができる国にシフトするため、われわれ物書きに関わる、戦前の如き表現の自由、集会の自由の規制をちらつかせている。現政権にとって、物言わぬ国民が増えるに越したことはない。自然に国民を、彼らの思う戦争参加に誘導できるからである。いわば、今はもう言語遊戯をしている暇などない危機的状況である。高田のように、言うべきことをはっきり言う、詩人はそういうつよい姿勢をみせないといけない。

つぎは魚本藤子詩集『くだものを買いに』(二〇一五年・土曜美術社出版販売)。魚本は一九四八年、大分県生、現在下関市在住。『くだものを買いに』は『遠い家』に続く第四詩集。所属は「新燎原」「千年樹」。

この詩集は日常的情景を描いたもので、特段物珍しいものではない。それでは、どこが普通で優れているのか、それは日常を覗き込む独特のカメラアイである。

門

門だけが残されていたので/そこにかつて家が建っていたのがわかる/門の向こうはぼうぼうの草原//門は/外と内を隔てる境界であり/その内側を守るものだった/ある日　門から皆出て行ってしまって/何もなくなっても/そのぼうぼうの草原を/守っているように見える//ただいまと外から帰って来ると/門の内側は少し温かくなる/出かけると/門の内側はからっぽになる/内緒

話を耳打ちするように／門から入って／出ていく風／のようなもの／そんな気配だけが／そこに残っている／／出て行ったものから／帰ってきたものを／差し引くと／茫々の草原になる／／いつかまた誰か／疲れて帰って来るまで

この詩を読んで、芭蕉の「夏草や兵《つわもの》どもが夢の跡」のように、読者はかつてそこにあった人や暮らしの後を想像できる。一神教は人の一生で肉体は借物、来世にこそ真に霊魂が生きる場所があると唱え、そこは永久不滅で完全な生をまっとうできる天国だという。しかし、この崇高な教えを悪用しているのがイスラム国である。この地上、強固な肉体を誇っても、せいぜい滞在期間は百年にすぎない。そうであれば、人が本当に生きる場所は、ここで魚本が描き出す世界、いわばかつて人が存在した気配を暗示する来世の中にある。魚本の詩は、スーパーや坂道などの風景、鉛筆や水などの日常道具を幻視するところに特徴がある。事物を幻視していても日常言語の軸がぶれないのがよい。

これが優れた詩集かどうかは分からないが、佐藤勝太の『ことばの影』（二〇一五年・コールサック社）も自然体である。ほとんどの詩が、何の解説もいらず、そのままの意味で一般読者に通じる。ただ、こうした詩は現代詩の評価基準には不利で、詩集賞など選考の場、選考委員によっては、中身が分かってしまっては、読む意味がないとばかり、こうした詩集を一刀両断にしがちである。

近年の詩集賞は、委員たちが目を凝らし、最終的にいったい何を言っているのか分からない、そんな詩集を選んで終わりということが多い。それが現代詩の評価基準で、これでは分からない詩を書けないようでは一流にはなれないということになる。佐藤の詩は虚心坦懐で、そんな現代詩の評価はどうでもよく、書きたいものを書くだけという潔さがある。かつて詩人は、こういう態度で詩に対峙してきたのではないだろうか。

文学は文化財か消費財か
―最近読んだ詩誌の中から―

1

日本文藝家協会という職能団体がある。文筆を職業とする者の集まりで、文芸美術国民保険に加入できたり、冨士霊園に「文學者之墓」確保などの特典がある。とくに政治的主張はない。設立は一九二六年で、一九四二年に日本文学報国会に吸収、戦後に再発足されるという経緯がある。近年、私も含め詩人参加が増加しているが、その発言力はほとんどないに等しい。これでは、詩人たちは会員登録というパスポートを得るため、当該組織の財政を埋めている補助要員にすぎない。その中で、最近聞き棄てならないことを耳にした。ある協会理事の一人が、詩人は原稿料を貰っていないし、本もほとんど自費出版で、会員資格があるかどうか疑わしいなどの発言があったというのである。直接聞いた話ではないので、その真偽は疑わしいものの、原稿料で生計維持を図っている人たちからみれば、何か詩人は霞を食べているようで、そういう意見が出てもおかしくはない。

たしかに、詩人は当該理事がいうように原稿料で食べられないのは正しいし、自費出版も概ね的を射ている。しかし、そんなことは、戦前の文藝家協会設立時から自明であって、いまさら新しい話でもない。朔太郎も賢治も中也も、今でこそ大出版社の台所を潤しているが、最初は自費出版ではなかったのか。彼らは医師の子弟や資産家の息子たちであり、とうてい物書きとして経済的に自立していたとは思えない。詩人にも、ベストセラー詩人がいないわけではないが、それらはたいてい時流におもねたまがい物である。

詩人は食べられないことを誇りにしているわけではない。なんとかしたいとは思っているが、詩は世に流通する一般出版物のように、大量生産＝大量消費のサイクルにそぐわない特性がある。これは負け惜しみでいうのではない。詩はなんども反復され、時代を超えて残っていくことに意義があり、つぎからつぎに読者へ娯楽を提供しているわけではない。いわば、文学は娯楽的要素のつよい消費財か、それとも非娯楽的な文化財かの問いにつながるが、詩は明らかに後者である。その点でいえば、文学はメインカルチャー主体か、サブカルチャーなのかという問題提起もできる。その答えは混在であり、そうであるとするなら、前述のような詩人を矮小化した意見が出ることはおかしい。

もうひとつ、詩人のほとんどは生業に就き、当該職場で社会保険にも入っているし、失業保険も貰える。まじめに定年まで勤め上げれば、多額の退職金も入るし、見方によっては、小説家などより生活は安定している。お墓も自分で買える。また、詩人は大学の非常勤講師をするなど副収入もあるし、数は少ないが講演依頼の他、新聞・雑誌からも臨時収入がある。これらをまとめると、一般サラリーマンの年収にはいかなくても、自費出版の費用くらいは捻出できるかもしれない。もちろん、そんな副収入などなくてもよいのだが。詩人はまったく原稿料収入がないということに反論したいだけである。

文藝家協会に将来を託すとしたら、金銭という世俗的価値で測ることを止め、文化的創造を軸に、各ジャンルが一致協力し合うことではないのか。それには、もう少し詩人の発言力の向上を期待したい。

2

インターネットをみているうち、神戸文学館企画展で「サークル誌の時代」(二〇一五年四月二十四日〜七月十二日)があることを知って、さっそくでかけた。直原弘道氏提供の貴重なサークル誌が展示されていて、当時の労働者たちの熱気を感じた。熱い精神をもつ中野景介館長にもお会いでき、この企画は第二弾もあるという力強い言葉をもらい、会場を後にした。

私は二十歳からサークル誌で詩を書き始め、そこに十年所属したので、こうしたマイナーな分野に目を向けた展示はうれしい。サークル詩については、昨年拙著を刊行したので、ここでは触れない。

今回は、サークル詩の熱気を体現したいくつかの詩誌を取り上げたい。以前にも本欄で取り上げた、仙台演劇研究会通信「ＡＣＴ」は、月刊で三九四号になる。発行は仙台市宮城野区鶴ヶ谷、丹野文夫。紙質は再生紙で、これでガリ版刷りであればかつてのサークル誌と変わらない。「ＡＣＴ」は内容が社会的に高度、かつ文章も分かりやすく、これを読んでいれば、今何が問題なのかが分かる。この号の目次を紹介しておきたい。

エッセイ・亀谷保夫（東北全労協）「温度差」、エッセイ・高橋英司（詩人）「パンクな詩」、書評・押野武志（北海道大学教授）「松原隆彦『宇宙はどうして始まったのか』」、美術批評・竹内英典「熊谷守一『ヤキバノカエリ』」、エッセイ・樋口洋作（仙台演劇研究会）「憲法記念日にこの国の行方を思う」、音楽評・佐々木洋一（詩人）「美しき天然」、月評・山岸嵩（社会文学会員）「廃材のボヤキ」、詩作品・中塚鞠子「バス」。

亀谷保夫「温度差」は、昨今の政治状況を踏まえ、東北全労協が全面的に沖縄支援に立ったことが書かれている。

九州全土の山を削り造成し、その残度《ママ》を辺野古埋め立てに準備しているゼネコン、これもアホの国益一環。
沖縄は観光客七〇〇万人、出生率日本一である。普天間基地撤去、辺野古新基地建設反対にオール沖縄で熱く燃えている。

これからオールジャパンというのは意味をもつのではないだろうか。現在の翁長雄志沖縄県知事は、那覇市長（二〇〇〇年十二月～二〇一四年十月）を経て、昨年十一月の知事選挙で自民推薦の現職仲井真を大差で破り当選。もともとは自民党に所属。この後の衆議院選挙で、一区は日本共産党、二区は社民党、三区は生活の党、四区は無所属候補が当選し、すべて反自民で、これが党派を越えてのオール沖縄ということばに結びついた。いわば、オールジャパンとは野党共闘だが、これしか圧倒数の議席をもつ安倍暴走政権を止める術はない。他に原発再稼働、安保法制などもオールジャパンのテーマである。

しかしながら、今回の反安保法制の野党の動きをみていると、沖縄のようにオールジャパンにまとまっていない。これで、集団的自衛権容認が強行採決されれば、原因は野党の無能ぶりにあったとみるしかない。あまりに強引な安倍内閣の手法をみて、国民の動きは明らかに反自民なのだが、受け皿がない。期待すべきは、翁長知事のように自民党から離脱した反自民候補なのだが、国会議員となるとそんなにはうまく運ばない。

「詩区」一八四号（二〇一四年十一月）は、池澤秀和の手作り詩誌である。発行所は東京都葛飾区東堀切。詩篇をホチキスで止めただけだが、中身は濃い。詩作品に共通するのは、労働の汗や健康問題、政治的には前衛的姿勢と、過去のサークル詩の熱気を彷彿させるのでうれしい。

一八四号では石川逸子の新作「水の音」「岸辺で」二篇が読める。石川は今や現代詩の良心を一心に背負う抵抗詩人といってよい。こうした石川の反体制的愚直さは、ある面で硬直した平和原理主義にもみえるが、ここまで徹底しているとガンジーの無抵抗主義にも似た感慨深さを覚える。こうした筋金入りの抵抗詩人こそ、憲法九条のノーベル平和賞とともに、ノーベル文学賞候補になって然るべきではないのか。これまでの石川の文学的な業績をみれば、これは荒唐無稽な話ではない。そういう声がまったく挙がらないのも、この国の文学的貧困を映し出している。

「きれいなからだのまま
　おれたち　お国にいのち　ささげようね」

ささやきあった少年兵たち　の
沈没する軍艦から放り出された　からだ　は
沈んでいった　海底で　腐乱し
魚たちの餌となり
いびつになった　されこうべだけが
今は　ひそりと　うずくまっているのだろうか

「志願なんかしないで！」
母の嘆願も聞かず
皇国史観に染められた心は　ひたすら
見も知らない「敵」と戦う　道をめざしたのだ

―聖戦と信じていたんだ
でも　そうじゃなかった―
（「水の音」一～四連）

「沃野」は二〇一五年七月号で六〇〇号に達した。月刊で五十年、これは偉業という以外の形容は見当らない。五十年前は一九六五年であり、この年の主な事項を示すとつぎの通り。

二月、原水協から総評・社会党系が分裂、原水禁を結成。
四月、べ平連結成。
六月、日韓基本条約締結。
十一月、中国で文化大革命開始。

これに加えて日本はオリンピックを経て、経済の高度成長を開始。米ソの代理戦争としてのベトナム戦争は、日本に反米闘争を巻き起こした。こうしたことを背景に、職場や大学などで、イデオロギー・党派を超えて若者たちは反戦フォーク集会などに結集した。そこから「沃野」は五十年にわたり、つぶさに日本社会の歴史的変遷を見続けてきた。発行は愛知詩人会議であり、革新系の政党を母体としているのが分かる。

現在の詩界をみていくと、詩人は社会事象に手を出すべきではないという言語絶対主義が、一定の説得力をもってしまっている。それからすれば、「沃野」はみごとに逆行するというか、そうした言語的主流から外れ、社会派という独自路線を歩んでいる。それはそれで、第三者が良いだの悪いだのコメントをする立場にはない。ただ、そこで一ついえるとすれば、「沃野」の詩的原理は何かということである。つまり、今後も社会事象とともに歩む詩誌であれば、当該作品群を支える、たとえば「ＡＣＴ」にあるような理論武装が求められる。その例として、現在日本の課題に安保法制（戦争法案）と原発再稼働の問題がある。日本はアメリカのように軍事大国の道を行くのか否か、戦争法案は廃案か、原発は全面停止とするのか、その大きな選択岐路に立たされている。沖縄の基地問題も憲法九条問題もそこに収斂される。「沃野」にはぜひ、これまで通り、先頭に立って戦後日本の平和主義を護り抜いていってほしい。

反知性主義と知性
―安藤元雄詩集『樹下』を読んで―

二〇一五年九月十九日未明、安全保障法制（戦争法案）が参議院で可決された。世論調査をみると、みんながこれに反対しているわけではない。法案賛成、説明不足という層がけっして少なくないのに、安倍内閣は数の力で強引にこの法案を強行採決してしまった。そこがすべての問題で、国民の多くも尖閣諸島不法侵犯などで、薄々中国とそれに接する領域での脅威を感じている。それならば、安倍内閣のいうように備えあれば憂いなしで、アメリカとの軍事同盟を強化し、抑止力を働かせるという発想も、タカ派的立場に立てば分からないではない。私はいかなる理由でも、軍事力の強化には反対だが、そうした賛成意見があってもよい。それが民主主義というもので、自分たちの意見以外認めないというのでは、立場を変えて安倍内閣の強引な手法と変わらない。こうした国家の骨格を決めることについては、多様さを認め、賛成・反対の徹底した議論を深めることしかない。

すでに新聞等で安保法制の欠陥が指摘されているが、なぜこのようなことが起きたかの背景を考えたい。法案の実行者は弁護士でもある高村副総裁である。同じく、安倍総理の価値観を共有する稲田政調会長も弁護士資格をもっている。先に立憲主義は聞いたことがないと述べた政治家も東大法学部卒のエリートである。他にも現内閣を支えるメンバーに高学歴、高キャリアが目白押しである。一般国民の多くは、彼らの輝かしいキャリアをみて「頭の良い人たちが考えるのだから」と、半ば諦めの心境に陥ってしまうのではないか。あるいは、「われわれのような無学のものが言っても」と、戦う前に敗北宣言しているような空虚ささえ漂っている。しかし、これこそが民主主義最大の危機で、高学歴の政治家たちの判断だけですべてが決まってしまえば、一党独裁国家のように国会はいらない。

ここで、そうした政治の閉塞状況を解き明かすキーワードとして、最近反知性主義という言葉が聞かれるようになってきている。反知性という言葉の意味は、知性のない人、勉強ができない人、粗野な人ということではなく、むしろその反対である。内田樹編『日本の反知性主義』（二〇〇五年・晶文社）という本を借りて、その中身について整理しておきたい。

「反知性主義」という言葉からはその逆のものを想像すればよい。反知性主義者たちはしばしば恐ろしいほどに物知りである。一つのトピックについて、手持ちの合切袋から、自説を基礎づけるデータやエビデンスや統計数値をいくらでも取り出すことができる。けれども、それをいくら聴かされても、私たちの気持ちはあまり晴れることがないし、解放感を覚えることもない。というのは、この人はあらゆることについて正解をすでに知っているからである。正解をすでに知っている以上、彼らはことの理非の判断を私に委ねる気がない。「あなたが同意しようとしまいと、私の語ることの真理性はいささかも揺るがない」というのが反知性主義者の基本的なマナーである。「あなたの同意が得られないようであれば、もう一度勉強して出直してきます」というようなことは残念ながら反知性主義者は決して言ってくれない。

（内田樹「反知性主義者たちの肖像」Ｐ二一）

反知性主義者とは、たとえば政治家に限らず、弁護士であったり医師であったり、学者であったりなど、自らの専門の枠に閉じこもり、その立場に固執し、他人の話に耳を貸さない人ということになる。彼ら専門家と称する話者は、そのごり押しと威圧で他の言論活動を認めない。今や、安倍内閣という政治世界だけではなく、こうした反知性主義者がマスコミ界、ビジネスの場、大学内部を席巻しているという。さらに内田は、つぎのように反知性主義者の弊害を問う。

個人的な知的能力はずいぶん高いようだが、その人がいるせいで周囲から笑いが消え、疑心暗鬼を生じ、勤労意欲が低下し、誰も創意工夫の提案をしなくなるというようなことは現実にはしばしば起こる。きわめて頻繁に起こっている。その人が活発にご本人の「知力」を発動しているせいで、彼の所属する集団全体の知的パフォーマンスが下がってしまうという場合、私はそういう人を「反知性的」とみなすことにしている。これまでのところ、この基準を適用して人物鑑定を過ったことはない。

（Ｐ二三）

こうしたことを、現代詩の場面に置き換えたとき、いろいろみえてくるものがある。たとえば、他人の話を聞かず自分のことばかりを話し続ける人は論外だが、自分に興味のないことはなかったことにするとか、自分の熱中することが唯一の真実で、相対的に他のことは何もみえない、そんな反知性的人物が周囲にいすぎはしないか。もう少し、嚙み砕いていうと、それは言語モダニズム詩にしか興味がなく、人権擁護詩など、対極にあるものに感性が動かず、思考が硬直してしまっている詩人の場合にも当て嵌まる。

そして、反知性主義の最大の敵は物理的時間だという。戦前、陸軍軍部の過ちが、戦後にすべて検証されてしまったように、時間は反知性主義者の欠陥を確実に暴いてしまう。反知性主義は中身が薄いので、歴史的な審判に耐えられないのである。それからすれば、いつか憲法違反の安保法制は歴史の審判を受け廃案になるのではないか。

今回は、確実に後世に残っていく詩人の働きに着目してみたい。安藤元雄はその詩的業績が一般に広く認められた、大御所詩人の一人である。その経歴を記すと、東大仏文科卒、時事通信社勤務を経て、明治大学教授。詩集は『水の中の歳月』（一九八〇年・高見順賞）、『夜の音』（一九八八年・現代詩花椿賞）、『めぐりの歌』（一九九九年・萩原朔太郎賞）、『わがノルマンディー』（二〇〇三年・詩歌文学賞／歴程賞）など受賞歴も多数。評論集は『フランス詩の散歩道』『椅子をめぐって』『現代詩を読む』など。専門の翻訳として『シュペルヴィエル詩集』、ボードレール『悪の華・全訳』など。

その安藤が満を持して新詩集『樹下』（二〇一五年・書肆山田）を出版した。内田の論によれば、こうした詩人にもそのキャリア故に反知性主義が忍びよることがある。しかし、安藤にはそうした反知性的な気配は皆無で、詩集『樹下』を読んで、この詩人の地道な知的作業こそ、すべての世俗的栄誉を超越し、詩人として究極の境地に至っていることを確信した。

この詩集全体から受ける原始イメージは、張り詰めた言語の緊張感がもたらす輝かしい詩的オーラである。安藤はこの詩集を完成させるのに、二十年の歳月を費やしている。

この詩集は全体の構造が私と樹との関係で成り立っていて、ひとつの部分を抜き出すのは難しい。ここでは、冒頭部分と、末尾の詩の一部を引いて、その二十年の歳月に思いを馳せたい。

樹は　私の背後から／小屋の屋根越しに枝を伸ばして／窓の前で葉裏の先を揺らす／／私を誘おうと見えかくれする／高みから垂れた糸の先の／毛針のように／／身じろぎせずにその誘惑に身をまかせ／葉の一枚一枚が別々に揺れるのを眺めていると／時は止まり／あとはまぼろしのように遠い景色ばかり

樹よ　なおもあと一寸の高みをめざして
裸になった梢を宙にさしのべる者よ
私よりもずっと以前から

（全篇）

この場所に身を置き続けた精霊よ
許せ　おまえの根方にうずくまって寒さに耐えている
おまえよりもずっと寿命の短いほんのつかのまの命を
――おまえの場所を奪いとるつもりは　私にはない
おまえにとって代わろうとも思わない
思うままに枝を拡げて　一つの空間を大切に確保してくれ
その営みのそばでひとときを暮らしたことが
人の知らない私の誇りとなればいい　それだけでいい

（部分）

二十年、作者と樹の関係になんの変節もなく、茶室よりも狭い生活空間に佇み、そこで凝視した自然のうつろいがほぼ冒頭の詩から終わりまで、同じ言語水準で書かれている。安藤の詩を読むと、詩とは、自然からモチーフを借りて、そしてそこに全人格を溶け込ませる作業だということが分かる。

いわば、それはあるがままに自然の行為を写し取り、そこに何も夾雑物を付け加えない無垢な創作姿勢である。安藤の見方からすれば、自然は人間よりはるかに知的で完結されていて、いわばそれは、人の不完全さや欠落を示唆する先達ということになろうか。安藤は、早期に自然の明示する超人的役割に気づいたのではないだろうか。そうであれば、詩とは自然からことばを引き出す神の代理人のような行為といってよい。

ここで安藤の詩を読んだ読者は、人間はいつか自然の許に還るという意味で、そこを起点に何を考え、どう残りの人生を生きていったらよいのかを考えさせられる。この詩集で安藤はその目を神の棲む自然界に近づけるため、これ以上ないくらい自意識を自らの内側に抑え込んでみせている。これをみて、詩人ほど前述の反知性主義者の対極で生きている存在はいない、そのことが確信できる。

また、安藤がさらに知性的であると思うのは、つぎのようなことによってである。

彼の多能ぶりはまったくちがう領域でも発揮される。勤め先の大学で管理職に選ばれると、丹念に根まわしをして面倒な案件をみごとに成立させる。住んでいる街でいかがわしい工事計画が起こると、それに反対する市民運動に参加するだけではなく、代表となって走りまわり、厖大《ぼうだい》な量の報告書を書く。たぶんそれは、彼が親切で、義を見てせざるは勇なきなりという男気があるからだろう。（清水徹「恥ずかしそうな微笑」・前橋文学館特別企画展図録）

安藤には市民運動家として、『居住点の思想　住民・運動・自治』（一九七八年・晶文社）という著書がある。安藤の市民運動とは、その居住地区の区画整理反対運動のことであり、「辻堂南部の環境を守る会」の事務局を担当し、のちに会長に就任。これを契機に、安藤は新湘南港建設反対運動などの住民運動に参加。区画整理対策全国連絡会議世話人、藤沢市民連合代表幹事などにも就いている。本著に詳しくその参加の経緯が語られている。

また安藤は二〇〇五年から二年間、日本現代詩人会会長に就任している。たまたま、同時期に私が日本詩人クラブの会長をしていて、そんなことでしばしば、会合等で安藤と直接言葉を交わす機会が与えられた。私などは安藤と対等に口を利けるほど、なんの業績もないマイナー詩人であったが、つねに先入観なく虚心坦懐に接してくれたことが忘れられない。

その頃私は、詩人の国際交流推進のため、詩人クラブ法人化の創設に動いていた。二〇〇六年になってようやく認可が降りた。そんな経緯について安藤に話したりしたが、それについても「現代詩人会でもできないか」など、興味をもって耳を傾けてくれた。今思えば、そこでの安藤には、けっして自己の専門に埋没しない柔軟な思考が感じられた。これから私も、当時の安藤の年齢に迫る年になっていくのだが、そうした柔軟な思考態度を見習って生きていきたい。

安藤の詩的出自は、立原道造や津村信夫など「四季」グループのようである。これについても触れたかったが、誌面が尽きた。

新・民衆詩派宣言に寄せて
―苗村吉昭『民衆詩派ルネッサンス』―

1

二〇一四年の今頃は、狭心症でカテーテル手術をし、ちょうど自宅に帰ってきたところである。しかし、この病気は治ってしまうと、ほとんど後遺症がないので、今は本当にあの頃、ＩＣＵで命の境をさまよっていたことが嘘のように元気である、ただ、身近でさまざまな要因で命を落とす人が増えているのが悔やまれる。私の退院後、私の所属詩誌「ふーず」で樫村高追悼号にとりかかり、創刊四十四年にピリオドを打った。「ふーず」同人の大半は「詩学」のオーナー嵯峨信之を顧問格に、「詩学」研究作品欄の出身者で構成されていた。私も「詩学」研究会がなければ、「ふーず」加入も含め、ここまで現代詩に近づけていたかどうか分からない。そして、「ふーず」の編集が終わると、急逝した詩友佐藤正子の『佐藤正子詩集』（土曜美術社出版販売）刊行の手伝いをした。佐藤は「地球」同人を経て、「詩学」で活躍するなど華やかな時期もあった。しかし、「詩学」終刊とともに、詩界の中心から姿を消してしまい、最後の消息を知らされていたのはほんの少数の詩人ではなかったか。こうした追悼号や追悼詩集の編集は、彼らと共に過ごした時間を埋葬する意味もあって辛い。それでも、私には残された時間は確実にまだあり、彼らの分まで頑張って書いていくしかない。

ある調べものをしていて、「日本の詩一〇一年　一八九〇〜一九九〇」という雑誌を再読した。これは大手出版社の「新潮」臨時増刊号として、一九九〇年十一月に刊行されたもので、すでに二十五年が経過している。しかし、その後、どこからもこれに類したものは発行されていない。この頃までは、大手出版社にとって現代詩も商売につながったというべきなのか。「日本の詩一〇一年　一八九〇〜一九九〇」は正津勉と平出隆が、一八九〇年の森鷗外『青邱子』から、一九九〇年の稲川方人『二〇〇〇光年のコノテーション』まで、一年一詩集を選んで編んだものである。しかし、当該年度のH氏賞詩集はあまり取り上げられず、他にも一般読者に読まれている詩集は入っていない。刊行当時、もしもこれが将来の詩人研究に定説化され君臨するようになったらどうなるかと思ったが、どうやらその心配はいらないようだった。

二人の詩人が、一九七〇年から一九九〇年までに選んだ詩人はつぎの通り（〇はH氏賞）。

堀川正美、金井美恵子、岡田隆彦、吉原幸子、清水哲男（〇）、荒川洋治（〇）、山口哲夫、渋沢孝輔、入沢康夫、中桐雅夫、中村稔、ねじめ正一、平出隆、金時鐘、吉増剛造、伊藤比呂美、川田絢音、辻井喬、正津勉、岩成達也、稲川方人。

一九八三年に現代詩人賞が制定されるまで、H氏賞は文字通り、当該年度の最高レベルの詩集として、新聞・テレビなどマスコミでも広く取り上げられていた。そのH氏賞からは二人しか取り上げられておらず、他に編者の作品が二枠を占めていて、かなり偏向した編集内容になっている。本文には、編者平出隆とゲストの辻井喬、編者正津勉とゲストの谷川俊太郎の対談が二つ収録されており、特に後者のやりとりが興味深い。谷川は、正津に対し「櫂」のメンバー、中江俊夫、茨木のり子、吉野弘、川崎洋が全部落ちて、また石垣りんなど「現実生活に根を下ろした詩」「普通の人に通じる言葉で書いてきている詩」「詩に無縁な人たちが読んでわかる詩」が落ちていることに異論を提出している。すなわち、つぎのように核心をついた発言を展開する。

　要するに茨木、吉野、石垣というのは、少なくとも、現実生活に根を下ろした詩を書いているんですよね。普通の人に通じる言葉で詩を書いてきている。つまり、一番、詩に無縁な人たちが読んでわかる詩だと思うのね。それゆえの不満というのは、もちろんないことはないよ。つまり言語的実験に乏しいとか、方法論がなんとかかとかということはあるんだけれども、でも、こういう面を無視して来たということが、今の現代詩の堕落を招いているというのが僕の説なんですよ、簡単に言うと。現代詩の凋落の元でもあった。（P三四〇）

　現代詩は前衛であるから、一般読者には意味が分からなくて当然という奇妙な論理のすりかえが、現代詩人たちの間にある。だからしばしば、分かりやすい詩は散文的といわれて現代詩の仲間に入れてもらえなかったりする。そんな中、谷川の詩は分かりやすいが、そうした難解派からも一目置かれた稀有な部類に入る。私などは谷川と同じことを、もう繰り返し二十年近く言ってきているが、まったくだれにも相手にされない。谷川だからこそ、ふだんは無視されてしまうことが、少しは言語派詩人と議論が交わされているといってよい。

それにしても、この他に、童謡系のまど・みちおや阪田寛夫、一般読者の支持がある詩人として、新川和江、長田弘もいないし、当然入るべきH氏賞詩人の高良留美子、一色真理、高階杞一なども入っていない。

選者の平出や正津からみて、次元の低い一般読者に意味が分かってしまえば、それは現代詩ではないということになるのか。谷川の言う通り、中江俊夫、茨木のり子、吉野弘、石垣りん、川崎洋、それに新川和江や長田弘を入れないことで、現代詩が一般読者に向けて失うものはあまりに大きい。もう、そろそろ詩人はこうした偏向は正して、一般読者との通路を作っていくべき時期ではないのか。

2

そんなことを考えていると、現代詩再生の提言というべき、苗村吉昭『民衆詩派ルネッサンス』(二〇一五年・土曜美術社出版販売)が届けられた。苗村はあとがきで、「詩を一部の人々の愛玩物にするのではなく、誰もが詩に携われるようにしたい」と、「新・民衆詩派宣言」を強調している。苗村は第一詩集『武器』（一九九八年・編集工房ノア）で第十三回福田正夫賞、『オーブの河』（二〇〇五年・編集工房ノア）で第十七回富田砕花賞を受賞。つまり、苗村は民衆詩派詩人の名前を冠した賞を二つ受賞している。この他にも、詩集『バース』（二〇〇五年・編集工房ノア）で第五回小野十三郎賞を受賞している。最新詩集は『夢中夢』（二〇一五年・編集工房ノア）。

苗村は一九六七年生であるから、詩の世界ではまだ若手で、これからさらにいくつかの賞を受賞する可能性がある。そんな苗村が、どうしてここで極端な新・民衆詩派宣言の行動に出たのか。苗村は民衆詩派系の賞を受賞した責務として、当該詩人たちの分析と再評価に着手したのだという。これはかなり、特別な判断で、賞の冠と内実はどれも乖離があり、それに見合った詩集が受賞しているとは限らない。詩人たちの多くは、福田正夫賞や富田砕花賞に限らず、どれも数ある賞の一つとして受賞したとしかみていない。なんでも貰えさえすれば儲け物で、苗村のように賞の冠と内実を一致させようと考える奇特な詩人はいない。そう考えると、苗村の執筆動機が当該受賞にあったことは事実だが、それはすべてではなく、その真意はかつての民衆詩派のように現在の詩壇の潮流を変えたい、ということにあったのではないか。民衆詩派は、福田正夫、白鳥省吾という論客を二枚看板に、百田宗治、富田砕花、加藤一夫、さらに井上康文、花岡謙二などが参加、大正詩壇を席巻した一大グループである。

ここで福田のいう民衆とは、労働に従事する人たちというより、それら労働の場を詩人の感性で、詩的対象として描くことにあったといってよい。苗村のいう彼らとは「百田らには虐げられた下層階級としての『民衆』という意識はなく、人間そのものとして『民衆』を捉えている」（P

二九）詩人たちである。苗村は百田の「真の民衆とは新しい生命だ、一切の人間の包括だ、真の国だ、愛だ、理解だ、そして民衆運動とは、世界をこの真の人類で充しにゆくことだ」を引用し、「現在の商業詩誌や同人詩誌で、このような主張が展開されたり、議論が行われているだろうか。単に技巧的な作品を目指す者は別として、現代の詩人は、理想の社会を実現するために、どうすればいいのか考え作品化していくべきだ。」（P三二）と述べている。言われてみれば、さもありなんだが、これを言うにはかなり勇気がいる。

私も「詩と思想」の編集に関わっているので、立場上、苗村の提言に答えなければならない。ただ、商業詩誌は誌面全体を民衆詩派風に作り替えるのは難しい。とくに、現在の「詩と思想」は全国の全世代の詩を愛する人たちのために、というコンセプトがあり、編集に特定の色をつけることはできない。私は苗村の提言を現実化するのは商業誌ではなく、比較的自由に編集ができる同人誌の守備範囲だと思っている。同人誌は商業詩誌の下請け機関ではないし、戦前は「民衆」「四季」、戦後は「荒地」「列島」と、それら単独で詩史に記録されるだけの高い編集能力を秘めていた。同人誌であれば、苗村のいう「新・民衆詩派宣言」に則したものが作れるのではないか。今後はそうした苗村の提言にそった詩誌の誕生を心待ちにしていきたい。

苗村は福田たちの作った「詩話会」の分裂騒動にも論及している。一九二一年二月、言語芸術派の北原白秋、西条八十、日夏耿之介、堀口大學たちが「詩話会」を脱退し、「新詩会」を結成する。これについて、つぎのように述べている。

福田正夫の思想からすれば、無名の書き手たちを詩人団体に加入させ詩の輪を広げようとしていたことは想像に難くない。一方で、既に名の通った詩人たちにしてみれば、誰でも入れる会というのは、ステータス・シンボルと成り得ず敢えて加入しておく必要性も認めなかったのだろう。このことは今日の詩人団体や詩誌の運営上も存在する、古くて新しい問題である。（P七三）

福田正夫たちが詩話会を立ち上げたのは一九一七年十一月だから、三年強で分裂ということになる。この背景には北原白秋、西条八十、日夏耿之介、堀口大學たちの芸術派と福田たちの人生派の対立があったとされる。これを苗村のいう現在の詩界に置き換えると、「現代詩手帖」と「詩と思想」などの存在が思い浮かぶが、詩話会と新詩会までの明確な対立構造はみられない。「現代詩手帖」の誌面は硬直しているし、これは自戒を込めていうのだが、「詩と思想」もかつての民衆詩派のような勢いはない。そこにかつてのような激しい論争がないことが、詩の世界が閉塞している要因のひとつなのかもしれない。あえていえば、苗村が「新・民衆詩派宣言」でいう仮想対象は、前述した正津勉の主張する言語至上派ということになるかもしれない。そうすると、谷川の主張がいっそう説得力をもってくる。

それでは、つぎに苗村が本著を出版した目的について触れてみたい。

民衆詩派詩人の再評価だけでなく、過去の詩人たちに学び、現代詩の創作に活かすことにある。今日の現代詩が後世「意味もわからず、一種のくずのように見られてしまう」ことはないか、それどころか一般民衆から隔離されたところで、絶滅危惧種のように生き続けたいのか、現代詩人は真に自問しなければならぬ。少なくとも筆者は、民衆詩派詩人が達成し得なかった、詩の通俗化を土台に優れた詩を産み出す探求を推し進めるべきではないのか、と考えている。

（Ｐ一一四）

話を元に戻すと、谷川のいう中江俊夫、茨木のり子、吉野弘、石垣りん、川崎洋たち、他にもまど・みちお、阪田寛夫、新川和江、長田弘、石原吉郎などの詩は、これからも一般読者に読まれ続けていくのではないか。問題があるとすれば、詩は分からなくてもよいと、「一般民衆から隔離された」詩人たちである。前衛詩はあってもよいと思うが、それが一段高いところにいて、新・民衆詩派の詩群を矮小化することは許されるものではない。私は数年前から、宮城県栗原市主催の白鳥省吾賞の選考委員を務めている。そこには毎年、苗村のいう新・民衆詩派の詩が入選を果たしてきている。

苗村は「過去の詩人たちに学び、現代詩の創作に活かすこと」を提言している。過去の蓄積の上に現代があるのは自明で、それを継承していかなければ、現代の読者の胸に訴える作品は作れるはずがない。これは言語派・民衆派を問わない、詩人の基本的態度である。

それでは、苗村は詩界をどのように動かしていこうとしているのか。本著で苗村は、日夏耿之介の民衆詩派批判「福田正夫は無思慮に言葉を訊ねる処白鳥と同じで、この通弊が民衆派を民衆から軽蔑させる根本動因となつたことを遂に悟らなかつた」（P一八九）を引用し、民衆詩派の「通俗的で凡庸な」詩作品にも警鐘を打ち鳴らしている。その点で、苗村は民衆詩派の理論に同意しつつも、実作では通俗的で凡庸でない反・民衆詩派的なものを希求している。そして、そういう詩こそが、詩界に現代詩の読者を呼び戻す起爆剤になると考えている。

現代詩すべてが読者に拒否されているわけではない。本著はそのことの意味を伝えたかったのかもしれない。

一般読者と詩歌鑑賞
――私が奨める現代詩――

『教科書でおぼえた名詩』というアンソロジーがある。はじめ、文春ネスコという出版社で発行され、その後文春文庫になって今も増刷されている。あわせて、数十万部の発行数を誇っている。もうひとつ、記憶に新しいのは百歳の詩人、柴田トヨの詩集『くじけないで』で、百六十万部を発行。第二詩集『百歳』も四十万部。二〇一三年一月、百一歳で逝去。柴田は、新川和江氏の指導で詩を作り初め、九十七歳のときに自費出版し、またたくまに売れるという経歴をもつ。

こうした詩が読まれている、大衆化現象をどう捉えたらよいのか。元来日本人は詩歌に親しむDNAが体内にセットされていて、それらはふだん生活の表面に現われてこない。しかし、無意識層に訴えられるとそれが偶然現われることがあるのかもしれない。

おそらく柴田トヨの『くじけないで』を読んで、それぞれの環境で、「自分も負けないで生きていく」ことを鼓舞されるなど、老若男女、ひとしくこの詩に勇気を与えられたにちがいない。柴田のことばは多くの人たちにとって、日々の生活の活力源になったのはまちがいない。しかし、現代詩はまったく読まれないし、その現状のままに硬直している。その原因として独善的で意味が分からない、内容がつまらないなど、読み手の心をつかみきれてない現実がある。

そんな中、中原道夫は、孤軍奮闘で現代詩の現状に異議を唱え続けている。とくに読者の心理を惑わす難解な詩を詩のお化けといって、一刀両断に斬り捨てている。現代詩の硬直した言語構造に、詩に感動をと、孤立無援で挑戦している。そのため、ずいぶん損をしているかもしれない。現代詩陣営は、難解＝高度な言語領域という権益を護るため、そのような中原詩論を諸手を挙げて認めるわけにはいかない。それで、さまざまな詩集賞などの選考経過をみると、圧倒的に会員支持を受けている中原の詩に受賞がいかない。たとえば、その詩は分かりやすいとか、感動の押し売りとか、本当は詩の長所である部分を、むしろマイナスであるかのように指摘し、審議を終わらせてしまう。いわば、現在の現代詩は少数のキャリアエリートが、圧倒数の一般詩人を支配する歪な構造になってしまっている。今年のH氏賞などはそのよい例である。私はほとんど受賞者の詩に心が動かなかったし、意味もよく分からなかった。不思議なのは、ふだんはリアリズムの詩しかつくらない選考委員までもが、その詩を後押ししていた。いったい、自分のプライドはどこへ行ったのか。難しくて分からない詩でなければ、賞はとれないのかという疑問が湧いてしまう。

そうしたことを言っても始まらないので、今回は私が選んだ現代詩として、分かりやすいことばで深い内容が盛り込まれた詩を紹介させていただくことにした。全部で八篇ある。誌面の都合で具体的に作品を紹介できないのが残念である。ほとんどの詩は各種文庫等で読める。

はじめに、二篇の詩を紹介したい。

一、高見順「青春の健在」

この詩の要点は、高見が描写対象にしている元気な若者たちが「青春の健在」を知らないことである。「青春の健在」を知っている高見のほうは、すでに死が近く、若者たちは「青春の健在」を知らないし、意識もしていない。それは虹の下に住む人が、それを確認できない物理的現象と似ている。とおくから見ている人にしか虹は分からない。私はここで高見が捉えた時間認識を質的時間と言い替えたい。

人は自分が健在なとき、自分の健在には気づかず、失ってそれに初めて気づくという習性がある。たとえば、子どもの頃の時間は長く、夏休みが待ち遠しかったり、クリスマスや正月がくるのを指折り数えて待っていたなどの経験がある。それが大人になると急速に時間が短く感じられてしまう。へたをすると、あのことは去年だったか、一昨年だったかも分からなくなる。いわば「青春の健在」の「青春」とは、時間認識のことではないか。一瞬一瞬を大切に生きていれば「青春の健在」であり、周囲に流されるように生きていれば、そこには「青春の健在」はない。よって、高見のように病気をしなければ「青春の健在」に気づかないということではない。すべては想像力の問題で、気持ち次第でいつでも「青春の健在」の日々はかえってくる。そんな詩である。

二、村上昭夫「賢治の星」

村上昭夫もまた、一九五〇年、結核で岩手医大のサナトリウムに入院すると、完治することなく、一九六八年に四十一歳の若さで逝去している。この時期からストレプトマイシンが普及し、かなりの人が社会復帰しているが、村上の場合はその恩恵にあずかれなかった。村上は逝去の年、生前唯一の詩集『動物哀歌』で第十八回H氏賞を受賞している。その時の村上の受賞のことばが印象深い。「賞というものは、人間を差別し、偏見を生むものである」。そうした人生への控え目な態度は、村上の詩全体を覆っている特徴である。村上の場合、はじめに死の宣告を受けたことで、ある種の覚悟が生まれ、そこから遅れて生の意識が芽生えてきている。数字でいえば一＋一の加算人生ではなく、十－九の減算《げんざん》人生である。高見順のように死の宣告はされていないが、死から生を除くという視点は同じである。村上の減算人生では、世間が掲げる良い学校を出て、良い会社に入り、良い家庭をつくるという目標が立てられない。彼が死の淵からみたのは、そうした世俗的な努力目標を早々に諦めることであった。こうした詩人であるから、あまり世俗的な垢のついたことに関わりたくなかったのかもしれず、それで「賞というものは、人間を差別し、偏見を生むものである。」という受賞挨拶になったのだろう。

世俗的な達成を諦める代わりに、村上が手にしたのは、独特の宗教観というか、それを超越した宇宙意識と呼んでよいものであった。村上の宗教は、人がこの世で生死を繰り返す、輪廻転生の仏教的価値観である。輪廻は動物などにも転生するので、村上の詩には動物が出てくる。さらに、村上の研ぎ澄まされた感性は、そうした宗教観を根底に、賢治と同じように宇宙感覚で事物をみることができるようになる。これは病を経て、天からの贈り物だったといえようか。

「賢治の星」は賢治の「世界全体が幸福にならない内は個人の幸福はあり得ない」を受け継いだ、

人道精神あふれる詩である。賢治も結核で死去しているのも何かの縁を感じる。
つぎに三篇の詩を紹介したい。

三、永瀬清子「悲しめる友よ」
この詩のポイントは、十字架から男を降ろし、それを埋葬するのが女性の私ごとだと言っている。マグラダのマリアは、イエスの死と復活を見届けた女性で、正教会、カトリック、聖公会では聖人となっている。この女性は、若い頃はその美貌と富で、快楽に溺れた生活を送っていたが、イエスと出会い改悛したといわれている。娼婦であったという説もある。この聖書のアレゴリーは、興味深い。聖書はこうした女性に看取られたいという男の願望を具現化している。聖書を読んでいったとき、この逆の状況はありえない。現在はフェミニズムが浸透し、男女差別を極端にきらう社会になってきたが、ある程度の男性、女性の役割分担は認めてもよいのではないか。その一つが、ここでいう男が先に死んで、女性がそれを看取るということである。

四、秋谷豊「読書」
この詩は、戦後抒情詩人の秀作のひとつといってよい。読書を通して、未知の世界に触れ合う喜びがイメージ豊かに描かれている。読書は孤独な行為だが、それによって得られる世界の深遠や人々の知恵は無限である。近年、電車などの車内で読書をせず、黙々とスマホをする人が増えている。それによって文章がうまくなったり、情報が豊かになる利便性はあるが、それだけでは深遠や普遍などには届かない。そこには読書を通じて知り合える他者の存在がない。この詩は、とくに青少年に読んでほしい。

五、小川アンナ「にょしんらいはい」

この詩は、子どもを産み、育てる、生命としての〈母〉がモチーフである。作者は母娘関係、性としての女であることの業をしっかり見据えている。この詩の背景には、小川の体験した母娘の複雑な関係がある。小川の母は、小川という娘がいながら、あるとき、年の離れた養女を迎え入れて、そちらをかわいがるということをしてしまう。少子化の現在ではありえないが、かつての大家族制度の中ではこうしたことがあったのかもしれない。そんな小川の愛と憎しみの葛藤は、母の最期を看取ることによって氷解する。

ある種の諦念が、全篇ひらがなの書き方を選ばせたのであろうか。

つぎは、H氏賞受賞詩集から二名。

六、一色真理「心」

一色は小学校六年間、一言も口を開かない緘黙症児として成長する。社会的不安のため、まったく話せない。小学校などで、全体の二%がこれにかかっているという。一色は中、高を経て、大学で新左翼学生運動に参加したことで病は完治したとみられる。しかし、幼児期の緘黙症体験は、この詩人に多数者より少数者、強者より弱者、中心より周縁に物事の真理があるという認識に至り、希有な文学的個性をつくってしまう。

この詩は、幼児期の体験を描いたものだが、弱者に寄り添っての痛切な思いが読み取れる。一色ではないが、学校というものがおかしくなっていることを、だれもが感じている。しかし、だれもそれに抗えない。学校関係者が推進するのは、生徒の成績を上げ、よい大学に行かせ、よい会社に就職させるということである。しかし、それは平等であるようで、そうではない。相撲の星取り表のように、一人を勝たせれば、だれかを落とさなければならない。毎年春になると、テレビや週刊誌は東大赤門前で万歳をする受験者にスポットを当てるが、これはいかがなものか。マスコミは敗者にこそ、寄り添うべきではないのか。今の世は、すべて勝てば官軍で、敗者への手当はない。現在、高校進学者の十数万人が中途退学し、登校拒否児童は六万人余り。内面に葛藤を抱え、いじめ、校内暴力にじっと耐えている者も多い。そうした現状に、一色の詩は、無言で抵抗しているとはいえないか。

七、杉谷昭人「人間の生活」
日本でも首都圏でもない、自らが生きる宮崎の地名に着眼し、どう生きるかという人間存在の根源を掘り起こしたものとして、一九九一年H氏賞を受賞。この年、私も『Ｍｅｔｓ』という詩集で候補になっていた。私の詩はタイトルどおり、メジャーリーグのニューヨーク・メッツから取ったもので、ずいぶんと背伸びをして、アメリカや日本のことなど、大きなことを書いてしまっていた。そこに、宮崎の聞いたこともない地名をテーマにした詩集が評価されたことに衝撃を受けた。正直、杉谷の詩には敵わないと思い、自分の詩風を変えるきっかけになった。つまり、私は身近な家族や小動物などをテーマに書くようになっていった。この時、杉谷の詩に出会うことがなければ、私もずっと読み手に分からなくてもいい、分からない読者が悪いという、現代詩の病から抜けられなかったかもしれない。

最後の一篇は、中原道夫「山の人」

私が生前お世話になった詩人に木島始がいる。木島は中原の抒情詩を高く評価していた。彼が若い世代のために編んだ『地球に生きるうた』（一九八〇年・偕成社）に中原の詩「雪のうた」という作品を収録したことがある。そして、木島は当時詩を休止していた中原になんとか連絡をつけようと、探していたという。戦後の前衛グループ「列島」を率いた木島だが、その詩の本質は抒情にあったと思う。木島は京都の出身だが、若い頃に信州の山によく登ったともいう。そんな経験が、中原の詩を好んだのかもしれない。中原は、今でこそ時事詩人のようにみられるが、その本質は日本でもっともリルケを継承した本格派の抒情詩人である。

（二〇一五年十月二十五日、板橋区民文化祭の詩のつどいより）

Ⅱ

詩人と内部現実の解明
―反戦詩の方法―

1

「何を書くか」というのは内部現実のことです。それはひとりひとり実相がちがいます。だから同じような詩はあっても、同じ詩というのはありません。すべて、個的な内部現実の反映なのだから、人間の顔がひとりひとりちがうように中身は微妙にちがいます。詩の面白さは、その微妙なちがいにあると言ってよいと思います。よって、詩を読むことの意味とは作者の内部現実を知ること、読み取ることにほかなりません。詩人にとって、見た目でわかる事実を知らせることよりも、むしろ、見た目でわかる事実に隠れた真実を知らせることのほうが大切です。ここでの内部現実とは個人にある思想とか信条、経験の蓄積のようなものでしょうか。広義にいえば、神話、呪術、フロイトのいう無意識層、ユングのいう集合的無意識（元型）、さまざまな宗教、自然崇拝も内部現実です。ここでは、話が込み入ってしまうので、それら広義の枠には言及いたしません。

そして、これら複雑な内部現実を外に表わす手段が「いかに書くか」の修辞です。だから、一定の修辞力がないと、そうした思想とか信条、経験の蓄積が内部にとどまり、うまく外部に働きかけられません。溢れるほどの思い、言いたいことは山ほどあるが、思うように表現できないというのは、すべて修辞力の弱さにつきるのではないでしょうか。しかし一方で、詩とはあらゆる技法を自由自在に駆使できることでもありません。たとえば書きたいこと、主張したいこと、つまり内部現実が何もないのに、ただそこに詩があるという修辞的現在が先行してしまうことがあります。それは修辞が、「何を書くか」の内部現実を書くための手段から、単なる言語目的にすり変わってしまっていることを意味します。だから、学問を積んで古今東西の詩学に精通し、修辞を身につけただけでは優れた詩は書けません。内部現実を鍛えていく経験の蓄積の上に、さらに必要なのは学問を越えた想像力ということになります。つまり、詩の修辞力とは思想とか信条、経験の蓄積を想像力によって新たな力に変える力のことをいうのではないか。若い時は感性の力がものをいうが、三十歳を越えたあたりからそれはしだいに鈍くなり、知性と感性が止揚されたものに変わってきます。

詩人とは、思想とか信条、経験の蓄積を想像力によって言語化する機能を持つことがすべての必要条件です。そのことから、詩の世界では知的な頭脳の優劣、それを客観化する学歴、職業歴によって差別化されることは一切ありえません。つまり、当人になんの学歴、職業歴がなくても、思想とか信条、経験の蓄積を言語化することに長けていた場合、その人の詩人としての身分は確実に保証されることになります。しかし、一方でそれは何の資格審査もなく少年から高齢者まで、だれもが平等に詩人になれてしまうことを意味します。それを示すかのように、戦後のサークル詩、七〇年代以降のカルチャー詩、現在のネット詩と、たくさんの詩の書き手が誕生してきています。だが、それはだれもが本物の詩人になれないというアンビバレンツさを示唆しています。私は詩のブームと言われた一九七〇年代に詩を書き始めました。当時、現代詩人会主催のゼミナールに行っても、詩人会議主催の詩の学校に行っても、二十代の若者の熱気で会場内は溢れんばかりでした。しかし、それから三十年が経ち、そのまま詩人となって書き続けている者は五％もいません。だから、逆説的に書き続けていた者が詩人になれたということになります。詩の世界の入り口は広いが、出口は極端に狭いのです。

詩に対して、二つの考え方があります。それは思想とか信条、経験の蓄積を想像力によって言語化できることをある種の芸術的な才能とみるか、後天的な修辞的訓練の結果とみるかでずいぶんとちがってきます。ふつうは、一見詩の才能は凡人が努力しても追いつかない天性の才能の産物のようにみえます。しかし、詩がもって生まれた才能だとすれば、さきほどの九五％の人たちが詩をあきらめてしまったのはおかしい。その中には、私以上に天賦の才能に恵まれた人たちがいたことは想像に難くありません。だから、こう説明できるのではないでしょうか。はじめは自らの才能で書き始めるが、さまざまな諸条件によってそれらが後退し、交換に訪れてくるのが、思想とか信条、経験の蓄積を想像力によって言語化する修辞能力です。おそらく才能によって生み出されるのは一定量で、それは使いきると予備がなく枯渇してしまいます。だから、私の考えからすれば、今に残った五％の人間はむしろ才能がない、思想とか信条、経験の蓄積を想像力によって言語化する技術を会得した者だということができます。

しかし、意外にもこの経験の蓄積という部分が軽視されています。そうすると、詩は教わるものではないという暴論がまかり通り、詩の世界は技術も資格もない人たちの集まりで無秩序状態になってしまいます。やはり、詩は最終的に思想とか信条、経験の蓄積を想像力によって言語化できる技術者集団なわけです。ここを再整備することが詩の再生のための必要条件です。

つぎに内部現実に対応する外部現実というのをみていきます。簡単にいえば、外部現実とは「何を書くか」のモチーフの選択を促す場合の詩的材料のことです。別の言葉でいえば「何を書くか」を促す詩的状況のことです。ここでの詩的状況は文明、戦争、原爆、公害、地震、自然破壊の大状況から、家庭、職場、学校の小状況まで幅広くあります。反戦詩を書く詩人も日常を書く詩人も、重要なのは「何をモチーフに選ぶか」の選択ではなく、選んだ後の適切な修辞的な処理の仕方です。だから戦争や原爆、震災が高度で、家族間の葛藤、悲哀、あるいは若い世代では恋愛、友情は程度が低いということはありません。すべての課題は、「何を書くか」の思想とか信条、経験の蓄積と、それらを外部に周知させる「いかに書くか」の修辞的機能の融合です。だから、どの状況からも傑作は生まれる可能性があるといっても良いです。

大状況、小状況にかかわらず、よい詩の教師につけば、きわめて短期に一定の技術は会得できるかもしれません。自己流では、いくら頑張っても修辞的な成長は期待できません。こうした提案をすると、すぐに短歌・俳句の徒弟制度のようになると批判されてしまいますが、私の考えはそうではありません。一定の力量を持った詩人が、任意に絵画教室や陶芸教室のように詩学教室を開いてほしい位です。必要とすべきは、習熟した詩人はよい詩の教師となるべきで、成長過程にいる者は、よい教師を見つけることです。

詩の世界には「私の世界は私が支配すればよい」「私の高尚な世界は凡人には分からなくてもいい」という言説がまかり通っています。そこから意味が分からないこそ詩という逆の論理がひとり歩きしてしまうのです。こうした悪循環のなかで詩は読者を減らし続けてきているといえます。そんなことはおかまいなく、詩の世界は作者イコール読者という閉塞した言語空間のなかで内的秩序ができてしまっています。しかし、それでは、詩の世界はある種のメタファーやらアレゴリーという暗号を使う、集団に属した人間にしか意味が通じない詩学研究所のようなものになりかねません。事実、そうなりつつあります。詩の世界は社会から隔離した閉鎖集団の道を行っているとしか思えません。これはある種の社会的な病理であり、それを治す方法は一つしかありません。詩人たちが専門家集団として社会的に自立を果たすことです。具体的には、思想とか信条、経験の蓄積を一定の状況に結び付け、それをよい技術で書くことです。この手続きを飛ばして先を急いでも結果は望めません。

こうして書いてみると、理想の詩人像がうっすらとみえてきます。一番のプライオリティは思想とか信条、経験の蓄積を、つまり自分の思いを、過不足なく詩の言葉に転位させられる能力の維持です。社会派、言語派、人生派、芸術派とさまざまなタイプの詩人がいますが、優れた詩人には何らかの共通点があります。社会派、人生派は外部現実から内部に進み、言語派、芸術派は内部から外部現実に入っていきますが、思想や信条、経験の蓄積を想像力によって言語化するということでは一致します。だから、過去の共産党員、あるいはクリスチャン、日本浪曼派や神道の詩人において、そこでの思想とか信条、経験の蓄積は純化されて、一篇の作品として普遍性をもちえるものになっていればよい、という見方をしていきたいと思います。だから、詩が状況に依存しプロパガンダにとどまっている場合、それはまだ詩になっていないというのが私の見解です。

2

戦後詩といえば、だれもが「荒地」や「列島」を口にします。とくに七〇年代に詩をはじめた私たちにとって、「荒地」「列島」は現代詩のための基本的な必須テキストでした。その後、私は「詩と思想」の編集委員になったので、「列島」系の関根弘、木島始、出海溪也の三氏には日常的に会う機会も増え、とくに木島、出海氏とは一緒に食事をしたりするなどよくしてもらいました。「荒地」の詩人とはあまり触れ合う機会がありませんでした。ここでの二派のバトルは、言語派対芸術派、モダニズム対人生派・社会派、リアリズムの戦いのように言われているが、一言でいうと内部と外部の統合の問題と解決方法につきるといってもよいです。そこでの思想とか信条、経験の蓄積を、いかに状況に結び付け、よい技術で書くかということでは両派は一致しています。前述したように、それがどんな思想や信条、経験の蓄積を持っていようが、それらが純化され一篇の作品として普遍性をもちえるものになっているかどうかが重要な鍵です。そのことを語っているのが、瀬木慎一の文章です。これは「列島」（一九五五年三月）最終号に掲載されています。

リアリズムというと、直ぐに、象徴や比喩をきりすてたさばさばしたものをおもい浮べがちであるが、反対に、わたしたちのリアリズムは、外部が内部の中に触発するさまざまの異常な表象をふんだんにつかみとるべきではなかろうか。木ならば木が、パンならばパンがそのものとしてとらえられるのは、それと他の物との関係、現実におけるそれの総体的関係が充分に明らかにされるときだとしたら、抽象操作はより大胆に行われてしかるべきだろう。そうしてこそ、現実が外部を内部の総体として本質的に表現されるにちがいない。

戦前のプロレタリア詩人の考えを敷衍すれば、芸術という内部活動は政治運動という外部に従属するものでありました。戦後「列島」は、芸術と政治の統一的止揚、政治的前衛であることは芸術的前衛であると主張しました。あるいは、外部と内部、夢と現実の分析と統合であると述べました。

瀬木は、この論に添えて、金子光晴の詩集『鮫』を「強烈な内的リアリティに支えられた抽象操作が、微妙な比喩や象徴を展開している」と高く評価しています。そして、それは「対立する外部と内部を分析と綜合の関係でとらえ」ているからだとしています。

問題はそうならなかった時のことです。鮎川信夫はかつての『死の灰詩集』を『辻詩集』の裏返しだと重要かつ鋭い指摘をしました。これは、その後、いわゆる社会派の詩人たちを論じる際のメルクマールとなっています。簡単にいえば、いくら外部現実が深刻で悲惨なものであったりしても、それが内部現実として止揚されていなければ作品にはなっていない、ということです。
詩人の社会性でいえば、今でも「いかに書くか」の芸術性の意味をあまり考えず、気楽に外部現実に依存して、それを反戦詩と称して発表している人たちがいます。これは、ほとんど愛国詩から死の灰詩集、狼論争、湾岸戦争詩、阪神・淡路震災詩、イラク戦争詩とその系譜はとだえることはありません。こうした詩の多くは、マスコミ等、第三者によって解釈され報じられたものを、戦前であれば愛国、戦後であれば反戦平和という器に詰め込むだけのレディメードの作業ということになります。

大状況はつねに、どこのだれを対象にしたものか、という個人の顔がみえにくいところがあります。しかし、小状況にあっては、たとえば家庭にあっては介護対象の親、教師であればさまざまな学習問題児、職場ではリストラ対象の同僚等、個人の顔がはっきりみえていて、きわめてリアリティがあります。詩としては、確実にこちらの身近な外部現実を書くほうが傑作を生む可能性が高いと思います。しかし、死の灰詩集、狼論争、湾岸戦争詩、阪神・淡路震災詩、イラク戦争詩であっても、そこに内部との言語的統合が行われ、そこに個人の顔が見えていればちがうことになり、それは優れた作品となりえます。

現代詩人会の編集によって『死の灰詩集』が出されたことがあります。一九五四年三月一日未明、アメリカは太平洋マーシャル諸島のビキニ環礁で水爆実験の暴挙に出ます。その威力は広島型原爆の約一千倍。その時、静岡県焼津市所属のはえ縄漁船「第五福竜丸」は、アメリカ政府の指定していた危険地域の外で操業していたにもかかわらず、二十三人の乗組員全員が放射能を含んだ「死の灰」を浴び、急性放射能症にかかってしまいます。無線長の久保山愛吉（当時四十歳）は、「原水爆の被害者は私を最後にしてほしい」と言い残し、その年の九月二十三日に死亡。この事件は日本中に波紋を広げ、原水爆禁止の署名はあらゆる階層を巻き込み、有権者の半数、三四〇〇万にも達しました。この事件は、原水爆禁止運動の象徴として現在に至っています。毎年、静岡市、焼津市を舞台に、三・一ビキニデーとして、犠牲者の追悼が行われています。これについては、この運動に深くかかわっておられる埋田昇二さん他、ここには多くの方がおられるのでこれ以上の論及は避けたいと思います。ここで私が問題にしたいのはそうした状況を詩にする場合の問題です。

鮎川信夫は『死の灰詩集』をばっさり切り捨てましたが、よい詩が書かれていないわけではありません。長島三芳（一九一七―二〇一二）の「死の会話」は、ビキニ事件という外部現実が作者内部の現実に反映し、内部と外部が統合された優れた詩です。

死の会話

この文明の世界の中で／ぼくらの生は／朝の木イチゴの
ように　あたらしく／ぼくらの死も　また／今日の静物
のごとくやすらかに／死ねることが／日々の願いであつ

たが
（一連）

いつか二十世紀の死滅が／この原子の光線の中にあつて／ぼくらの最後の／ひとりひとりの死に／サラサラと砂をかけてくれる／その何者も　いなくなつた／ついにぼくらは／現代におびえる／むなしい刈萱《かるかや》の存在となつた／光沢のアメリカドルの／まばゆい中に／ぼくらの死は／強者の暴力の前に　かなしく解剖され／ぼくらの目は　ふたたび／若いスモモのように／人類を焼いた／あのヒロシマ　ナガサキの過去を／この世界のどこかに見ようとしている／狂るつた人間の午後／今日も　あの空中で／白い幽霊となつて／茄子《なす》や胡瓜《きうり》の栽培にいそがしい／友たちの声がきこえてくる／いつたい／人間の発芽はいつになつたらくるだろう
（二連）

鮎川はこうした反戦的な詩があることも考慮に入れて論じるべきでした。それから半世紀を経て、一昨年長島は『肖像』という詩集を出しています。その中から「基地」という詩を読みます。

基地

長い旅を終えた／原子力潜水艦が一隻／夜の港にひっそりと停泊している。／米軍基地一〇号バース／船窓から漏れた灯が波間に漂い／艦は深い眠りにつこうとしている。／／この場所は　かつて巨大な戦艦武蔵が／一〇門の砲身を抱えて／鉄の大錨を下したところだ。／目を瞑ると　昔も今も軍港は変わらず／過ぎ去った戦争中の裸身を剝き出したまま／まだ貪欲に横たわっている。／／拭っても拭いきれない戦争の亡魂／かつて何千人のヨコスカ海兵団の水兵の騒めきが／いまも暗黒の夜の上げ潮の中から／慟哭となって聞こえてきそうだ。／／私は生れたときから／この基地の匂いの中で／どっぷりと染まって生きてきた／戦争が終ってもまだ錆た鉄棒の格子のなかで／怒りの痛打に堪えながら／やっと今日まで生きのびてきたのだ。／そしてその先にはまだ／この国とアメリカとの条約に苛いなまれ／暗黒の宿命として／ヨコスカ基地は終りなくつづいている。／だが私は明日に生きねばならぬ／誰れか私の詩魂を共有して／この基地との絆を立ち切ることはできないか。

――米軍ヨコスカ基地

小川アンナ（一九一九―二〇一五）の代表的な仕事の一つに、『その時住民は　―富士川町住民運動私記』があります。一九六九年三月、富士川火力に反対する「富士川町いのちと生活を守る会」を結成し、公害問題に全力を投じていきます。本著はその闘いの記録です。ここで四〇〇頁に及ぶ著書を紹介することはできませんが、この運動の要点を示すとすれば、特定のイデオロギーから自由に、地域密着型の市民運動として行われた点です。詩のことばは政治の道具になってはいけない、というのは大原則だが、それが現実の場面でも実践されていたことに驚かされます。そのことの意味を知らされるのは、埋田昇二の「自然を破壊し、人のいのちを脅かす富士川火力発電の建設計画に反対して果敢にたたかった住民たちの熱い日々。本書は、その渦中にあって凛然として立った詩人小川アンナの繊細な感性がとらえた自然と人間回復の記録、住民運動のなかで出会う主体としての『個』の回復をめざす人間探求の書である。」という帯文のことばです。外部現実としての公害問題、内部現実としての詩人の個的感性、これらが見事に統合された好例として紹介いたしました。

年譜によれば、この闘いは長く続き、八三年八月、岡山県苫田郡奥津町にて「全国河川湖沼海を守る全国集会」開催の記述があります。私事で恐縮ですが、奥津町は私の祖父の生地で、今は従兄弟が宝樹寺という寺の住職をしています。当時、このことを知っていれば駆けつけたところでありましたが。

公害闘争は、あらかじめ個の自由が保証されている詩作行為とはちがい、社会参加を通してはじめてそれを具現化できる、という困難がつきまといます。ここで、小川アンナは告発や糾弾という階級闘争を行わず、ただ詩人の目で自然にやさしい手を差し伸べたのです。若干、ビキニ事件を取り上げた長島三芳に似ています。これはもう一つの代表作「晩夏光幻視」の抒情的精神と技法は同じで、つまり、外部現実の活写から内部に入っても、内部現実からもういちど外部に出るという、ほとんど同じ詩の流れになるということです。このことは、「列島」の呈示した外部と内部の分析と統合が出来ているということです。小川アンナは、個の具現化をモチーフに、内部の外在化としての公害闘争と、外部の内在化としての詩作を止揚できた希有な詩人であるといえます。このみごとなひな形とともに、小川アンナの詩業は、戦後詩史の上にきちんと記されていくことを願っています。

「富士川右岸河川敷地図」（詩集『富士川右岸河川敷地図』）という作品を読んでみましょう。

東の河岸に迫っているF市工場群　その向うにかくれて
いる胃袋型の港湾からコーヒー色の内容物を吐瀉させて
西の河岸へ捨てるという文明の泥流が重ねられる富士川
右岸河川敷地図。

東名　国一　東海道線　工業用水水管橋　新幹線　バイパス六本の橋は全部が全部日本の動脈これ以上はもう橋はかけられないところからようやく河川敷原野がはじまって海はもうすぐそこだ。

河の終るところから人は飛翔したいと希うのだろうグライダー練習場を横にまたいでゆくと海浜を失くした漁師たちがせめて捕獲の網をひろげてエビを干している。

あたりは浜えんどう昼顔　愁いつつのぼれば白き花茨*

沼と芒と萱原と茅花の絮と夕陽の葦。

私は時々ここへやってくるので河口の原風景に次第に手の入っていることを知っている。鷺のひそんでいた芒原は刈りはらわれて秘められていた古鏡は陽射しをうつす一枚の手鏡となった。葦間にかくれていたデルタは女のからだのように静脈を匍わせてのべられていたが排水溝に吸収されて河から女は立ち去った。

きままな中瀬も取り払われて鷗の花の咲くのも一ところだけ鴨は次第に誘導され河口の砂嘴に守られた小さな湖沼があたえられている。秋風は牙は失い不意に私たちをきりつける剃刀の刃はおさめられたのだ。
私は葦や茅花の刈られた短い草原を秋の日の一ぱい降る
鴨の棲む河口の方へ歩いてゆく。海はすぐそこなので海
鳴りの度にちゃぶちゃぶと萱の根を洗うさざなみをきき
ながらあちらこちらに紺色をひそめてねむる鴨　羽づく
ろいする鴨　また遠く浮かぶ鴨。双眼鏡をはずして一歩
をふみ出すとバタバタと原野一面に舞い立った。
その時鴨は地平と水と空に懸って見事にその棲息圏の高
さの構造を示したのだ。驚いて私は確認する。河川敷地
図　それは一枚の平面ではない。
白鷺が岸べの泥から細い脚くびを抜くとき触れられてい
るのは水より深い地のものの実体だ。それは草に座る私
の腰より茅花の穂をぬく私の手よりしんじつ鷺の脚のあ
しのうらで触れられている泥。風はまた絶えまなく茅花
に語りかけ葦花は夕陽にまつわってやまず処女のくちび
るのような渚の皮膚こそ空のものと土のものとの婚姻の
証しを印つけるところ。雲雀の雅歌はいつも垂直の五線
譜。鴨の群れは空と野とにみずからを懸け繋ぐ網。

そして役人たちのひろげる一枚の河川敷地図にさえ消しがたく夕陽の刻印が押されている。

＊「愁ひつつ岡にのぼれば花いばら」蕪村参考

つぎに埋田昇二の場合をみていきます。

埋田昇二には『詩と歌と平和と』（二〇〇一年九月　かもがわ出版）という著書があります。まず序章の「被爆者でない私に『ヒロシマ』が視えるのか」の標題に目が留まった。埋田は「被爆者でない私に『ヒロシマ』が視えるのか」という問いに対し、つぎのように答えています。

しかし、私のなかには「被爆者でない私が被爆者の心を心とする」ことが心底からできるのだろうか、という問いが絶えず鳴り響いていました。少なくとも詩を書くひとりの人間としてほんとうに「ヒロシマ」が視えるのか、という内心の問いです。

こうした観点から、埋田は反原爆の合唱組曲「青く輝く地球のために」を作詞します（作曲は木下そんき）。この歌は、一九八〇年代から今日まで、原水爆禁止世界大会や国民平和大行進のなかで、毎年の三・一ビキニデー集会（焼津市）のテーマ曲として歌いつがれているとのことです。

さらに埋田は、第五福竜丸元無線長故久保山愛吉氏、その妻すず氏の生き方に触発されて、反原爆の組曲「ビキニの海は忘れない」（作曲・高平つぐゆき・一九八六年）、すず氏の死後は、その「生涯と核兵器廃絶の願いを、どうしても歌にしたい」との思いから合唱曲「ひかりのばらは　―愛吉・すずのばらによせて」（木下そんき作曲・一九九三年）を作詞します。

あなたのばらは　わたしのばらにもなっていたから
氷雨降るつらい朝も　ちいさな庭に
わたしたちのばらが咲いていていたから
りんりんと　生きてくることができました
あなた

（「ひかりのばらは　2」）

埋田は、この著書を「戦争体験の風化が指摘されて久しい今、平和運動・原水爆禁止運動に求められているのは『見えないものを見る』人間的な想像力を育てること」であると締めくくっています。いうなれば、埋田は想像力の連帯を歌で行ったことになります。

埋田の場合、内部と外部の統合を二つに書きわけるということで行っています。「ひかりのばらは　―愛吉・すずのばらによせて」は外部から内部に、詩集『樹海彷徨』は内部から外部に向けて作られた詩です。

以上、詩はつねに内部と外部を意識して書いていかなければならないことを語ってきました。

すべての詩の基本は、「何を書くか」の思想とか信条、経験の蓄積と、それらを外部に周知させる「いかに書くか」の修辞的機能の統合です。どんなことにおいても、詩人は私の世界を他者に知らせる、理解してもらう、分かってもらう、この地道な努力を怠ってはならないのではないでしょうか。詩人が思想とか信条、経験の蓄積が内側にとどまっているかぎりは、それがどんなに高尚なものであっても、何も言っていないのと同じなわけです。

（ポエムイン・しずおか二〇〇五の講話・静岡市クーポール会館）

埋田昇二論
―詩人の社会性と芸術性―

1

これまで、すべての詩人の頭を悩ませてきたのは「いかに生きるか」の内面的な問題と「いかに書くか」の芸術性の統合である。明治末期、口語自由詩運動勃発の中で、難解な文体の象徴主義と言文一致の自然主義の対立が起こって以降、現在まで、いわゆる詩壇の中での象徴主義的な芸術派（言語派）と自然主義的な生活派（社会派）の対立構造はずっと変わってはいない。これらを言語構造的に明確に分ける客観的基準はないにしろ、詩の雑誌・同人誌などの編集傾向によって、必然的に言語派と社会派の棲み分けができているというのが現状である。

埋田昇二はこうした言語派と社会派という詩界の二極化現象の中、芸術派（言語派）とも呼ばれるべき象徴詩を書きながら、現実生活の上では反戦、反核などリアリズム的な平和活動を持続して行っている。つまり埋田にしてみれば、その精神内部への言語的探求と外部事象へのアンガージュは個々に独立した領域となっていて、そこでの二つのカテゴリーはまるで別人格のように一つの像に結ばれていかない。詩人埋田昇二は平和活動家埋田を活用することはないし、活動家埋田は、詩的活動とは一定の距離を保ち、「六〇年安保闘争」以来、反戦・反核・反基地、憲法擁護の運動などの平和運動を幅広く社会に向けて実践している。たとえば、二〇〇〇年のNPT（核不拡散条約）再検討会議では、核保有国を含めて合意された「自国の核兵器を廃絶する明確な約束」の実行を迫るなどの行動に出ている。その他、ニューヨークやジュネーブの国連本部や各国政府代表に対して発言するNGOの活動など、平和運動家としての埋田の働きは国際的にひろがっている。たとえば詩人でいえば、戦前の浅野晃、戦後直後の辻井喬など、前者は非合法下の日本共産党に属し、後者は戦後共産党のオルグ活動家の経験はあるが、それらは彼らの長い詩歴の中での一部を体現したものにほかならない。埋田の場合、詩の書き始めから現在に至るまでの期間、生活者としての平和活動家と詩人としての芸術活動の方向と位置付けの体系に少しの揺るぎもない。日本の現代詩一世紀を越える歴史の中で、埋田のように生活者としての平和活動が持続的に、かつ個の追究としての文学とは別に、はっきり独立した形で並列されている例は珍しいのではないか。

それではなぜ、埋田は詩人と社会活動家の二つの身分と顔を厳密に使い分けてきたのか。かつて詩誌「列島」が内部と外部の統合、政治と芸術の統一的止揚を掲げたように、詩人にとって、一個の人格の上に「いかに生きるか」「いかに書くか」の関係は密接不可分なものとして認識されてきた。極端にいえば、現実において政治的な革命を欲すれば、日常的な言語の質も必然的にその実現に向けて誘導されてくる。だから、戦後の詩界を見ても『死の灰詩集』『湾岸戦争詩』

『イラク戦争詩』と反戦詩が書かれ続けてきたのである。だが埋田の場合、内部世界は言語詩的な美意識を追究し、外部の行動形態は詩的ダンディズムとは無縁な平和活動への邁進ということで徹底している。

日本の国際化が促されるグローバルな世界秩序の中、詩人の記す言葉は超越的言語であってよいが、詩人そのものが社会性の希薄な内部に閉ざされた超越的存在であってはならない。そうした中、これからの詩人の生き方は、反戦詩＝「社会事象との一体化」、純粋詩＝「社会事象からの超越」という二者択一の形式であってよいのだろうか。ここでの埋田昇二の二元的な生き方にこそ、これからの詩人たちが生活と芸術の関係を構築する上でのヒントが隠されているとはいえないか。人間という複雑な生物を対象にしたとき、「人はパンのみにて生きるにあらず」という物質と精神の二律背反的な課題は尚残る。かつてのソ連型東欧共産主義にしろ、アジアの農耕型共産主義にしろ、それらがうまく社会的に機能しなかったのは、彼らにパンのみにてすべてが片付くという読み違えがあったからではないのか。その意味で、埋田の生き方はパンはパン、人間は人間という根本から物質と精神の問題を問い直すものとなっている。だから私は、埋田の詩業を新しい詩人の反戦の在り方を示すものとして前向きに捉えていきたい。埋田の平和活動を見るうえで、『詩と歌と平和と――「ヒロシマ」が視えてきた』（二〇〇一年・かもがわ出版）は貴重な資料である。

2

それでは、初期の詩集から順を追ってその特徴となるべき点をみていきたい。

詩集『魚のいない海』（一九六四年・詩学社）。嵯峨信之の生と死を凝視した形而上的世界からの影響が濃厚である。嵯峨の詩は「ヒロシマ神話」という人口に膾炙した異色作もあるが、そのほとんどは現実事象に素材を持たないメタフィジカルな象徴言語で構築されている。

われわれは、毎日テレビのニュースやインターネットで戦争や動乱の中で無残に死んでいく人間の姿に遭遇する。そして、身近には突然の親族や友人たちの訃報に接するなど。だから、人間はそれほど未来に開かれた向日的存在などではなく、ハイデガーの言うように危うく死を猶予された存在であると考えざるをえない。だから、嵯峨のように詩人が言葉の本質をすべて生と死の問題に還元して考えようとするのは特段珍しいことではない。そして、嵯峨の詩の特徴は、生と死の間のかすかな一点にフォーカスを合わせ、徹底した言語錬金術を試みることにある。前述の「ヒロシマ神話」は、一瞬の内に肉体を奪われ、自らの手で自らの死を選べなかったものたちへの鎮魂歌である。嵯峨の筆が唯一現実の側に鋭く動いた一瞬で、後にそれが他のどんな社会派詩人の原爆詩より説得力をもってしまっていることに驚く。埋田の詩は、ここでの嵯峨同様、死から数えて生の場に言葉を還元する修辞的手法が取られる。とくに「生まれることのなかつた子への悲歌」という作品は、生まれなかった子供にも等しく死の養分は宿り、そして最後まで死を生きられなかった分、相対的にそれは生の側面を強く映し出すのだ、ということの意味を読者に強く訴えかけてくる。埋田も嵯峨の主宰する「詩学」研究会出身で、嵯峨の詩に影響を受けていたことが推察できる。

生まれることのなかつた子への悲歌

あらゆる詐術のなかで
泥のように死ぬことで
おまえは夢見がちな父親を
暗い盆地に追放する
骨のない筋のようなおまえの手に
みみたぶのようなおまえの肉ひらに
触る妻の
微動だにしないきつい眼窠に
僕は脊椎を撃たれる
すでに燐質化しはじめたぼくの裂目から
ちいさく軟いおまえが
ばつさり
ひきはがされるとき

地ひびきたてて倒れる馬の尻べたのように
ぼくは肩をふるわせながら
這いつくばる

ぼくの股のあいだに
血糊のいとをひいて
墜ちていくおまえの
あまりにも無邪気に
おさないかたちに
ぼくは泪を怺えきれなくなる

ぐつしやりした
母の血をかぶり
うずくまるように
死んでいるおまえの
ずぶぬれのかたちがかなしい
しどけなくよこにかたむいて
ああ

おまえは生きることがなかったと
ゴム手袋が吊るされた
どんでん返しの街は
よじれっぱなしの鉛管のつめたさ
紐のようにたれている風のなか
針金細工の腕で
ぼくは
うばわれることのない罎の底に
重みのように閉じ込められている
おまえの臍の緒をつかみとる
切口のない
半熟の泪を呑みながら
遂に生きることのなかったおまえの
無償の亡びをあがなうために
銀条ひいて笛が鳴る凍った朝
ほとばしる火花で
つつましく育てられたおまえの

にがい可能性を葬るために
天日にこぶしをかざして
　石を撃つ

他に「執念のＧｏｔｈｉｃ」「光と闇の証し」は初期の大作。ぜひ全詩集でお読みいただきたい。詩集『魚のない海』について、「詩学」一九六四年十月号が「私は詩集を出した」というタイトルで小特集を組んでいる。執筆者は埋田の他、吉原幸子、香川紘子、袖山広司、片桐ユズル。埋田はつぎのように書いている。

　詩集『魚のいない海』のあとがきに「ぼくにとつて言葉とは、現実の硬さに対抗できる重みをもたなければばならない」と書いた私の意図もそのあたりにつながつているのですが、そのばあい、詩人が、「現実の硬さに対抗できる重み」をもつた言葉をもつことができるためには、同じ重みをもつた主体でなければならないと考えます。詩とは、現実という存在の硬さに抵抗する魂の痛みであると考えます。現代に生きる私たちがある作品に感動するとすれば、それは存在に対する魂の痛みへの共感であると考えます、その意味で、たとえばアクションペインティングのエネルギーも、主体を放棄したシユールレアリスムの内面深化も、あるいは反絵画というような素材主義にしても、私には詩人の魂の靱さを保障するものとしては信用できない気がします。

詩集『花の形態』（一九七九年・詩学社）。埋田は在るべき花の形態を通して、生と死の形而上的世界を追究する。それらはほとんど、埋田の内的世界が凝縮された形で独自の象徴言語を生む。これまで埋田は、生まれなかった子供も被爆者も自らの手で死を選べず世を去った無念を詩に書いてきた。ここでのテーマは、ある種の鎮魂歌として、死者からもういちど生の意味を奪還するというものであろうか。埋田の詩は現実事象との軋轢を素材に、そこになんらかの宗教や哲学を当て嵌めて解決する理知的手法はとらない。あくまで「はじめに言葉ありき」の言語領域を対象とし、その根底にあるのは人は死が猶予された存在であるという「はじめに死者ありき」の形而上的認識である。

はだを刺す痛い空を映して
精神の香りが
冬の野に　花だけを開くことのできる
やさしい形態をささえている
（「梅」一連）

気流の乱れもないのに
億本の桜が
花びらに血のいろを滴らせて

死者の野に吹雪いている
（「桜」一連）

この世のどこかに
ひとつの季節に咲く
さいごの一輪がある
（「残菊」）

傷ついたとき
ざらざらした指で
芯までたっぷりつかみたい
とりわけ断崖に咲くぶあつい百合の花びらをもぎとりたい
ヒメユリの群落をなぎ倒したら
土に帰る白い花のいのちの償いで
私の血は雨に洗われたようにとまります
（「百合」一連）

ここでの花の形態は、死を猶予された人たちの声なき声、悲痛な訴えを映し出す究極のアレゴリーだといえよう。埋田の核心を、たえず捉えて離さないのは「生と死を隔つその見えない窓に唇をつけて／ぼくは遠くなっていく人を呼ぶ」（「逝く人を呼ぶ」）姿なのである。この詩は優れたレクイエム作品となっている。

詩集『富嶽百景』（一九八六年・思潮社）はⅠからⅩⅩⅥまでの連作詩篇。埋田の住む静岡界隈は富士山がひときわ映える場所である。富士山といえばその姿のみで小説の題材になり、瞬時に芸術写真に昇華する世界に冠たる日本の象徴で、埋田が、その身近な富士山の勇姿に触発されたのは自然の動きである。反面その一帯では小川アンナが書いている富士川火力発電所の公害、五四年三月には焼津の「ビキニ（第五福竜丸）事件」が起きている。それでは、ここで埋田の心を捉えたのは富士山のどんな情景なのか。埋田は外部から富士の雄大な美を描かず、それは埋田の詩の中にも出てくる、江戸期、庶民の間に流行った富士信仰「富士講」を言葉の錬金術によって追体験しようとする。この時期、埋田には弱肉強食の資本主義社会へのつよい反発があったのかもしれない。

江戸後期、富士吉田に四、五百軒、河口村に百三十軒も
いたという富士講御師たちは、その後、闇の遺構を見失って消滅した。
見えなくなった御師たちが
いまも大沢崩れの裂け目で蹟き転んでいる
ひとつひとつ　深い霊の入口を壊し
さらに垂直に縮み
まっすぐに澱んでいる
仰向いた眩しい空に

朽ちはてた浅間明神祠の祭壇が漂い
霊とせめぎあって折れた杖たちが数千本
雲海に不規則に揺れている

（Ⅵ・3）

そこでの言葉による精神修養には、まさにかつての富士信仰「富士講」を再現したかのような臨場感がある。おそらく埋田が修養の内側に秘めていたのは、近代文明が生み落した「生まれなかった子供」やヒロシマの死者たちへの鎮魂の姿であろう。埋田の言語美学が、ある種のアニミズム的な信仰と溶け合い、生と死の問題が一つの言語方法論として定着した記念碑的な詩集である。詩集のあとがきに「富士には山頂に六度、山麓には二十数回も通ったであろうか。富士はいぜんとして巨きな謎である」と記されている。埋田はこの詩集で、富士講という経験価値をみごとに言語価値に昇華させている。

詩集『水割りの処方箋』（一九九一年・思潮社）。ここで埋田は山岳信仰の修養をひとまず終えて俗世間に帰ってきたのであろうか。そこで遭遇するのは、富士のような大自然とは対極の日常シーンである。埋田はその当たり前の光景を、魂が浄化された後のように新鮮な目で捉えている。その中で作者は「春の文法」のことを考え、「みちしるべのないうなはらに」一人向かう。この詩集の中で「言葉」という作品は七三一部隊を言葉の側面から告発した詩である。

詩集『颪切り羽』（一九九七年・思潮社）。自らの生の意味を、神話的構造の中に問う意欲作。初期にあった形而上的言語の硬質な面はみられない。言葉はむしろリズミカルに読み手の呼吸に添いながら進捗する。一詩集毎、過去の蓄積の上に変化をつけながら新たなテーマに取り組む創造的姿勢がうかがえる。この詩集の中で「ほとんど皮だけになって」はまさに絶唱。

ほとんど皮だけになって
苔におおわれた
巨木を支えている
風雨に芯をくりぬかれながらも
なお壮んに濃緑の枝葉を茂らせている
古楠を
枯淡な趣きと見るか
みっともない生のあがきと見るか　は
どうやら
きまぐれなお天気のせいで
そのどちらにも読みとられるふところの深さこそ
年の功とよぶ

実はただおのれのこころのかたちさえ
見透かすことができなくなっただけなのかもしれない

（全篇）


他に「ヒロシマ」と題された作品が収録されているが、嵯峨の「ヒロシマ神話」と共に後世に語り継がれるべき佳品。敦煌の「莫高窟」に魅せられた数篇も魅力的。

詩集『座敷童子』（一九九七年・思潮社）。こちらは『風切り羽』同様、霊的世界をモチーフとしている。民話や神話、紀行などを素材に、縦横無尽に埋田の諧謔精神がテンポよく行間を躍る。

詩集『西行さんのようには』（二〇〇五年・「鹿」の会）。ここでは西行がテーマ。だれもが青年期、中年期ときて、計らずも人は晩年期を迎えざるをえない。そうなれば、それまでの死という抽象的概念が、自らの肉体の老いへの自覚と共に身近な形で具体性を帯びてくる。埋田の中にも、死という具体的概念が忍び足で訪れてきていることは否定できない。しかし、埋田の師嵯峨信之は、九十五歳まで現役で詩を書き続け、死の直前までわれわれ後輩の指導に当たってきたことを思えば、まだ老け込む年ではない。私がはじめて「詩学研究会」で嵯峨に会ったのは一九七七年頃であろうか。すでにその時嵯峨は七十代半ばに達していたはず。それから嵯峨は『小詩無辺』など四冊の詩集を出している。私としては、埋田のような本当に良心を持った詩人には、長生きして末長く詩界の第一線で活躍し続けてほしい。

詩集『ガリレオの独白』（二〇一一年・土曜美術社出版販売）。読者はこの詩集で宇宙旅行を体験したかのような余韻に浸ることができる。地球は太陽系の八惑星の一つを構成するにすぎない。内惑星として水星、金星、外惑星として火星、木星、土星、天王星、海王星、小天体がある。埋田は現代の世にガリレオを蘇らせて、それぞれ想像力に富んだ壮大な詩的宇宙を構築している。私たちが学生だったとき、時代はまだ学園内を紛争の嵐が吹き荒れていて、来る革命政権のため、マルクス主義とともに、ガリレオの地動説、ダーウィンの進化論を頭に刷り込まれた。ここでも、このモチーフの選択は革新派詩人埋田らしい選択である。

詩集『気まぐれな神』（二〇一四年・土曜美術社出版販売）。詩集は宇宙から人間誕生の生命記憶に転換する。この詩集は生きとし生けるもの、「億年のいのちの連鎖」であることを示唆してみせる。その神秘な摂理を思うと、作者は目の前を歩く蟻一匹も踏み殺せない。つまり、われわれの生は超越者からの奇跡的なプレゼントであって、その幕引きもまた、自分の手で選びとることはできない。ここで埋田は過去を脱ぎ捨て、億年の彼方から吹いてくる風に全身を預ける。その心境はあますことなく冒頭のフレーズに記されている。

あしたはあしたの風が吹く
あした風が吹くか
吹かぬか
天気予報も当てにはならぬとあれば
雨に負けることもよし
雨にも負けぬこともよし

柳に風と受け流し
雨降らば降れ
風吹かば吹けと
居直ることも
風の戯れのまま

（「風の戯れ」一連）

「あしたはあしたの風が吹く」の語源はいろいろあるが、一般的には聖書の「明日のことは明日思い煩わん」（マタイ伝六章三四節）といわれている。すべてを神の御手に委ねて、一日一日、何も思い煩うことなく生きなさいとの意味である。ここでの風は億年の世界を支配する超越者ということであろうか。埋田がたどり着いた境地は、まさに花や虫のようにありのままに生きていく姿である。彼らはなんらかの遺伝子を受け継ぎ地上に姿を現わしたが、いつしか姿を消して見えなくなってしまう。それが自然の摂理で、ホモサピエンスである人類も例外ではなく、誕生すると同時に死からの猶予が宣告される。生物の誕生と消滅のプログラム、気まぐれな神はすべてお見通しで、それに抗うことは無駄な抵抗というしかない。この詩集はハイデガーの「死は現存在の最も固有の可能性」とし、「了解しつつ存在し得る」の主題を具現化したものとなっている。

埋田はその存在のみによって、詩を書く者の思いを良心の方向に引き付け、と同時に社会と真っ向から闘うことの勇気を与えてくれる稀有な現代詩人である。本詩集を読んで、嵯峨信之の哲学、詩法をもっとも忠実に受け継ぎ、それを広く実践しているのは埋田であることを確信した。

それほど埋田は出発から一貫して生と死の意味を追究し続け、さらにその営為はこれからも続けられていくであろう。

（『埋田昇二全詩集』解説、新・日本現代詩文庫解説「詩人の社会性と芸術性」に加筆）

世界詩の創造と条件
――詩人研究者・石原武がめざしたもの――

1

詩人の言語活動は、いかにして後世の研究者にとって史実化されていくのか。現代詩は口語自由詩確立以降、まだ一世紀の浅い歴史しかもっていない。近現代詩研究は、いまだに口語詩創始者朔太郎周辺をさまよっているのが実状である。朔太郎は各方面に斬新かつ普遍的な現代詩論を発表し、当時から詩界の寵児として人気を博していた。それに対し、存命中は無名に等しかった宮沢賢治は、後世の研究者の手で作品類が発掘され、はじめて日の目を見るという真逆の詩的境遇にあった。いずれにしても、詩人の業績を解き明かし、読者の前に開示するのは、後世の詩人研究者たちの手に頼るしかない。いわば、未来という時間軸は、現在の書き手に対し生殺与奪の批評的権限をもっていることになる。そうであれば、われわれは現在の世俗的評価に惑わされず、未来の賢明な評者に向かってひたすら書き続けていくしか選択肢はない。そして、石原武こそ、この不朽の命題を誠実に全身で受け止め、もっとも具現化している現代詩人といってよい。

ここでは、戦後現代詩の系譜に照らし合わせ、そんな石原武の詩的業績をみていきたい。ここで私は、石原の仕事を紹介することで、その客観的評価を未来の現代詩研究者の手に委ねたいのである。

私が始めて石原武の肉声を聞いたのは、一九九一年、拙詩集が日本詩人クラブ新人賞に決定したという電話の声からだった。その後、私は詩人クラブに入会し、例会後の懇親会などの場で、つねにその声の主に身近で接する嬉しい機会が増えていった。当時、詩人クラブは石原武、西岡光秋、筧槇二が三羽烏で、上の世代には寺田弘、堀口定義がいて、もう一組の三羽烏として、天彦五男、丸山勝久、金子秀夫がいた。そこに石原と同世代の丸地守、鈴木俊が加わり、その下の世代には鈴木敏幸、森田進、佐久間隆史が控え、女性陣も戸張みち子、笠原三津子、西尾君子などのベテラン詩人が活躍していた。中原道夫も、しばらくの休息期間を経て、大衆的詩風で詩壇に再登場し、関西に目を転じれば「柵」の志賀英夫もいた。西垣脩（一九七八年死去）の「青衣」からは高橋渡、比留間一成、「時間と空間」からの北岡善寿、上田周二もいて、当時の詩人クラブは近現代詩の系譜を体現できる人的宝庫だった。私は毎回胸をおどらせ、現代詩辞典の中に入っていくようにせっせと詩人クラブの集まりに顔を出した。

そんな家族的、かつアカデミックな雰囲気の中、石原武は多くの詩人から、ごく自然な形で先生と呼ばれていた。石原は英米文学研究を専門とする大学文学部長の要職にあって、その理知的な風貌からも、この呼称がぴったりの詩人だった。さらに石原には、日本の近現代詩にも一家言を有する批評家という側面もあり、私もいつしか石原武を先生と呼ぶようになっていた。一般に詩人は日常の鎧かぶとを脱ぎ捨て、真っ裸で一堂に会するという平等精神のもと、詩界内ではこの呼称の使用に抵抗をもつ嫌いがある。しかし私には、ある場面でこれを使うと、背筋がぴんと伸びて心地よい緊張感が走り、あまり違和感が生じない。かつて田村隆一も西脇先生と言っていたし、詩史の発展的な継承という意味から、ある種の師弟関係の構築は必要で好ましいのではないか。

こう書いていくと、石原に近寄りがたい先入観を与えてしまうが、その素顔は、一方で石原さんと呼ばれても何ら違和感が生じない性格の持ち主である。いわば、石原はひとつの高い峰を形成しているが、一歩内側に入るとむしろ庶民派で、他者の気持ちがよく分かる苦労人という見方をする人も多い。そういう意味から、周囲から親しみを込めて石原は先生と呼ばれていたのである。石原はいざというときの物事の判断にも優れていて、だれからも信頼される知性派詩人という見方ができよう。

2

ここからは、全詩集解読の手引きとして、石原武の主だった文学的な輪郭に触れていきたい。石原といえば、語学に堪能、詩界有数の国際派というイメージが強いが、その活動は多岐に渡って英米文学者の枠には到底収まり切れない。石原は英語力を駆使し、さまざまな場面で詩人の国際交流の発展に貢献したが、そのひとつに、秋谷豊と共にアジア詩人会議を推進した先駆的功績がある。この会議の全容を説明する紙幅の余裕はないが、一九八四年を第一回として、秋谷豊が急死する前年、二〇〇七年の第十回まで開催された。石原はつぎのようにアジア詩人会議を位置づけている。

本当の自分の言葉を、人間として、その存在の深いところから衝き上げてくる言葉を、しっかりもち続けていくためには、アジアの流れも泥も、源流へたどる人跡までも知らなければならないということだ。詩の衰弱は言葉の衰弱である。今私たちに詩の回復を可能にさせる唯一の賦活剤はアジアの〈うた〉をおいてないと私は思う。

（「詩の回復に向かって　―アジア詩人会議の胎動」（図書新聞・一九八四年四月一日号）

アジア詩人会議の間隙を縫って、前橋で一九九六年開催の世界詩人会議は、二十七ヶ国の地域から一七四名の詩人が参加し、空前絶後のフェスティバルとなった。

私は世界詩人会議の他、第八回の西安（二〇〇二年）、第九回のウルムチ・カシュガル（二〇〇四年）でのアジア詩人会議に参加させていただいた。この会議のコンセプトを説明するには、石原の言葉を借りたほうが早い。石原は第八回西安の会議で、中国二十人、韓国二十一人、日本三十四人の詩人たちを前に、「アジアの詩の英知よ　文明の未来に点れ」というグローバルな提言をしている。石原は英米詩の専門家でありながら、反欧米的な二律背反のスタンスを取り、アジア詩人会議のもつ意味についても、その講演で「傲慢な西欧文明の支配に対し、東洋の深い人間観・自然観の英知によって、確かなアンチテーゼを提示すること」が必要だと明言している。

日本は明治になって近代化に着手するや否や、脱亜入欧を標榜し、大東亜共栄圏建立という夢想に突き進んだまま、あえなく連合国軍の手で沈没させられてしまった。敗戦後、アメリカの物質至上主義の文化的侵略によって、明治以前にあった日本固有の文化が捨象され、日本人は「傲慢な西欧文明の支配」の一億総エピゴーネンと化してしまう。一方、石原が学んだエリオットは、第一次世界大戦の荒廃に立ち、文化という相続権を奪われた人々に向け、神の復活と再生のため、不朽の名詩「荒地」を書いた。石原もまた、軍事的抑圧に喘ぐ軍港横須賀の姿をみて、アメリカによって日本文化の相続権が食い荒されている現実に、強い憤りを覚え、詩と詩論で欧米優位の文明に反抗の姿勢をとってみせる。中世以降、日本はその国家形成に、どれだけ中国や朝鮮の力を必要とし、彼らからどれだけの多大な文明的恩恵を受けたことだろう。ここで石原は、東北アジア文化圏の「深い人間観・自然観の英知」を結集することで、欧米文明に対峙する人間社会の実現を理想化していたのかもしれない。

石原は、いつまでも、低姿勢で文明国を訪ね、当該国家の文化的流行を模倣し、箔をつけて帰国する欧米優位の遊学的思考では、この混迷極まる世界状況の変化に対峙できないとみた。

たとえば、石原と同じように明治以降の近代化に異議を唱えた詩人に辻井喬がいる。辻井は、『群青、わが黙示』で、エリオットの『荒地』、リルケの『ドゥイノの悲歌』、『古事記』から本歌取りし、国家再生という壮大なスケールの思想詩の制作に着手した。この明治以降の近代化に対する異議という面で、石原は世界のマイノリティ詩の発掘に向かったが、一方辻井は旋頭歌、『梁塵秘抄』『閑吟集』や、能楽など日本の古典を通して、荒廃した欧米文明から文化の相続権の奪還を図ろうとした。いずれにしても、一九九〇年代以降、現代詩の誇る二人の知性が、期を同じくして、戦後現代詩がもはや脱亜入欧の言語モダニズムでは立ち行かなくなったことを認識し、マイノリティ詩の発掘と日本の古典の再発見という、それまでにない詩的領域に挑戦したことの意味は、ことさら大きい詩史的動向といわなければならない。

二〇〇二年四月六日、日本現代詩人会の「現代詩ゼミナール・さいたま」で、石原が辻井の『わたつみ　三部作』の創作動機を尋ねる対談があった。私は運よく、この二人の詩人の対談の場にいられたことを感謝している。私は、石原と辻井の二人の詩人こそ、戦後現代詩が世界詩へと飛躍するための触媒たりえていることを信じて疑わない一人である。そして、ここでの二人の記念すべき対談を、詩が思想を内包する、いわば言語モダニズムから脱言語モダニズム思潮へのターニングポイントに位置づけたい。石原は辻井に対し、「なぜこの長篇詩がT・S・エリオットの『荒地』を元歌にしたか」、「リルケと『古事記』の影響について」など、専門知識を踏まえての興味深い質問を繰り出している。石原は戦後現代詩が理知的になりすぎ、読者を失ったといわれるが、その見方はある表層の一面にすぎないのではないかと問う。これらを整理すると、詩人の理知が世界に開かれていれば、一般読者とも情報を共有できるが、一方で難解晦渋な言語モダニズムに閉塞していれば、だれもそこには興味をもって近づかないということになる。たしかに、石原の詩はマイノリティ詩の発掘で理知が外部現実に相対化されているし、辻井の場合、経営者として一般大衆につながる視点を内包することで、存在そのものが言語の内側に硬直していない。もしも、石原や辻井の詩が人口に膾炙していないとすれば、それはこの対談で石原のいう、「我々読者の感性が時代の流れに充足し、辻井氏の世界認識にまで高まっていない」ということに他ならない。よって、詩人は必要以上、自らの詩の主義主張に臆病になってはいけない。一般読者もまた、日常的に石原のように知性を磨き上げることを怠ってはならない。

全詩集の未刊詩篇には、アジア詩人会議の「カシュガルへ行く」「ふりちんの子」が収録されている。石原は、カシュガルでは日常的光景である「ふりちんの子」を配し、文明という虚飾の仮面を剝ぎ取ってみせる。私たちは石原と一緒に「ポプラ並木の先の先も／どろやなぎが果てるその先も／もの曳く驢馬と／ふりちんの子の村」（終連）の遠景をみていたが、それは石原の生地にもあった原風景でもあったのか。

アジア詩人会議の経緯については、後世の現代詩研究者のため、さらなる詳細な活動記録が書かれることを期待したい。

3

それでは、ここからは石原の詩論を踏まえて全詩集の内容に入っていきたい。すでに各詩集については、別掲の解説で述べているので、それに重複しないような形で補足を加えていきたい。

ここでは、石原が「詩と思想」に連載した「詩的自叙伝」の「飢餓記」「横須賀軍港にて」「世界詩の周縁へ」を参考にしながら、その紆余曲折の詩的足取りを追っていきたい。石原がはじめに詩的衝動の啓示を受けたのは、一九四五年、中学三年の夏のことである。学徒動員として、本土決戦に備え、食糧備蓄の作業に汗を流していたが、日本敗戦の報を耳にしたのはその作業中のことである。後に残されたのは少年ならではの虚脱感で、戦後教師の語る速成の民主主義の話など信じることができない。つぎに石原を襲ってきたのは極端な物資不足から、全身を襲う飢餓意識である。何でも食べて下痢をする、その繰り返しに、石原は「雑沓のなかで／下痢が／おれを針のように走る」（「下痢」）という究極の比喩を生み出す。ここでの極度の飢餓意識は、石原の詩的原点の一つになっている。そして、石原の内面には椎名麟三の『永遠なる序章』の復員兵砂川安太の絶望、ドストエフスキーの『罪と罰』のラスコーリニコフの孤独があった。大学は明治学院大学に進学し、教授陣には高名な詩人西脇順三郎、シェイクスピアの三神勲、英詩の高橋源次、現代英文学の成田成寿などの碩学が顔を揃え、一九四九年夏、英国からの文化使節として来日中のエドマンド・ブランデンの講義も直に聴いている。

石原は一九五二年三月、姉を頼って横須賀の浦郷に居住し、ここから港区白金台の大学に通う。横須賀の街は、朝鮮戦争の特需で活気づき、ドブ板通りには日夜アメリカ兵と娼婦たちの嬌声が響き渡った。石原はときに焦燥感にかられ授業を休み、軍港の回りの徘徊が日常化した。おそらく、ここでのアメリカへの屈折した思いこそが、詩人石原武誕生の端緒になったのは間違いない。アメリカはベトナムを空爆しながら反戦運動を展開し、原爆投下は日本の平和のためと嘯き、他にも民主主義の下に黒人差別をした過去を含め、存在そのものが二律背反している国家といってよい。石原は、このアメリカ的矛盾を全身で受け止めて生きた詩人である。

石原は大学卒業後、念願の英語教師となるが、一九六一年、結婚すると、再び横須賀市池上に居住し、軍港徘徊の習慣が再燃する。詩人石原武を語る場合、こういう選択や習慣を素直に受け入れ、その詩的人生を支えてきた冨喜子夫人の陰の努力を抜きにして考えられない。

そこでの徘徊の時間を代償に生まれたのが、詩集『軍港』（一九六七年・思潮社／第一回横浜詩人会賞）である。石原の横須賀転居から、詩集『軍港』完成までには、十五年の長い歳月が流れている。知性と情念が複合的に溶け合った『軍港』は、その後、詩人石原の思想的骨格を形成し、修辞的基調ともなって発展的に展開する。一九六八年、石原一家は軍港横須賀を後に現住所の越谷に移転する。

実際の石原は、スマートな体躯の都会的風貌の持ち主だが、前述したように人間的で泥臭い一面があって視野が幅広い。そんなことから、石原には詩人クラブの他にも多彩な詩界的人脈が形成された。郷土山梨の先達詩人、恩師の内田義広の紹介で、一九六六年、「日本未来派」に参加、そこで手塚久子の紹介で筧槇二に会う。横須賀を発行地とする筧主宰の「山脈」に参加、地区教組の委員長を務める熱血教師筧を生涯の友とする。二人は武蔵と小次郎、静と動の対比というのか、詩人クラブでもことさらその存在感は大きく、ここに西岡光秋を加え、九〇年代から二〇〇〇年代にかけての詩的サロンを牽引した。しかし、筧は心臓に持病をもち、二〇〇八年四月十日、病状が急変し急逝してしまう。筧も周囲から一目置かれる論客だったが、石原を除く学者たちとは一線を引くなど、何より俗物をきらった。石原がアメリカWASPの独善性を嫌悪するように、筧はそもそも感覚的に詩界スノッブを体が受け付けなかった。二人は、性格的に似てはいなかったが、真摯な批評精神、厳格な人物査定で共通するものがあり、ふた回りも若い私には二人の明快闊達なアドバイスは充分納得できた。石原は、筧について「私が自閉的な性癖から脱出できたのは筧槇二との交友によってであった」と書いているのは実感できる。石原はこの盟友の詩業について、「かれはやはり在野の詩人、一閃の迫真の詩の刀を秘めて、野毛小路の夕暮れに、『やあ』と、酒を汲む心根やさしい不屈な詩漢」（日本現代詩文庫『筧槇二詩集』解説）と書いている。筧は詩集『雷雨が来た』の解説に、石原は『軍港』からの脱皮を願っていたというが、「じつと未練がましく自分のポジションをまさぐりつづける無器用な詩人のはうが、どうも私にはほんものに思へてしかたがない。」と書いている。その後、石原の詩のモチーフは、世界詩の創造に向けて多様化し発展していくが、筧のいうようにその言語的本質は、『軍港』が内包する反米的内実とほとんど変わっていない。

石原の『軍港』出版記念会は、一九六七年十月、神田のトミー・グリルで開催される。近藤東、伊藤桂一、林富士馬、佐川英三、田村昌由、上林猷夫、南川周三、西岡光秋、山田直などが集まった。詩人の価値は、書かれたものが普遍性を収穫し、次世代の読み手へ語り継がれていくかどうかで決まる。しかし、現世において、どれだけ詩の同志に恵まれたのか、どう彼らと時を共に過ごしたかということも大きい。その意味で、石原の詩人交遊は周囲に良質できわめて魅力的な人物が揃っている。

さらに筧を通して、「鴉の会」にも参加し、そこで神戸の中村隆、奈良の中村光行、滋賀の大野新、福井の広部英一、南信雄、川上明日夫、敦賀の岡崎純、川崎の金子秀夫たちに出会い、交流の輪を広げる。「鴉の会」は、各地域で書いている詩人たちが、年に一回、一堂に会し酒を呑み交わすというユニークな集まりだった。

さらに越谷移住後、石原は秋谷豊に誘われ文芸誌「山河」に参加、一九七四年八月になると、「地球」に同人参加。その前に、日本現代詩人会、日本詩人クラブに参加することで詩のフィールドの幅を広げている。一九七四年、詩集『離れ象』で第七回日本詩人クラブ賞受賞。実生活でも立正女子大学助教授を経て、一九七五年、文教大学教育学部教授に就任。多忙な教務生活の中、石原は詩の実作に加え、意欲的に翻訳活動、評論活動を展開する。

そうした好きだからこその激務は、当然知らぬ間に石原の肉体を酷使し続けることになり、一九八三年四月、付属高の校長辞任後、脳血栓発作で倒れてしまう。これにより、言語機能の回復まで一ヶ月、職場復帰まで三ヶ月を要した。その体験を、詩集『脳外科病棟』（一九八六年・石文館）一巻にまとめている。この詩集で石原は、さまざまな詩的技法を駆使し、ユーモアとペーソスを交えて入院生活を言語化している。読み終えて、石原の世界の構造を人間らしい情感をもって思考すること、言語と格闘し、想像力によって事物を解析することへの尋常ではない創作意欲を感じた。ここで、脳血栓から無事に帰還できたことは超越者の適切な計らいとしか思えない。おそらく、石原は家族への感謝の証しとして、『脳外科病棟』一巻を編んだのではないか。

胡桃割り

胡桃割り／尺取虫がゆく森の迷路／淋しい人の足跡は途切れて／日食の明かりで／鶏が砂ぼこりを上げる／ああああぼくは噎せる／寝台に蹲るかあさんの背が揺れる／山裾をめくり上げる風の芝居の／幕があいて／髪を乱したかあさんの浄瑠璃／／ＣＴスキャナー／緑衣の脳外科医／暗い夕日の殺意で／胡桃を割らないでくれ／風の隙間に／ぼくはまだ話すことがある／夜番の親父の拍子木のように／ぼくの頭を冬の山毛欅にぶちつけて／ふくろうに話して聞かせることがある／／舞台の袖で妊んでいる／女の喜劇の結末を

「ぼくはまだ話すことがある」という希望を含んだフレーズが印象に残る。石原は一九八七年四月、文教大学文学部設置に伴い、文学部教授に就任（英米文学）する。

4

石原のオリジナル詩集については、すでに文庫の解説で触れているので、そちらを参照していただきたい。ここでは、翻訳詩集『ケネス・パッチェン詩集』について触れておきたい。石原はケネス・パッチェンに、詩集『軍港』と同じくらいの肝要な精神的位相をもって相対している。

ケネス・パッチェンは一九一一年、オハイオの貧しい坑夫の家に誕生、青年期には製鉄所で肉体労働者として働くなど。取り立てた学歴もない。その後、職業を転々とし、一九三六年、第一詩集『勇者の前に』をランダム・ハウス社から出版すると一躍注目を集め、各紙に五十以上の書評が掲載されたという。しかし、その歓喜も束の間、脊髄に障害が生じ、一九七二年一月八日に亡くなるまで、不治の病との戦いに苦しむ。

石原は世界現代詩文庫で、パッチェンの詩集『勇者の前に』『最初の意志と遺言状』『獅子の歯』『暗い王国』『嵐の布』『驚きの眼が空から見ている』『生と死の風景』『天国の壁のためのパネル』『赤葡萄酒と黄色い髪』『果樹園、座天使と隊商』『有名な船遊びの会』『ぼくたちがここに一緒にいるとき』、詩画集『なににでも万歳』『それだから』などを翻訳している。

石原は、パッチェンの魅力について、「畏怖にみちた沈黙、肉体から飛び出してくるような無気味な沈黙。だから一たび口を開くと、熱く言葉がたぎり奔流する。そして情念が散り散りに血のように凝る。」(「宗教とは君を愛することだ」・文庫解説)と解説している。石原にとって詩人の生命線は、「熱く言葉がたぎり奔流」し、「情念が散り散りに血のように凝る」か否かということなる。石原と交遊のあった詩人たちと比較してみると、詩風はちがっても、秋谷の開放的なロマン主義も、筧の風雅にして艶やかな文人詩風も、すべて熱い言葉が情熱的に語られていることでは同じところに立っていることが分かる。

石原は、このパッチェンについて書いた文章の後、ヘンリー・ミラーが語った「ニューヨークで初めて会ったとき、こいつは〈抗議〉の生きた見本のような男だな。まるで誠実すぎる暗殺者だ」という言葉をつけ加えている。戦後現代詩には、石原が理想とするような詩人は、残念ながら「荒地」や「列島」も含めて周囲に見当らなかった。そういったとき、石原は自らの文学的生涯を託す稀有な反体制的詩人に出会う。

石原は生地甲府での飢餓、横須賀という軍港でみた暴力と性を経て、パッチェンの革命への希望を内包した官能世界にたどり着いたのだといえよう。『勇者の前に』の巻頭に置かれた「あからさまに狂おう」は体制への強烈なアンチテーゼに充ちている。

あからさまに狂おう　おおぼくの
世代の人々よ　この殺戮の時代の足跡を
従けていこう
見るがいい時間のくらい土地をよぎって
永遠の閉ざされた家の中に続いている

死にゆくものの音を立て
死んだ事物の顔をして——
　　もうなにもいわず

ぼくたちはもっと欲しかった　ぼくたちは
探した（以下略）

石原にとって、これはアメリカ統治から逃れられず、ベトナム戦争、湾岸戦争に間接関与を余儀なくされてきた、戦後日本人の置かれた境遇に置き換えて考えられる。そして、二〇一五年には安保法制が強行採決され、自衛隊は集団的自衛権の行使によって、アメリカ軍の後方支援、駆けつけ警護に向かおうとしている。人類は戦争に学習するどころか、パッチェンのいう殺戮の時代の泥沼へと再び足を踏み入れようとしている。『勇者の前に』は一九三六年刊行だが、そこに広がる光景は現在から近未来までを垂直に透視しているといってよい。二篇目の「結婚式にマシンガンを用いることについての手紙」の直喩の畳み掛けに圧倒される。

こうしたパッチェンの詩言語は、読者に強烈な読後の余韻をもたらすが、現実世界で政治的に武装し、権力に挑みかかっていくという方法はとらない。その後、世界で起きた革命政権をひとつの体制とみるなら、ここでパッチェンが左右の政治体制から言語的逸脱した判断に特段の誤りはない。詩人には現世利益を求めての左右への政治的転向はふさわしくない。つねにパッチェンのように反体制でいることのほうが似つかわしい。そうすると、石原が戦後現代詩のシンボル「荒地」や「列島」の詩人ではなく、稀代のロマンチスト秋谷豊にシンパシーを感じたことの意味も分かってくる。

パッチェンは愛妻家で「ミリアムのために」（詩集『獅子の歯』）という名詩があるが、女性のエロスについて書いたものも多い。その中の「ぼくはかの女の眼を驚きでいっぱいにしたい」（詩集『生と死の風景』）という作品は、パッチェンらしい大胆な官能表現が光っている。

ぼくはかの女の眼を驚きでいっぱいにしたい
ぼくはかの女の唇を少し開けたい
ぼくはかの女の乳房に触れて上をむかせたい
そしておおぼくはきみが好きだとかの女にいいたい
かの女がいるところに世界は始まり終るといいたい
おお美神もかの女の裸身の愛らしさを見て泣くと神に誓っていたい

これについて、石原は「女性への思いを切実に歌いながら、いささかもエロティックではない。どころか、あまりに清浄」だと独自の分析を展開している。こうみると、石原のいう官能表現とは、女性の性的肉体美とか性的動作とかではなく、たとえば仏像の高貴な顔をみたときの戦慄とか、マリア像が醸し出す神秘な官能美のようなものを指しているとみてよい。

つぎの『悪戯詩のすすめ』は、石原ならではのユニークなアンソロジーである。石原はエッセイで、しばしば自身の息子の悪戯ぶりに触れているが、むしろそれらの行為を微笑ましく子どもらしい性質とみている。それについて「反抗と悪戯は同義語ではないけれど、命の必然として反抗があるならば、それは悪戯の根っこです。だから、悪戯のない子は伸びゆく命が虚弱なのです。」(『悪戯詩のすすめ』・「子供族の反抗」)と書いている。このアンソロジーは、かつて子どもだったことを内包して生きる大人たちへの贈り物である。ある意味、大人は自己利益の保存を優先し、日々の軋轢を打算と妥協の行使によって中和するなど、ここには、子どもの特権であった喜怒哀楽の感情はきれいに消されてしまっている。いつから、大人は本心を隠し、怒らないことが誉めそやされるようになったのか。いわば、そこには子どもの頃にあった尊い人間的な詩的感情はない。これでは、日常に新鮮な感動も生まれないし、事物に対しての官能的な驚きなど持ちようがない。石原は、近代文明によって制御、統制された管理社会に、悪戯というキーワードによって波紋を投げかけようとしている。石原は子どもに限らず、パッチェンのような時代の悪戯っ子の出現を奨励する。ナチス・ドイツや東条軍事内閣には、こうした精神的遊戯は皆無で、一糸乱れぬ態度で隊列を組ませ、そこから少しでも逸脱すれば有無をいわせず厳罰に処した。こうした正統優位の歴史的現実をみて、石原に悪戯という現実への異化作用の仕方を選ばせたのであろうか。読者には、子どものころの悪戯っ子に戻って、ここでの詩を楽しんでほしい。

アメリカ・レズビアン詩集『わたしの本当の性へのオード』は、現代詩の正統な系譜に波紋を投げかける大いなる問題作である。アメリカでは市民権を得ているが、日本ではまだレズビアンへの認知度は低い。いわば、体制から恐ろしく逸脱した奇妙なものとして彼女たちの存在は扱われてしまう。それゆえ、日本でレズビアンの詩が書かれることはなく、書かれたとしても発表の機会は少ない。ここで石原は、日本の文化的閉鎖性に挑戦するかのように、単独で勇気をもってそのタブーをこじ開けようとした。本著の解説に、「都市の街路で二人の女は愛を交わす。するときまって嫌悪のまなざしと罵声。ときには通行人から暴力を受ける。日々の虐げ。二十五万に及ぶレズビアンやゲイが処刑されたナチ収容所」について書いている。人間社会は、建前として法の下の平等、神の子としての平等を隠れ蓑に、なんらかの権威が一定の正統性をもつと、その安定的保存を図るため、一斉にレズビアンなどの異端排除がはじまる。それをみると、石原がパッチェンがそうしたように、ことさらマイノリティ詩の発掘にこだわった理由がみえてくる。ある意味、詩人石原武は充分社会に反抗的で、反体制的であり続けているといってよい。

私にとって、石原が翻訳したアレス・デベリアク詩集『不安な時刻』出版時の衝撃は忘れがたい。一九九六年八月、前橋で世界詩人会議が開催されたが、石原によればデベリアクもこれに参加予定であったとのこと。デベリアクは一九六一年スロベニア生まれ、社会学者としてもその活動は世界に広く知られている。しかし、デベリアクは旧ユーゴの内戦に巻き込まれ、会議に参加できず、当日発表する予定だった論文が、石原のもとに手紙と共に届いたという。

旧ユーゴは、七つの国境、六つの共和国、五つの民族、四つの言語、三つの宗教、二つの文字が溶け合うモザイク国家であった。それをまとめていたのが、チトー（一八九二—一九八〇）であった。チトーは当時としては異例の反ソ連的指導者で、コミンテルンが嫌う資本主義経済を否定していなかった。チトーの死後、旧ユーゴは集団指導体制に移行するが、各共和国の民族主義が台頭する。

石原武は「チトーが死んだ」（『君を夏の一日に譬えようか』）という文章で、「大国の脅威と脅迫を撥ねかえしたチトーの〈人間〉の力はソビエトの閉鎖的な世界戦略にとって、憎むべき正義ではなかったのか」と書いている。ここには、石原らしい左右の専制政治へ反旗を翻し、毅然と権力に挑みかかる姿勢がみてとれる。

石原は「旧ユーゴのコミュニスト政権から、独立を勝ち取る民衆の決意と苦難の様相を伝えていて、とくにセルビア人、クロアティア人、スロベニア人といった多民族紛争の記録と分析など現代史の貴重な資料」（「スロベニアからの手紙」）とみて、戦火の下を駆けめぐるデベリアク詩の翻訳に着手する。

一九九一年、スロベニアは独立宣言を出すが、これに反対するセルビア軍率いる旧ユーゴ連邦軍との内戦が勃発。スロベニア国内は、村も焼かれ、現地を追放、流浪を余儀なくされる人々が大量に出る。石原によれば、デベリアクは内戦の原因を「一九九一年以後は〈偉大なるセルビア〉の幻想が他民族粛清の殺戮を繰り返す」ことにあったとしているという。厳しい社会情勢の渦中、このような翻訳詩集が世に出たのは奇跡的で、詩界の貴重な詩的財産のひとつである。

『バイリンガル四行連詩集』は新延拳、木島始との四行連詩である。すでに木島発案の四行連詩は、国内多くの詩人を巻き込んで『近づく涌泉』などに結実しているが、ここでは語学の達人たちがバイリンガルで世界に広く現代詩の魅力を発信する。連詩は、民族や政治体制の利害を越えて、詩人たちが恒久平和維持のため連帯を呼びかけるなど、世界詩を構築する可能性を秘めている。

つぎの少年詩篇『トオルくんのベースボール』のいくつかは、石原の詩にしては珍しく曲がっいて歌われている。少年は人一倍の好奇心をもって、世界の森羅万象に対峙するが、大人はいつそんな無垢な心を脱ぎ捨ててしまうのか。ここで石原の「少年詩篇」は、青年から壮年に至っても、少年の心を内に秘めて生きることの大切さを伝えている。

校歌の作詩は、在籍した文教大学、世田谷泉高校、橘高校、桜台高校など、どれも現代詩の修辞スタイルを崩さず、既成の校歌らしくない大きな思想的視点が魅力である。いわば、石原が校歌を現代詩の技法で書いたことの修辞的効果は大きい。若人たちは、これらの校歌を講堂でどのように歌っているのか、いちどそれを直に耳にしてみたい。

ここまで、石原の広範な仕事を駆け足でみてきた。私が石原を師として仰ぐのは、知性の使い方の軸に人間愛の情動と精神が備わっているからである。知性はともすれば、使い方を間違えれば独善的になって、外界と距離をとり内閉してしまうことがある。石原は、たとえば教師になるため英米文学を履修する中、軍港周辺を徘徊したが、放置しておけない何かをそこに察知し、居ても立ってもいられず、身体そのものが、そこに無意識に立ち向かって行かざるをえなかったのだといえよう。それについて、石原は別の言葉で、パレスチナの思想家、エドワード・サイードの言葉を借り「詩人は亡命者」であると語っている。これらは綿密に計算された理知的判断ではなく、抑えきれない情動の発露である。詩人石原武の本質は知力に埋没しない情感の人である。

（『石原武全詩集』解説・土曜美術社出版販売）

詩人の風土と態度価値

――新・日本現代詩文庫112『新編石原武詩集』――

石原武は詩の実作者、大学教授（英米文学）、翻訳者、詩論家、それに詩人団体、世界詩人会議のオーガナイザーなど、その活動範囲は多岐に亘っており、限られた枚数の中でその全体像を紹介することはできない。本論では詩人石原像に軸足を置き、そこに随時、他の創作活動の情報を加える方法をとっていきたい。

まず石原武の基本的文学姿勢をみていくと、その特徴は時代情況に鋭敏でありながら、けっして情況価値に偏向していかない思考の深さである。その基本的理念は戦争、震災などの時代情況を越えて、フランクルのいう態度価値を軸にして展開されていることである。フランクルは強制収容所という極限状況の中にあって、いわば平常な創造価値や体験価値の実現を奪われても尚、人間らしい尊厳ある態度を取り続けている人がいることに衝撃を受ける。そして、人間の生命そのものが意味を持つそれを態度価値と規定した。

もう少しその中身を敷衍して説明すれば、人は自らの病や経済的貧困などを理由に、詩を書いたり考えたりする創造価値を奪われることがある。もちろん、ベッドに縛られてしまえば体験価値を生むこともできない。そんなときわれわれは、その境遇をありのままに受容し、フランクルのいう態度価値を保持し続けていくことができるものなのか。

二十年近く前、石原の入院先にお見舞に伺ったことがあり、そのとき、まだ手術後の病が癒えてはいない中、ベッドの脇に書きかけの原稿が置かれていたことを覚えている。石原にとって、人間が最後まで実現しうる態度価値とは、まさに思索行為のことだと分かった瞬間である。石原は自らが生きる戦後日本の社会的な閉塞情況を、フランクルの強制収容所にたとえ、青年期の経済的貧困やその後の重篤な病の最中にあっても、つねに表現活動の持続をもって、フランクルのいう究極の態度価値をわれわれに示してきた詩人だといえないか。私は、こうした現代詩が誇る知性の身近に身を置けた幸運を感謝したい。しかし、石原は古今東西の知識に長けた知性派ではあっても、居酒屋で自らの本音を語る情の濃い一面があることもつけ加えておきたい。

敗戦時石原は十五歳、自我に目覚める。山梨県日川高校を卒業、上京し、明治学院大学英文科入学。そこには教授陣に著名な英詩人エドマンド・ブランデン（一八九六—一九七四）、西脇順三郎（一八九四—一九八二）がいた。在学中、石原は姉の住む横須賀に居住するが、多感期の青年がそこに見たのは、朝鮮戦争後の好景気を反映し、通称ドブ板通りを徘徊する米兵とそれに群がる娼婦たちの姿であった。向学心に燃える石原は、日英の知性を代表する詩人のアカデミックな講義を聴き、一方では人間の底辺を抉り出す阿鼻叫喚の巷と化す光景に遭遇する。ある意味石原は、ここでの軍港横須賀が孕む知と身体の二律背反を、終始未分化のまま内側に抱えこんで生きてきた詩人だといえる。

石原武は人一倍頭の回転が早く、詩人らしい直感力にも優れていて、詩界有数の知性派詩人といってよい。その一方、青年期には日本の山、後期にあっては世界の辺境に挑む行動派詩人でもある。石原の第一詩集『軍港』（第一回横浜詩人会賞）は、英米文学を学ぶ一方、軍都横須賀の現実を内在化したものである。

横須賀はＧＨＱによる戦後日本の占領政策の中にあって、一九七三年以降米空母の配備が常駐化されるなど、日米安保の最重要拠点として知られる。石原は英米文学の懐で育てられる一方、軍港を通し、その同じ相手に激しく抵抗することを強いられる。ここで『軍港』から「埋葬」という作品を紹介してみたい。

埋葬

軍港を埋葬する〃蟷螂が交尾していた／青臭い情欲を喉にからませて／はやく埋めちまえと私は言った〃埋もれてゆく／白いものに／群衆のどよめきはいらない／黒い豊饒な土がしめやかに／軍港に降り続けばい い〃沖に軍艦の群が坐礁している／砲身やマストに海鳥が哭く／巨大な歴史の亡霊にむけて／低く鎮魂の歌をうたおう〃やがて赤いものをにじませた土に／

森が甦る／市長も娼婦も主義者も／ドル買いも黒人兵
も白人兵も／私もそこに帰り／傷口を夏の日の薬草に
あてて／あでやかな花輪を編もう／／軍港を埋葬する
／蟷螂の情欲よ／私たちの豊饒な土よ

ここでの石原武の詩は声高に反米、反安保と叫ぶのではなく、性の問題、暴力という視点から軍港内部とその実相に鋭く迫っている。いわば横須賀で直面した性や暴力は人間の本能的部分であって、さまざまな宗教に頼っても、それは近年の文明の衝突でも明らかなように解決の糸口はなく、ますます事態を深刻化させていってしまう。フロイトは人間の深層心理に照らし、性や暴力を内側に封じ込むのではなく、本能としての野蛮部分を経常的に飼い馴らすべきだと主張した。石原は人間の残虐さを封印しないし、ある種の理念によって野蛮を飼い馴らすこともしない。初期の石原の詩は、渾身の力で性や暴力というモチーフに挑み、それらをレトリックで飾らず赤裸々に描こうとしたものといってよい。石原のエロティシズムの根底には、性や暴力を禁じたキリスト教的道徳観への疑念があったのかもしれない。

アメリカの戦後日本統治は占領と解放を二律背反させ、経済面で、日本は朝鮮・ベトナム二つの戦争によって驚異的な成長を果たす。石原の詩的原点に、そうしたアメリカ支配へのつよい抗議の姿勢があったことは間違いない。これについては、ケネス・パッチェンの存在があり、石原は彼について、「ときに怒ることも美しい。邪悪なものに立ち向っていく決意は、ときに美しい横顔を見せます。パッチェンの怒りの顔は挫折と失意と、祈りに満ちて」（『贖いの山羊を連れて』）いるのだと書いている。

石原の詩は、つねにグローバルに世界に向かって開かれていて、少しずつ世界詩の創造という斬新かつ未踏の構想へとつながっていく。石原は『《現代詩》の50年』の巻頭言に「本書は詩をある種詩壇の中央集権システムから解放しようとする試みである。『現代詩の五十年』は、詩壇という権威が詩を凌辱しようとしてきた歴史」であるとし、アメリカの現代詩人A・R・アモンズの『北方詩篇』を引いて、その詩の特性を「沿岸的とは、周縁的というのと同義であって、中心を離れて、遠い周縁の村々からという意味であろう。」と述べ、詩壇の中央集権化傾向に鋭いメスを入れ、地方詩人の復権と脱中央化を願っている。『《現代詩》の50年』は、石原が日本詩人クラブ会長時代の仕事の一つとして出版されたもので、詩界にひとつの転機をもたらすものとなった。

詩集『軍港』には知的営為と形而下のリアリズムが交錯するという、石原詩学の核心部分が凝縮されている。石原は英米文学を学び大学教授になっていたが、そこでの正統な系譜の継承者という責務に充足せず、独自の視点で英米周縁に探究領域のフィールドを広げていく。

詩集『雷雨が来た』は、自らの生地甲府を題材にしたもので、肉感的な表現が印象深い。歴史的視点で俯瞰すれば、甲府も横須賀も「国家という権威が地域を凌辱しようとしてきた歴史」のひとこまに映ってしまうのであろう。石原詩学の基層にあるのは、それが国家であれ地域共同体であれ、至近な例でいえば詩人団体など、ある種の権威をまとう正統性へのつよい疑いである。

すなわち、それは裏を返せばマイノリティへのつよい共感であり、それは生地甲府に種が蒔かれ、軍都横須賀で熟成したものといってよい。石原は、固有の風土を内在化した平面的な抒情詩人でもなければ、軍港という苛酷な現実を外在化する通俗的な社会派詩人でもない、分類すれば独特のエロティシズムをもつ言語派社会詩人といってもよい。

石原は詩集『離れ象』（第七回日本詩人クラブ賞）で、『軍港』でみせた性や暴力という人間的本能を、自らの内面へと一切の虚飾を排して押し込む。

突堤

子猫が何匹もうまれた／目が開くまえに／沈めてしまえ／袋には石ころを入れるといい／／海にでかけると／夕凪はすでに暗く／沙魚《はぜ》をつるしてこどもが／突堤から帰るところだ／みちしおに／ずっしり重い袋が沈み／こともなく夏の水葬が終った／／その夜親猫は鳴きとおした／乳房が張ってつらいのだと／女がいった／親猫も沈めてしまえと／枕を投げて／おれはいった／／また夏が来て／夾竹桃の花が空を焼いた／突堤でおとこや／こどもが何人も溺れて死んだ／沙魚がよく

釣れて／おれは／魚籠をみたして帰ってくると／夕餉に焼いて食った

ここに人間の普遍的な原罪意識の在り処をみる。キリスト教では、悔い改めによってこれらが浄化されるというが、詩人にとってはあまりに非現実的で容易に受け入れ難い。これに悪魔主義で挑戦したのが、耽美派のボードレールであり、それに心酔した聖職者詩人山村暮鳥である。とくに、石原のいうアメリカのWASPなどの支配階層は、イスラムテロを誘発するなど、文明の戦争を生み出す要因となっている。それどころか、そのアメリカ固有の覇権的世界観こそ、世界中に戦争を輸出し続けている元凶ともいえ、日本政府は沖縄や横須賀などの基地を犠牲に、何食わぬ顔でその片棒を担ぎ続けている。ここで石原は、そうした救いようのない現実世界にことばの網を投じるが、そこに何も現実的成果がないことは、聡明な石原であればあまりに自明である。それでも、アメリカという神聖にして不可侵の壁に挑み続けているのはなぜか。それははじめに書いたように、創造価値や体験価値ではない、思索行為そのものが態度価値となって表出しているることによるものではないか。

ここでの石原に安直なヒューマニズムはなく、終始加害者の視点で「子猫が何匹もうまれた／目が開くまえに／沈めてしまえ」と、その残虐非道な動きを追う。石原は物の高みに立つことなく、性と暴力に彩られた底辺の生活に身を委ね、ある種の人間的本能によって構築された負の生活空間を共有しようとする。

夜のからだを寄せながら／女は／稚魚の腹の白さを／
岸辺にいきもののように／ゆれている死魚のむれのこ
とを話した」
（「河」）

猫がねずみを捕った／秋の陽ざしの中でじゃれている
／なまごろしの紅い肉を舐めずって／胸の白い毛を／
少し汚している」
（「猫」）

など、石原ならではの官能的なことばが日常に惰したわれわれの意識を覚醒する。詩人には正統を疑い、嘘っぽい正義や人権の底に潜む化けの皮を引っ剝がす特権があるとばかり、ここにはいささかの躊躇もない。

武田泰淳の『ひかりごけ』は日本陸軍の船長が仲間の人肉を食べて生き延びる小説であり、また過去に日本では天明の大飢饉で人肉を食べたことが世に知られている。人間の飢餓意識は、その極限において野蛮な所作に出てしまうことを思えば、いくら理性で人間の本能を抑制しても、それはある種の見え透いた欺瞞にしかならない。ここで石原はいちるの望みとして、詩集の中で、

豚は決して人を食わない／肉を食わない／おれは長年

豚飼いをしたから／知っているが／病む豚／ひもじい
豚には／肥沃な泥を食わせるといい

と、人間が果たすべき究極の態度表明の形を示唆している。いわば、ここでの「肥沃な泥」を食べる行為とは、フランクルのいう人間が不可能性に挑戦するという意味での態度価値に他ならない。戦後日本、闇米を拒否し餓死した稀有な裁判官がいた。戦後闇米は必要悪で、全日本人がそれで明日の命をつなぐなど、それを絶つことは死を意味したが、裁判官はかつての武士のように、それを判って「肥沃な泥」を食べたのである。これもまた、人間が最後に実現しうることの態度価値の現われであったに違いない。

石原詩学を詳しく理解する上で、評論集『詩的言語　—ポエジーの所在』（一九七四年・鳳書房）は必読書である。ここで内容に触れる誌面的余裕はないが、つぎの箇所は石原詩論の核心となっている。

以前から、わたしにはアメリカ詩人の多くについて、一つの疑問がある。それはアメリカでは、詩人も作家も画家も社会の混乱を警告し、その矛盾や諸悪を告発する文明批評家の立場に立っているということだ。いうまでもなく、文明批評の立場は決して詩の立場とはなりえない。むしろ文明批評からはみだした混沌から詩は出発し、人間存在の本源的な地点にこそ深くかかわっていくようにわたしは思う。（P七八）

このように石原詩学は「文明批評からはみだした混沌から詩は出発し、人間存在の本源的な地点にこそ深くかかわっていく」知的作業からまったくぶれることはない。

『森の秘儀』は一読、エロスに満ちた官能的世界が脳裏に広がる詩集である。なぜ、戦争が起きると兵士のための慰安所が設営されるのか。明治初期、キリスト教各派は全国に居留地を設けたが、その周辺に自然発生的に必ずといってよいほど歓楽街ができる。いわば性の問題は人間の本能として避けて通ることはできない。軍都横須賀には人間の性的本能と暴力が凝縮されていたが、ここでの石原はそこでの現実体験を踏まえた根源的探究に挑む。

石原は人間の本能である性と暴力というテーマに挑み続けているが、一方で寝食を忘れ、英米文学への知的探究も怠らない。

詩集『夕暮れの神』（一九八一年・地球社）は、そうした時期に書かれた土着性とエロスの統合というモチーフが頂点に達したものとしてよい。「蝶の季節に」は、英国王ジョージ六世の死と、貧しかった英学徒時代を重ね合わせた作品で、石原の青春期の実相を情感豊かに描いて印象深い。

蝶の季節に

ジョージ六世が死んだとき／東京には雪が降っていた／

夕ぐれ霙になった／ぼくの靴は濡れてとてもひもじかった／通りがかりの飯屋のラジオが／ジョージ六世の死を報じていた／石炭ストーブの焔がぼくの掌を焙りゆれた／そのときぼくは遠い国の／見知らぬ王の死を／夢のように／暗い時代の終焉のしらせのように思ったのだ／／

　ジョージ六世が死んだ／　ジョージ六世が死んだ／／

ぼくはくりかえし歌った／あくる日も／空は暗く氷雨が降りつづいたが／ぼくはもう季節を待てなかった／雑嚢を背負い廃墟を歩き出していた／いま遠い国の美しい女王が／五月の花粉の中を舞ってきた／ひとびとはまばゆい東京の空を見上げる／霙降る夕ぐれの夢は／もう夢でなく／靴を濡らした旅は／もう旅でなく／溢れる光の渦に立止ったまま／ぼくは日本の老いた天皇の／丸い背と震える唇を見つめる／夢のないいま／暗い季節に生きてきた／ぼくらの淋しい猫背の映像を／夢のように見つめながら／あらたな旅を始めるしかない／蝶の季節の／束の間の光のあとへ／重い雑嚢を背負っていくしかない

国王と天皇の間で揺れ動く心情は、そのまま勝者（アメリカ）と敗者（日本）、豊饒と貧困、希望と絶望の二項対立のコントラストを描き出し、それはそのまま、石原のライフワークといってよいほどのモチーフとなって展開されていく。そして、石原ほど忠実に敗戦後の日本人を呪縛し続けた敗者、貧困、絶望という負の観念に拘泥し思索してきた詩人はいない。

一九八五年四月、石原の日常は大学、詩人団体、詩誌「地球」の運営、執筆活動と多忙を極めており、それもあってか脳血栓で倒れる。だが奇跡的に早期回復し、早くもその年九月には教壇に復帰している。詩人研究者にとって言語手段の喪失は料理人が包丁を奪われるようなものである。それが一時的にせよ、すべて言語野が喪失してしまう体験を経て、さらに濃密な時間活用を考えたのか、その諸活動は停滞するどころか、さらに一段とパワーアップする。『脳外科病棟』は、そうした石原の体験野を現実化したメモリアルな詩集である。

私は一九九一年、石原選考委員長によって日本詩人クラブ新人賞を受け、同会に入会するのだが、そこから石原との得難い交誼が始まった。つまり、ここからの石原の仕事はアップツーデイトで見聞し、それらについては「柵」や「山脈」などに随時書かせていただいてきた。

詩集『ウェハースの昏』（一九九三年・横浜詩人会）のモチーフは「母の村」「扇状地」「茄子の馬」など石原の原郷、甲府である。これについては、石原の詩論・エッセイ文庫『詩の原郷』と合わせて読むことをお勧めしたい。そこに「本当の自分の言葉を、人間として、その存在の深いところから衝き上げてくる言葉を、しっかりもち続けていくためには、アジアの流れも泥も、源流へたどる人跡までも知らなければならない」（P二〇）と風土的記憶の重要性を記す。石原は自らの生地に「源流へたどる人跡」をみたのかもしれない。詩集『これからしばらく夜』（埼玉詩人賞）は、石原詩学を実体化したものとして記憶できる。石原は月刊詩誌「柵」に連載した詩論をまとめた『遠いうた　―マイノリティの詩学』（二〇〇〇年・詩画工房）のまえがきで、つぎのように述べている。

詩においてはなおのこと、世界の詩であろうとすれば、一層地方的でなければならない。シェークスピアが私らと同時代的に世界に生きえているのは、かれの詩や劇が、イギリスという片田舎で人間の泥臭い悲喜劇を度肝を抜くスケールで演じきっているからだろう。ボードレールのパリも、リルケのドゥイノも、芭蕉の奥の細道も、サンドバーグのシカゴも、それぞれ見事に地方的であるゆえに、私らは、かれらの詩を世界として経験することができる。

石原武は地方的であることについて、「中央集権的にある種の権威らしきものに同化しない態度である。」という。ここにきて、石原の詩論（詩観）が明瞭に熟したものとなってきている。石原はブランデン、西脇に学んだ日本有数の英米文学者として知られているが、一方でその語学を生かし、果敢にアメリカ黒人の詩、ネイティブ・ハワイアンの詩、アメリカインディアンの詩、オーストラリア原住民詩の紹介に努める。この時期、翻訳者としての仕事として、訳詩集『わたしの本当の性へのオード』（現代アメリカ・レズビアン詩集）、アレス・デベリアク『不安な時刻』の出版がある。さらに、詩誌「地球」を母体とした国際詩人会議開催に、秋谷豊の懐刀として精力的に動くなど、その活動は日本詩壇という狭い枠にとどまらず、こうした翻訳や国際交流の業績に対し、地球賞が授与されている。

石原武は軍港の現実を性と暴力の象徴としたように、世界が圧倒的多数のマイノリティを抑圧することで成立していることを見抜く。そして石原は、現行の民主主義は大衆の数を頼みに、国家、学校、会社など、すべての集団を均質化、画一化する特質があり、その意味で戦後の民主主義文学というものを評価しない。

詩集『これからしばらく夜』では世界詩の創造への探究を深め、石原詩学が全面的に開花している。この詩集と並行して書かれている『遠いうた　拾遺集』（第七回詩界賞）は、前著同様、世界のマイノリティの視点から各地域に住む原住民の詩の紹介がある。そこにインターネットによって、パレスチナ、北アイルランド、スーダンなど世界最新の現地情報を集め、それを翻訳紹介することを加えている。「殺しても殺しても、ナイジェリア、ルワンダ、スーダン、アフリカのみならず世界の津々浦々で殺しが続く。世界はソドムのようだ。」（P四三七）、「一九九〇年以来、ルワンダ、ブルンジ、さらにコンゴ東部を震かんさせている二つの種族抗争は想像を絶する犠牲者を出し、死者はすでに百万人に達している。」（P三五八）という情況。石原はこれらについて、「いい奴と悪い奴の話ではない」（P三五九）と断じる。

『飛蝗記』（第四回現代ポイエーシス賞）の詩的世界は、専門のイギリス・ロマン主義を基軸に、これまで培ってきた風土性、世界のマイノリティへの探究を加味した詩集である。

鹿の村

列車は鉄橋にさしかかると汽笛を鳴らした。それから豪雨のような音を立てて河を渡り、大きく蒸気を上げて、その寒駅に滑り込んだ。

わずかな集落が駅前に肩を寄せ合っていて、冬にはいつも山おろしが吹きまくっていた。黒いトタン屋根の家々は軒が低く、山の腹に伏すように続いていた。煙草屋と雑貨屋の暗い店先が見えるだけで、道は間もなく左折し、右手に共同墓地を遠巻きにして、河の藪地に落ち込んでいた。


列車が止まるたびに、見慣れない顔が一人二人駅前の広場を行ったり来たりしてから、何処かの戸口の暗がりに吸い取られていった。

無口な村の空にはたびたび雷が訪れた。冬の夕暮れでも青い閃光が凍った雲を裂いた。慄きに、人々は抱き合っていた。暗がりは交わる息で暖かかった。

氷雨が降り続き、年寄りを墓地に送った夕暮れに、春雷が荒れて、あくる日には、河原の藪は花の色を見せた。近づいてくる戦争の話を、列車から降り立った男が煙草屋で声高に話した。戸口から顔を出して、村は春風に色めき立った。

春祭りの夜、集まってきた村人たちは鹿であった。鹿は広場のぼんぼりの周りを輪になって踊った。しつこく絡む男の手から立ち上がって、鹿の女は大きな目で男を見つめ、広場に出ていった。肩で息して女は踊り始めた。身籠っていた。
鉄橋を渡り列車が近づいてきた。
鹿の村の話はその後聞かない。
今、通過したばかりなのに。

一詩集毎に、モチーフが創造的進化（深化）し続けていることに驚かされる。ちなみに、日本ロマン主義の先駆、島崎藤村も石原の同窓である。石原の詩をロマン主義から論じることもできるが、それはまた別の機会に譲りたい。
石原武は評論『詩と道化　―グアンタナモという主題』、『現代情況論ノート』の刊行を経て、最新詩集『金輪際のバラッド』（二〇一一年・土曜美術社出版販売）の刊行へと至る。タイトル・ポエムにつぎのような描写がある。

金輪際のバラッド

生きて、伝えてくれ、ことの次第を誰にもわかるように、事実のままに
『ハムレット』第五幕二場

このところチベット爺さんの姿が見えないと
仲良しのグリーン婆さんは気になっていた。
ボブ・エバンス食堂でいつもランチを食べるはずなのに
オハイオの秋は寒いから風邪でも引いたのかしら。
家に帰ると小さな死亡記事が新聞の片隅にあった。

「ポール・チベット氏（九十二歳）老衰のため死去。
彼はＢ・29を操縦して広島上空に原子爆弾を落とした。
かのエノラ・ゲイは彼の母親の名に因んで命名された。」

大量殺戮の後、彼はエンジン音で聴力を失っていた。
落ちていった爆弾の体臭だけを憶えていた。
一度、大統領トルーマンがホワイトハウスに彼を呼んで
辛いことないかと身ぶりで訊ねた。別にと、彼は答えた。

オハイオに雪が来た。
ボブ・エバンス食堂の扉を押すと
起き抜けの女の白い顔が暗がりから迫ってきて
Closedと、吹雪の中へ押し返した。

金輪際くるものか
吹きつのる白い嵐に
俺は咆哮した。
おさらばだ　アメリカ

この詩は中心に石原の分身のような人物を据えたアレゴリー作品である。主人公は偶然新聞記事で、広島に原爆を落としたエノラ・ゲイの機長、ポール・チベット（九十二歳）の老衰死を知る。そして、いつものように朝食にエバンス食堂へと向かう。ここでの起き抜けの女の白い顔はアメリカであり、エバンス食堂は英米文学への知的好奇心であろう。だが、ここで石原はアメリカ及びアメリカ文学を愛する仲間への決別を誓う。石原はポール・チベットの死とともに、そこにかつてのように感情の線を結べなくなってしまう。

石原の詩作はアメリカへの愛と憎悪の二律背反によって始まり、その横溢な知的好奇心で生地に言葉の鉱脈を探り当て、英米周縁を巡り、ついにアメリカとの決別となるのだが、そのこと自体が一人の詩人の叙事的生涯であったとみてよい。もちろん、その知的行脚はまだまだ未完であり、この先、このアメリカへの愛憎ドラマがどのように完結していくのか、それを楽しみに待ちたい。

ここでは限られた誌面の中で、石原の仕事の一端のみにしか論及できなかった。石原の仕事を論じることは、戦後詩を踏まえた現代詩の核心に迫ることに他ならない。こうなると、相当の枚数が必要で、いつか再び、そうした機会が訪れることを待ちたい。

（新・日本現代詩文庫112『新編石原武詩集』解説）

山村暮鳥とボードレール
―その受容と清算まで―

1

山村暮鳥は破天荒な伝道師であったが、その宗教的規範から逸脱した部分が、彼を近代有数の詩人に成長させていったのだともいえよう。聖職者にして言語派前衛詩人、その特異な価値観を支えていたのは、神に対して温順なキーツやワーズワースではなく、反抗的、破滅型のボードレール（一八二一―六七）の存在であった。暮鳥にとってボードレールはその人格形成にあたっての師父であり、文学的側面からすれば余人をもって代え難い詩学教師であった。

結論からいえば、暮鳥の第一詩集『三人の処女』から『聖三稜玻璃』までの修辞形式は、ボードレールの官能的言語世界を丸ごと切取ったものといってもよい。明治の近代詩受容の初期段階で、ここまで極端にボードレールに心酔した詩人はいない。

山村暮鳥の聖職者としての経歴を掲げてみたい。

一九〇二年（明治三十五）　前橋マッテア教会で洗礼（十八歳）
一九〇三年（明治三十六）　聖マッテア伝道学校入学、後に築地聖三一神学校編入
一九〇八年（明治四十一）　聖三一神学校卒業、八月・秋田聖救主教会赴任、十月・横手講義所赴任
一九〇九年（明治四十二）　二月・湯沢講義所赴任、十二月・仙台基督教会赴任
一九一〇年（明治四十三）　十月・仙台基督教会離任、十一月・東京諸聖徒教会に転籍
一九一一年（明治四十四）　水戸ステパノ教会赴任
一九一二年（明治四十五）　福島平講義所赴任
一九一八年（大正七）　水戸ステパノ教会赴任
一九一九年（大正八）　伝道師休職
一九二四年（大正十三）　十二月死去、水戸ステパノ教会で葬送式（享年四十一歳）

暮鳥は詩人としては日本聖公会伝道師という肩書をもち、約十年、この年譜にあるように東関東・東北各地の伝道に腐心した。暮鳥は貧困家庭に成育したため、学費が続かず、心ならずも高等科中退（現在の中学）を余儀なくされてしまう。十三、四歳で学問の道を絶たれたのであるから、その落胆ぶりは想像に難くない。その窮地を救ったのが、前橋マッテア教会が無料で一般向けに開放している英語の夜学校であった。暮鳥は英語を学ぶため「利根川の船橋を渡って往復七里を毎夜北曲輪町のチャッペル師の夜学」へ通うのである。往復七里はおよそ二八キロである。暮鳥

は長距離選手がする練習並みの距離を、毎夜語学習得のため通い続けたのである。その胆力は並大抵のものではない。

そして暮鳥は、その実直な性格を外国人宣教師チャッペルに認められ、彼の手によってキリスト教の洗礼を授けられる。キリスト教会は、日曜学校や語学学校は布教の手段としても、すぐにそれを交換条件に信者へと誘導することはしない。今でもそうだが、キリスト教各派は洗礼、堅信に至るまで、かなりの期間、牧師から聖書講読、祈禱書への理解等のレクチュアーを受けなければならない。それは日本でキリスト教の信者が増えない要因のひとつだが、新興宗教と一線を画す意味でも、その制度は頑なに護り抜いていくべきである。暮鳥は自らの意志でキリスト教に入信していったのである。当時の日本聖公会はイギリス国教会の日本支部のような役割で、重要な決定権は外国人宣教師が握っていた。

さらに暮鳥は、婦人宣教師ミス・ウォールの日本語通訳兼秘書として、青森聖アンデレ教会に同行する絶好の機会を得る。その時十八歳。まさに暮鳥にとって、前橋マッテア教会の夜間の英語学校は人生を大きく変える転機となった。その青森では、ミス・ウォールの紹介によって、東京佃島の聖マッテア伝道学校入学を勧められる。聖マッテア伝道学校は学歴不問の伝道師養成所であり、ミス・ウォールは暮鳥の優れた資質をみてとったのであろう。暮鳥は日本聖公会の聖職候補生となり、さらに聖マッテア伝道学校での成績優秀が認められ、本科の築地聖三一神学校への編入が許される。尋常小学校の学歴しかない暮鳥に、まるで夢のような聖職者の道が開けたのである。そして、卒業後、日本聖公会がもっとも力を入れている宣教地、カトリックやプロテスタント教派と鎬を削る、東北伝道の一分野を任されることになる。神学生暮鳥の学業的な優秀さは際立っていたが、首席の座は同じ青森から聖マッテア伝道学校の別科生となった同僚須貝止に譲った。須貝は公費で外国入学が許され、後に日本有数の神学博士となり、日本聖公会首座主教の座に就任している。この須貝と暮鳥は生涯の友となっている。

そんな苦学生暮鳥だが、いったいどこでボードレールに出会うのか。

つぎに暮鳥の文学的年譜を掲げたい。

一九一〇年（明治四十三）　一月・「自由詩社」同人、八月・パンフ詩集『LA BONNE CHANSON』刊行、同『夏の歌』刊行

一九一三年（大正二）　五月・詩集『三人の処女』刊行

一九一五年（大正四）　十二月・詩集『聖三稜玻璃』刊行

一九一六年（大正五）　十一月・ボードレール誤訳事件

暮鳥が中央詩壇に名前を知られるようになったのは、明治四十三年一月、口語自由詩の砦「自由詩社」同人以降である。口語自由詩運動の文学観は自然主義を基盤にして、ボードレールの耽美的、象徴主義とは対極に立つものであった。よって便宜上、暮鳥は「自由詩社」同人時代、隠

れ耽美主義者として、表立っては生活重視の自然主義的なものを書かざるを得なかった。そうなると、暮鳥とボードレールの関係が顕著になるのは、その年の六月、自由詩社の解散以降ということになる。

一九一〇（明治四十三）年十月、暮鳥は仙台基督教会を離任することで、ボードレール熱はいっきに燃え上がる。仙台基督教会離任は上級牧師との対立によるものであった。暮鳥は「半面自伝」で、つぎのように回顧している。

上級聖職と相容れず、家具蔵書の一切を売り飛ばし或は広瀬川に投棄し、一枚の葉書に告別せしめ、身をもつて走つた。全所有として懐中に一冊の赤くして小さきボードレールがあつた。

ここには上級聖職と相容れない理由として、教会には稀有な当該人物の女性問題が介在している。上級聖職稲垣長老は独身主義を標榜していたが、突如美しい容姿の婦人伝道師に恋愛感情を抱いてしまう。それをみて、暮鳥は「色情を抱いて女を見る者……」（マタイ五ノ二八）の句を引いて、稲垣長老を糾弾する。暮鳥はこの説教を三度繰り返したというから、よほど腹に据えかねていたか、同じ独身者として、その根底にある種の嫉妬心があったのかもしれない。

聖職といえども異性への恋愛感情は排除することはできない。聖公会の礼拝様式は、とくにミサ重視のハイチャーチではカトリックに近い（ローチャーチは説教重視でプロテスタントに近い）が、妻帯は可とされている。中には、稲垣長老のようにカトリック同様、はじめに非婚を唱える者がいないわけではない。それをみると、暮鳥に長老の女性観の解釈が豹変したことへの怒りがあったのかしれない。しかし、そうであっても、これはきわめて個人的なもので暮鳥が論及する立場でもない。

それにしても、縦割りの監督制度が敷かれている聖公会での上司批判はご法度である。おそらく、暮鳥は伝道師を辞める覚悟をもって、こうした大胆で無謀な行動に出たのだろう。近代的自我の表出からすれば、詩人暮鳥と伝道師暮鳥は〈解放〉と〈抑制〉という矛盾し合う存在である。ただ、稲垣長老については、つぎのような女性問題の前に伏線があった。小坂井澄の『いのちの木』につぎのような描写がある。

　木暮伝道師（注・暮鳥）が教会の用務で訪れても、稲垣長老は座敷に通さなかった。廊下に座らせて、あるときはふすまも開けずに報告を聞き、命令を与えた。さながら、代官が下男を遇する態度であった。

　八九十（注・暮鳥）は屈辱をおぼえた。英米人長老からも、かつてこういう扱いを受けたことはなかった。チャッペルにしてもアンデルスにしても、人当たりのいい、社交的な紳士だったのである。（P一四五）

貧しい暮鳥に手を差し伸べたのは、英米本国から日本に派遣されたチャッペルやアンデルスという外国人監督たちで、彼らはいわば日本人聖職者を監督する上司に当たる。暮鳥はチャッペルたちの上下に隔てのない寛容さこそが基準で、よもや自分がそうした屈辱的な扱いをされるとは思ってもいなかった。稲垣長老事件の真相は、ここでの差別的な一件に女性問題が重なり、こうした前代未聞のハレンチな事件が起きてしまったのであろうか。そうしたとき、暮鳥は聖書ではなく、「一冊の赤くして小さきボードレール」をもって教会を去ったのである。

本来、これで暮鳥は教会勤務を解雇されても仕方なかった。しかし、稲垣長老の上司、外国人監督マキムは暮鳥を解雇せず、東京諸聖徒教会にいったん転籍させた後、ある種の冷却期間を置いて、福島平講義所に赴任させた。ちなみに、稲垣長老は件の婦人伝道師と結婚している。

暮鳥はボードレールの本一冊をもって逃げたのだが、当時の仙台日日新聞（十月二十五日）に「告別」と題し、「我は芸術の空を恋へり」と書いている。そこで持っていたのはカンタベリー叢書の『ボードレール詩集』である。暮鳥は、それまでの苦学によって手にした聖職者としての地位をかなぐり捨て、日本のボードレールとなって生きようと決意する。

暮鳥は仙台離任前の一九一〇（明治四十三）年九月、『LA BONNE CHANSON』『夏の歌』というパンフレット詩集を刊行している。発行人は新妻莞爾（仙台市片平）、発行所は松栄堂書店（仙台市大町）。この小詩集は、ほとんどボードレール世界の書き写しといってよい。

手元に仙台時代の暮鳥も寄稿していた、詩歌雑誌「創作」（第一期・明治四十三年三月～明治四十四年十月／全二十冊）が数冊ある。編集は若山牧水で、第二号（明治四十三年四月）は「ボードレール研究」。その中で岩野泡鳴が「彼の人工主義とわが自然主義」で、つぎのように述べているのが興味深い。

彼は人工を専らにして、それを生かしたのだ。人工といふ物に人生といふ物を吸収しやうとした。それは一寸むづかしい仕事なのだ。普通の遅鈍な然し健全な技巧家では出来ない事だ。ボードレイルがそれをやるには都合のい丶程神経が異常を呈してゐた。それが阿片の為であらうが、アシシユの為であらうが、アブサントの為であらうが、そんな事は頓着は要らない。その結果が一種の新らし物をこしらへたとすれば、僕等はそれで十分だ。かれはその結果をもたらし得たのだ。

そして、岩野は「ボードレイルが殊更らにアブサントや阿片の刺戟に由つて感得してゐた世界」を、ベルレインやマラルメが健全な精神で完成したと述べている。暮鳥はこの文章を読み、ボードレールのように阿片を吸うわけにはいかなかったが、それをつぶさに精神的に感得していったのではないか。

そして一九一三（大正二）年一月、第一詩集『三人の処女』刊行の予告が「詩歌」の消息欄に、「山村暮鳥君の詩集『三人の処女』も此一月に出版せらるる事になつた。猶同君の訳になるボードレールのリットル、ポエムズ、イン、プロオズは今後数ケ月に亘って連載される。ボードレールの散文詩を全部翻訳するのである。」と出る。

『三人の処女』は、『LA BONNE CHANSON』『夏の歌』以上にボードレール世界に接近している。

愛惜と悲哀

月の冷酷、月のなぐさめ、
淫婦と蛇のひとみに光をもとめつ、
わが黄金《きん》の色ざめた心は
「美」の悲哀にある。

皮膚に、ぽと燃え上り、
信実を映じた感覚、
「いのち」と「力」と……憂鬱なる
玩具《おもちゃ》の時計の音、
蜻蛉《とんぼ》に眠るわが霊智よ。

夜—夏のRYTHME

ただれたる真夏の光、
ひとみを呪へ、夜は躍る。

こざかしき昼顔の
花の如き脆きもの、
露にしをれて嗟嘆《ためいき》す。
いとしや、
真夏となりつ、
眩《くる》めく影。
官能のせせら笑ひよ
みにくき疲労、
何一つどよみ喚《うめ》かぬものは無し、
さみしかる心の噴水。

「淫婦と蛇のひとみ」「官能のせせら笑ひ」など、大胆かつ自由なボードレール的表現が衝撃的である。日本の海外詩受容の入口で、暮鳥に限らず、こうしたボードレールの奔放さに魅せられた詩人は多い。ボードレールは、一八九〇年後半から、上田敏たちによってその詩が翻訳されるが、自然主義陣営から、悪魔主義、刹那主義、芸術至上主義などの非難を浴びせられる。そして、明治末期、口語自由詩運動の自然主義が衰弱し、白秋などの耽美主義が台頭する過程で、とりわけボードレール熱が爆発する。ある意味で、暮鳥はボードレール受容の先駆者の一人といってもよい。

ここで、福永武彦の訳で、ボードレールの詩を一篇読んでみたい。

破滅

絶えず僕の傍らを「悪魔」の奴がうごめいて、
眼にもとまらぬ空気のように僕をめぐって泳ぎまわる。
奴をぐっと呑み込むと、僕の肺は焼けつくようで、
永遠の罪つくりな欲望が中を一杯にしてしまう。

時折奴は、僕が「芸術」に目のないことを知り、
何とも魅惑的な女の姿に化けてみせる、
猫をかぶったもっともらしい口実をつけ、
僕の脣《くちびる》を不潔な媚薬に馴らしてしまう。

こうして奴は僕を導く、神の眼の届かぬところへ、
喘ぎ行く僕、息も絶え絶えの僕を駆って、
荒涼として涯《はて》しらぬ「倦怠」の曠野の奥へ、

そして、混乱に充ちた僕の眼の中に
奴は投げ込む、汚れた着物、口を開いた傷口、
また「破滅」の血まみれの武器までを！

（『悪の華』・福永武彦訳）

当時暮鳥の頭の中はボードレール一色といってよく、その翻訳に没頭する。それでは、暮鳥はボードレールのどこに心が魅かれたのか。まず神と悪魔の徹底的な対決姿勢がある。それは伝道師の関心を引くテーマであったが、そこではこうした神と悪魔の対決への関心は半ばタブーである。聖職者という身分は厳しい戒律を守るのみならず、その教義を信者や一般階層にも布教していかなければならない。いわば、暮鳥がボードレールに興味をもつことは、法的に禁じられている麻薬を擬似体験するようなものである。

修辞面で、暮鳥はボードレールから「詩は語と語の結びつきから生まれ、最も遠いもの同士が結合し、照応し合うもの」という概念を学んだ。たとえば、それは〈人と神〉の関係に置き換えられるし、その実相においては〈善と悪〉の対立関係にもなってくる。

ボードレールの打ち建てた理論に立てば、暮鳥には世俗からもっとも遠い聖職者と、自我に執着する詩人の自我が内面で照応する。ただ暮鳥の初期詩篇は、ボードレールに形式を借りた修辞的〈照応〉であって、そこにボードレールのいう〈神と悪魔〉という思想的な内実は感じとれない。それは聖職者の身分が必然的にブレーキをかけたのか、あるいはそこへの探求が甘かったのか、評価の分かれるところである。暮鳥の思想的〈照応〉をみていくと、その意欲は分かるが、ボー

ドレールの〈神と悪魔〉の深さまで届いていない。

2

暮鳥のボードレール受容が全面的に開花するのは、自ら「此の詩集、今世紀にはあまりに早き出現である。千年万年後の珍書である。」と豪語した『聖三稜玻璃』である。その中から、「囈語」を読んでみたい。

窃盗金魚／強盗喇叭／恐喝胡弓／賭博ねこ／詐欺更紗
／瀆職天鵞絨《びらうど》／姦淫林檎／傷害雲雀《ひばり》／殺人ちゆりつぷ
／堕胎陰影／騒擾ゆき／放火まるめろ／誘拐かすてえ
ら。

ここには、ボードレールの修辞的〈照応〉のみごとな具現化がある。この詩は、一つの詩行を上下真二つに分断し、「窃盗」と「金魚」、「強盗」「喇叭」というように、二つの単語を恣意的に〈照応〉させるというところに特徴がある。そして、この詩は各詩行の上部に人間の生存において卑近な罪悪を、下部にそれとは無関係な様々な事物を〈照応〉させる言語構造をもっている。上部は十戒のような人間の原罪を羅列し、下部は無秩序に意味なくそれを受けるという、ある意味でシュルレアリスム的手法である。それはこの詩が前衛にみえてしまう所以かもしれない。

キリスト神学によれば、神は世界的秩序を制する唯一無比の支配者である。そこでは人間は創造主による被造物の一部として認識される。いうなれば、神はこの地上の全知全能の支配者で、人間はその前にあって幻影を受容して生きる卑小な存在にすぎない。人間はあれこれ与えられた自由を行使し、自分の生き方を選ぶというより、神によって決められたカリキュラムを履修するにすぎず、そうすれば、永遠に神の恩寵に浴することができるという。伝道師は、その宗教的な価値観を世に広めることを誓約させられる。どうして暮鳥は教会から解雇もされず、『聖三稜玻璃』のような反抗的な詩を書き続けられたのか。もしも、これが現在の世にあったらどうなのか。おそらく、教会内部から何らかの戒告処分が出されるのではないか。

いずれにしても、暮鳥は聖職者でありながら、ボードレール同様、神の専権事項である自由の行使に疑いを抱き、ボードレールを介し、キリスト教に対する言語的反逆を試みていった。別の解釈をすれば、暮鳥は神に反逆しながら、つねに神の救済を求めたボードレールに自己の姿を投影していた。暮鳥はたとえ聖職者であっても、神による絶対的真理を享受し生きることより、一方で自我をもった人間として主体的に生きることを決意する。暮鳥は教条的なキリスト教に、ボードレールという刺激のつよい人的な麻酔薬を注ぎ込み、心と身体の一致を試みる。詩人暮鳥は、一方で型破りの伝道師として東北一帯で評判を呼んだのである。

この時期、暮鳥はボードレールとともに、福島平講義所で伝道師生活を送っている。この期間の年譜を掲げてみたい。

一九一二年（明治四十五）　九月・福島平講義所赴任
一九一三年（大正二）　五月・詩集『三人の処女』刊、六月・水戸聖公会執事土田三秀の長女冨士と結婚
一九一四年（大正三）　五月・詩歌雑誌「風景」創刊
一九一五年（大正四）　六月・「群衆へ」創刊（暮鳥が指導）、十二月・詩集『聖三稜玻璃』刊
一九一六年（大正五）　四月・詩歌雑誌「ル・プリズム」創刊、十月・詩誌「感情」に参加、十一月・ボードレール誤訳事件
一九一七年（大正六）　六月・日本聖公会平基督青年会設立、十月・「感情」を去る決意、十二月・水戸ステパノ教会への転任が決定
一九一八年（大正七）　十二月・水戸ステパノ教会赴任

暮鳥は「一冊の赤くして小さきボードレール」とともに仙台を去ったが、その後、平では安定した司牧生活を過ごしている。この期間は暮鳥にとって人生の黄金期といってもよい。平講義所は教会に昇格する前の講義所ではあったが、暮鳥は伝道師としてすべての管理運営を任される。そこには上司に稲垣長老のような権威的人物はおらず、話の通じる外国人監督の遠隔指導のもと、つぎつぎと信者数を増やしていった。

その一方、暮鳥はボードレール的世界の詩集出版、同人誌活動などを活発化させる。「風景」は、教会内に新詩研究会をつくり、一九一四（大正三）年四月号に、社友を募集する広告を出している。創刊号には、室生犀星、前田夕暮、三木露風、白鳥省吾、その後は朔太郎の寄稿を得ている。中心になったのは、地元の鈴木末造たちで、この詩誌は六冊を出して休刊。「群衆へ」は、暮鳥が教会内に「群衆へ社」という会をつくり、同会の会報的役割を果たす。日本聖公会平基督青年会の設立は、教会の外に詩人サークルを立ち上げた点で注目できる。

3

「感情」五号（大正五年十一月）は、「ボードレール散文詩集」特集である。「ボードレール散文詩十四章」（山村暮鳥訳）、「ボードレールに就て」（山村暮鳥訳）の二本と、萩原朔太郎の評論「日本に於ける未来派の詩と解説」。この号は暮鳥のボードレール体験の集大成ともいってもよく、朔太郎の論文とともに、きわめて資料的価値が高い。暮鳥にとって、この「ボードレール散文詩十四章」は、ある種のターニングポイントともなった。二篇を紹介してみたい。

変り者

「もし、君。ENIGMATIC MAN　君の最愛なるものは誰だ。父か、母か、姉妹か、それとも兄弟か。」

「わたしには父も母も姉妹も兄弟もありません。」

「そんなら友達か。」

「それは、わたしには何の意味もないことでした。その言葉は。」

「では国家。」

「わたしはそれがあるといふ所の広袤さえ知らないのです。」

「美は。」

「おお女神、不死なるもの、それならよろこんで自分にも愛せるはづであつた。」

「或は黄金。」

「わたしはそれが嫌いです。譬へば君が君の神様に対するやうに。」

「それならEXTRAORDINARY STRANGER　何を君は愛するのか。」

「わたしはあの雲を愛します……空をさまよつて行く

雲を、彼方へ……あの驚くべき雲の群を。」

真理とは何ぞや

わたしは、且て或る一人のBENEDICTA（ベネヂクト僧派の徒）を知つてゐました。そのものの行くところ空気は理想をもつて満たされました。そしてその眼は壮麗の、美の、栄耀の、または人をして不死を信ぜしむる所のすべての情欲の大きくひらかれました。

然し此の奇蹟の処女は長くその寿命を保つべくあまりに美しかつたのです。それで、わたしが彼女をはじめて知つた後、直に彼女は世を去りました。それは、わたしが殺して埋めたのです。春でした。春は墓地にまでその乳香を匂はせてゐました。それは、わたしが殺して埋めたのです。印度の石櫃のやうに腐蝕しない薫り木の柩にしつかり納めて。

さて、わたしの眼がその宝物をかくした場所に止つた時、わたしは奇異にもその死んだものに比ぶべき一つの或る小さい存在物を知覚しました。と、それが好奇な欠私的里亜のやうな狂暴であたらしく堀《ママ》返した土を踏みつけ乍ら高い哄笑をしました。そして言ひました。「真個のBENEDICTAはわたしです！　名高い淫婦はわたしです！　それだから、あなたは、あなたの痴淫と盲目の罰としてわたしを愛してくれるでせう。」しかはあれ、わたしは怖れ戦いて答へました、「否」。うまくその拒絶を高調はしたものの、わたしは烈しいぢだんだに地面を踏みぬいて、足を、その新しい墓へ膝まで突込んでしまいました。そして、わたしは罠にかかつた狼のやうに、おそらくは永久に、理想の墓にまんまと捕へられました。

それではつぎに、暮鳥の訳した「シャルル・ボードレールに就て」から、その思い描いた世界像をみてみたい。

われらは芸術上の廃頽に就て、少なからず聴き慣らされた。今また我等は古き腐蝕に咲いた花である象徴主義に就て聴く――しかも彼は廃頽である。彼の芸術は単に文学的感情、幕の落ちた後にはもはや用無き悲哀の仮面ではない。しかし、その幻覚の声調は世界の、凡ての邪《よこしま》にして落魄せる愛らしさの瞑想に沈み、過ぎ去る刹那に、こよなくうつくしき美を発《み》見《いだ》し、「耳無く眼無き闇黒の友、蛆虫」のそれらが、かしこに、恐怖の秘密を低声き、狭き、猶、その他の様様の痛苦をもの語る墓場の中に是非とも従はねばならぬ刺の如き悲嘆にその敗滅を懺悔する。

暮鳥は説教にもボードレールの詩を引用し語ったというが、こんな型破りな伝道師は前代未聞である。日本聖公会の主日礼拝・聖餐式に出ると、まずは全員で十戒を唱える。「汝、父母を敬ふべし」「汝、殺すなかれ」「汝、姦淫するなかれ」「汝、盗むなかれ」などである。これを毎週唱えるのは、よほど神はわれわれを信用していないのかとも受け取れる。しかし、聖職者たるや当該資格によって、こうした身の危険を回避できたと錯覚し、神と悪魔について自問自答することはない。暮鳥は聖職者として、そうしたことに徹底的に懐疑を抱き、ボードレールに名を借りて、自らの内面に十戒の意味的な真偽を問う。暮鳥は神に反逆することが目的ではなく、ボードレール同様、あえてそうすることで神に近づこうとしたのである。

これについて、西脇順三郎はボードレールの「罪悪、醜悪、淋しさ、憂鬱、苦悩、嫌悪、悪魔、不合理、恐慌、グロテスク、暗黒など、みな美をつくるためにイロニイの一つの極をつくるのに必要な品物であった。」(「ボードレールと私」)と述べている。そして、「ボードレールにとっては、発見された新しい美ということは、相反するものの新しい関係」であるとしている。まさに、暮鳥は詩人、伝道師の両面から、この神と悪魔の対決という難問を実践していったのではないか。西脇も含め、そうした評価が詩壇から出てこないのは、詩集『雲』はじめ、暮鳥後期の詩業から、きれいにボードレール的世界が払拭されているからである。

前期暮鳥について、あることがきっかけでボードレールの蜜月関係に終止符が打たれる。それは、ボードレール誤訳事件として語り継がれているものである。暮鳥が「感情」に載せたボードレール訳に対し、上毛新聞の山崎晴治という人物から、「暮鳥氏の文章は小学生以下」という痛烈な批判が浴びせられる。

それが単に文章上のことであつてもい丶、輯《あつ》められた十四章中文章の体を為してゐるものが一章だつてあらうか、一章は愚か一節だつて一句だつてあらうか、私は大に暮鳥氏の文章上の才能を疑ふものである、詩人として天下に知られてゐながら満足な一センテンスより綴り得ぬのである。小学生とてももつと文章らしい文章を書くことができる、暮鳥氏の文章は小学生以下である。

これに対して、暮鳥は上毛新聞に反論の場を与えられるが、つぎのように全面的に降伏してしまう。

山崎兄。

貴下の「不遜の言」の攻撃を現在の自分として其の儘をうけるには苦しむが、然し自分の罪は罪だ、若し貴下にして許してくださるならば自分は必ず将来に於てこれを最も好き刺激、否貴下よりの新しき霊気として更にボードレールに喰入り、かの訳を完ふせんと欲する。再び貴下見ゆるのは蓋し其後に於てである。

醒めたりとは言へ、卒倒後の神経は今猶ほ非常に興奮してゐて想ふことも容易に認められない。くるしい、実にくるしい。然し稍、肩の軽くなつたのを覚える、涙は頬をながれてゐるが眩暈もいくらか静に沈んで来た。

（大正五年十二月八日〜十日より抄出）

ここまで暮鳥は卑屈になって、山崎に詫びを入れる背景には何があったのか。山崎は暮鳥が、朔太郎、犀星とともに、当代随一の人気詩人であったことは、当然頭に入っていたはずである。そんな暮鳥だからこそ、山崎は「小学生以下」と過激に罵倒することで、ある種の売名行為に打って出たのではないか。おそらく、暮鳥が無名の地方詩人であれば、「小学生以下」といっても何の効果も生まれない。高名な暮鳥だからこそ、「小学生以下」ということばが効果を発揮したのである。

この誤訳事件を契機に、暮鳥はボードレールと決別するとともに、詩風も耽美主義から穏当な民衆詩派風に大転換する。そして、翌年十月にはボードレール訳を掲載した「感情」を去る決意をしてしまう。さらに、平基督教会から水戸ステパノ教会への転任も決定する。これによって暮鳥は『聖三稜玻璃』の言語世界を解体し、『風は草木にささやいた』を経て、東洋的枯淡の『雲』の世界へと向かっていく。さらに伝道師暮鳥も、ボードレール的な神と悪魔の対決から離別し、穏健な聖フランシスコの人道主義に軸を置くことになっていく。

それでは、ここでどうして暮鳥は山崎に反論を展開し、唯一無比のボードレール的世界を護ろうとしなかったのか。「利根川の船橋を渡って往復七里を毎夜北曲輪町のチャッペル氏の夜学」へ通い、その後、実力で伝道師となったことを考えれば、山崎がいうほど語学力が劣っていたとは考えにくい。「小学生以下」の語学力というのは、堀口大學のように意訳という手法があり、それが文法に忠実であるかどうかはあまり関係ない。その角度から、暮鳥は山崎にいくらでも反論できたはずである。しかし、かつて「一冊の赤くして小さきボードレール」をもって教会を去った暮鳥が、そのボードレールを捨てて、平から水戸の教会へと転任していったのである。これはかなりの謎であり、いずれそれについても機会があれば論及してみたい。

（日本詩人クラブ「詩の学校」（二〇一二年十一月二十二日）の講話「山村暮鳥、詩作の転回点」に加筆）

東京から見た山形の詩
―ソーシャル・キャピタルと県民性―

1

昨年（二〇一一年）は東日本大震災が起こり、改めて家族や社会との連帯の重要性が叫ばれました。当該年度の漢字ではそれを象徴するような「絆」が選ばれました。内閣府の調査で、人と人が社会的文脈でどのようにつながっているか、ソーシャル・キャピタル（社会関係資本）を記したデータがあります。友人・知人の数、近所付き合い、所属する団体などを調査し、その親密度をみていくものです。道路、空港、港湾など、社会基盤（インフラ）を意味する社会資本を目に見えるものとすれば、これは目に見えない社会的価値を表わします。これによれば、東北全体のソーシャル・キャピタルは全国平均をかなり上回っています。この固い絆が、大震災後の互助精神の底力となったといわれています。ただ、山形と青森はほんの少しですが全国平均以下です。東京を中心に神奈川、埼玉、千葉、群馬、栃木など関東地区はかなり低いです。大阪、愛知、福岡なども低いです。ソーシャル・キャピタルが突出して高いのは島根、鳥取の二県です。宮崎も高いです。山梨、長野、岐阜は岩手、宮城と同程度に高いです。

東京からみた山形というテーマを与えられましたが、それが中央であるとか、そういうことを意味するのだとすれば、ここでのお話はそれには当たりません。私は二十四歳まで、ずっと横浜で過ごし、全国区ではない地元の私大を出ました。詩の世界でも、今は周りに東大であるとか、六大学であるとか、そうした出身校をもつ詩人が多数いて、その中に入ると、ほとんど詩を作る同窓生がいない、マイノリティであることを自覚させられます。そんな私がみた山形というのは、首都圏の一詩人からみた山形ということはいえても、むしろ東京圏で過ごしてはいても、中央の権威に反発して生きてきたこともあり、きわめて偏った見方にならざるをえません。（東京は一八六九年（明治二）二月十一日以来、日本首都が置かれています。一八〇〇年当時、江戸はすで一〇〇万都市で、ロンドン八六万、北京九〇万、パリ五四万を上回っています。）

それでは、東京を象徴とした中央の本質とは何か。それはさきほどのソーシャル・キャピタルの調査でも明らかにされましたように、あまり親密な人間関係を求めず、現世での経済的な富を求めて、全国から雑多な人たちが集まってくるところといってよいです。学校でいえば、東大を頂点に、全国的に著名な私大が林立しています。霞が関には日本の頭脳が集まり、丸ノ内には世界的企業の本社があります。彼らはみなこの時代に選ばれたエリートたちです。学校では「NO.1ではなく、オンリー1でよい」といわれ、人は平等であるべきと教えられますが、本音の部分ではきわめて過酷な生存競争が行われています。いわば、青少年たちはオンリー1という建前の中、幼児期より学校での平等性と進学塾の差別性の二律背反を生き抜いていくわけです。われわれはしらずしらずのうち、建前と本音の使い分けを強いられ、つねに精神的に不安定なところへ追いやられていきます。哲学的にいえば、見た目には天使のような屈託のない子が、実は内側ではいつのまにか悪魔を育てているという、内面の自己と、外面的な自己との分裂です。国土の一・七％にすぎない市街地部分に人口の五三・五％が住むこと自体が異常なことです。

東京を目指すことの意味のひとつに、心根が立身出世主義に汚染され、未成年では人より少しでもよい点数をとの拝点主義、成人するとそれが少しでもよい暮らしをという拝金主義にすり変わっていく社会的原理があります。われわれの幸福を保障するのは経済的繁栄であるという価値観が蔓延し、われわれは年少の頃から、つねにライバルを蹴落とすことを強いられてしまいます。そこには健全な精神が生まれようがありませんし、後世に名を遺す文化も生まれてきません。いわば、人間らしさを失い、みな仮面をかぶって生きていくことを余儀なくされます。

それらを詩の分野に置き換えてみれば、東京は功名心にかきたてられて、著名詩人に近づき、著名出版社で詩集を出したりするには都合のいいところです。なぜなら、そこには同じような価値観で生存競争を生き抜き、成功者としての称号を手にした先達詩人がたくさんいるからです。そうした人たちが、たとえば著名な詩の雑誌を拠点に、ひとつの権威集団を形成しています。そこに作品が掲載されることで、なんらかのお墨付きを手にします。当然ながら、それは先行する詩人が、同じような匂いをもつ詩人を推薦するので、しだいしだいに評価が世襲的で内向きになってきます。現代詩が読者を失った要因として、外部からの評価に耳を貸さず、ひたすら内部の偏向した評価基準によって、独善的な格付けを行ってきた詩壇ジャーナリズムの責任は重いです。言語派を珍重するので、中央誌には傾向的に人生派・社会派があまり載らないという印象があります。

2

江戸の一〇〇万の人口は、現在では優に一〇〇〇万を超えていますが、首都圏（埼玉・千葉・神奈川）でみた場合、人口は全体で三〇〇〇万を超えています。そこには、政治・経済・情報・文化の中枢機能が集まって、いわゆる中央・地方の格差を生み出しています。しかし、そこでの人口密度の過剰さは多くの弊害を生み出しています。都会では地価の高騰で、一般の勤め人はうさぎ小屋と称する狭い家屋にしか住むことができません。少し郊外に住居を移すと、通勤時間一時間半などは普通です。また都心には駐車場もなく、コインパーキング、一時間一〇〇〇円を超えることもざらです。また、定住者も少なく、短期間で引っ越しを繰り返すなど、ほとんどコミュニティーが形成されず、死後数日経って、腐乱死体が発見されるということもしばしばです。

たとえば、コンビニやファストフード店での売り子の会話は、言語明瞭、慇懃無礼が特徴で、その本質はロボットに近いです。だれにでも同じ言葉で接する、無駄を削ぎ落としていった結果、ああいう無機質な対応になったのでしょう。彼らはわれわれを一消費者、すなわち大きな物体としてしか認識しておらず、われわれもまた、彼らになんらかの情緒的な関係を求めているわけではありません。当然、それは非人間化の方向を示唆します。だれもが、便利さと同時に失うものの価値の大きさに気づいてはおりません。

一般社会では定年になると、それまでの職場の人間関係はリセットされます。私もすでに還暦を迎えましたので、身近に仕事をリタイアする人たちが多くなってきています。彼らが異口同音に唱えるのは、肩書が消えて人間関係が稀薄になったことです。「一杯どうですか」は、組織に帰属していたからこそのことで、そこを離れて共通の話題があるかどうかというのは微妙です。そうしたところに、真の人間関係を求めても絵に書いた餅です。

たとえば親しい詩人が三人いればよいというのは、三人しかいないというより、三人もいるのかという羨望のほうが強いです。私も生まれ育った横浜に住んでいれば、本当はもっと多くの人たちと人間関係をつくれたのに、東京で図らずも名誉栄達の獲得を目指したことで、妙なサバイバル戦争に巻き込まれてしまう結果になりました。中央というのはそうした非情なメカニズムで成立ち、相手を許すとか、相手の側に立って思考するという精神的余裕がありません。なぜなら、それは相手に得点を与えてしまうことになるからです。東京に一〇〇〇万の人口があっても、おそらく三人、真の友をみつけるのは至難の業です。私が東京で身につけた生きた知恵があるとすれば、一人で生きる覚悟をもつということです。この七月、フランスに行き、一人で世界遺産、モンサンミッシェルのツァーに参加しました。バスは満員、四〇名位いたでしょうか。その中、一人で参加したのは私だけでした。パリから現地まで数百キロあります。そうするとどういうことが起きるのか。私の隣だけはだれも座らず空席でした。現地で二回食事をします。その時もレストランのテーブルの上には、参加者分の用意しかありません。そうすると、私は、みなが座ったことを確認し、まるで除け者のようにあまったところに座らされます。わきあいあいの中、一人でもくもくと名物のオムレツを食べはじめるわけです。日本人はほとんどシャイですから、見知らぬ旅人にだれも話しかけてはきませんし、気を使う方もいません。そこで、私から話しかけていくと、しだいに「一人で参加ですか」、「ワインはいかがですか」などのことばがかえってくるようになります。彼らが特段冷たいのではなく日本人特性の用心深さなのです。こちらが話せば欧米人のようにフレンドリーに話す、日本人にはそういう特徴があるようです。こんなとき、東京で鍛えられているせいか、その場を乗り越える処世術は身につけたようです。

私が東京で学んだことは、友人関係に頼らず、一人で生きていく力を身につけたことです。これから東京に出ていく人たちは、一人で生きるということに徹すれば、これほど快適で暮らせる文化的に豊かな場所はありません。物はなんでもそろっていますし、欧米に比べて圧倒的に治安がよいです。最近のフランスは、ＥＵが成ってから雑多な民族がパリに入ってきて、昼間から近隣諸国の若い少女たちにとり囲まれ、所有物を収奪されます。夜の地下鉄には一人で乗ることもできません。一九八〇年代のニューヨークは、ヤンキースタジアムに行くのにも一人で地下鉄に乗ることはできませんでした。それと同じ感覚です。

東京について話してきたわけですが、詩の方に話を寄せますと、不思議なことに東京の詩人というカテゴリーは、あまり思い当たりません。後で触れる山形の詩人もそうですが、東京生まれ・東京育ちの詩人は別にして、ほとんどの詩人にとって東京は人生の途上で出会った通過点にすぎません。著名な詩人からみていきますと、宮沢賢治は岩手県花巻、中原中也は山口県山口、北原白秋は福岡県柳川、島崎藤村は岐阜県中津川、石川琢木は岩手県盛岡、山村暮鳥は群馬県群馬町、室生犀星は石川県金沢、本日のレジュメに名前がある萩原朔太郎は群馬県前橋、丸山薫は愛知県豊橋生です。丸山は一九四四年から四八年まで、日塔聡の誘いで山形県の西川町岩根沢に居住。茨木のり子は愛知県西尾、中野重治は福井県坂井、黒田三郎は広島県呉、人生の途上で、東京に住んだ時期もあると思いますが、彼らの魂は故郷の地で護られています。東京は実利的で、利にさといジャーナリズムは生きている間はちやほやしますが、死んだ後の面倒までみることはありません。

全国的に知られている賞で、詩人の名を冠したものをあげてみます。伊東静雄賞（長崎県諫早）、小熊秀雄賞（旭川）、小野十三郎賞（大阪）、富田砕花賞（芦屋）、丸山薫賞（豊橋）、丸山豊賞（久留米）、萩原朔太郎賞（前橋）、更科源蔵賞（釧路）、福田正夫賞（横浜）などがあります。詩人は故郷に根づく習性があります。詩人たちにとって、東京は未来都市でもありますが、けっして魂を預けてまで生きる恒久的な場所ではありません。

詩でいえば、犀星の「ふるさとは遠きにありて」の世界です。

ふるさとは遠きにありて思ふもの／そして悲しくうたふもの／よしや／うらぶれて異土の乞食《かたい》となるとても／帰るところ

にあるまじや／ひとり都のゆふぐれに／ふるさとおもひ涙ぐむ／そのこころもて／遠きみやこにかへらばや／遠きみやこにかへらばや

（「小景異情」その二　より）

この詩は、詩人が東京に住んで、故郷を思う切ない心です。犀星は東京での孤独な生活を選び、文筆生活に専念します。その場合、故郷への思いは帰るに帰れない、二律背反を生みます。これは、高度成長のさなか、故郷を捨て、東京での暮らしを余儀なくされた人たちの心情です。

3

地理学者の鈴木秀夫が、「人間は、人間の考えている以上に環境の産物である」（『風土の構造』）と述べています。その意味で、山形の詩人たちは、その風土の中で育ち、現在があるわけです。コンビニもない不便な所であれば、食料の貸借など、自宅や職場での濃密な人間関係は避けられません。山形は都会ですが、まだ東京のような超合理的な生き方を受容している人はいないでしょう。おそらく、職場ではきちんとした上下関係、学校では子弟関係、家庭では親子関係が守られていることでしょう。東京では、そうした関係が、民主主義の平等性を根拠にことごとく破壊されてしまっています。あまりに一人で生きることにならされて、他者を通して自分をみる思考回路がこわれてしまったのです。いわゆる、ブーバーのいう、すべてが根源語として語られる「われとなんじ」ではなく、人間さえも物としかみない「われとそれ」の関係になってしまっているのです。それですから、人間関係もその時々の自分の都合に合わせて、都合よく使い捨てということになります。生涯、あらゆる至難の時を乗り越えて、その人と人生を共にする普遍的な人間関係の構築は考えられません。それが東京の風土です。

もうひとつ、日本で一九七〇年代から始まったポストモダン思想は、私たちに新しい生き方を示唆しています。私は思想家ではありませんので、雑駁なことしか語れませんが、ポストモダンとはアンチ近代の意味に言い替えられると思います。簡単にいうと、近代とは人々を一つの価値観に一致統合させようとする大きな物語の時代でありました。たとえば、明治以降、近代化という大きな物語の前で、人々は国家の命令に服従し、戦地へと駆り出されていきます。ロシア革命以降に起こったマルクス・レーニン主義の一党独裁政治もそうです。もっと身近なことでいえば、企業は終身雇用という擬似的な家族物語で利潤追求に専心する一方、労働者の側には労働組合という物語がありました。政治は自民党の一党独裁、野球は巨人など、そこに焦点を合わせれば会話が成立した時代でありました。

ポストモダン思想は、こうした大きな物語を波状的に終わらせてしまいました。詩壇でいえば、日本現代詩人会、日本詩人クラブという大きな団体が地方の詩人たちを統合する時代は終わりました。あるいは、「現代詩手帖」「詩と思想」という全国誌に情報が偏向することもなくなりました。ここにはポストモダン的な山形詩人会があり、「山形詩人」「樹氷」などの詩誌が中央に対峙できる時代がきていると思います。

日本の政治は自民党も野党も政策に見分けがつかず、その周辺には少数政党というポストモダン的な小さな物語が乱立しています。世界の社会主義国は崩壊し、それぞれが独立を成し遂げました。近代が秩序、統一、普遍ということばで語られるとすれば、ポストモダンは無秩序、破壊、解体ということでいいかえられます。われわれは、こうしたポストモダンの時代に生きていることを自覚しなければなりません。もはや国家は日の丸・君が代で国民を統率できるほど、単純な精神構造ではなくなっています。近代にあった年功序列、長幼の序などが消えて、一人一人、自由な権利行使者となって動いていきます。すなわち、親は子どもを、教師は学生を、課長は部下を、存在のみによって支配することはできません。ポストモダンは、秩序、統一、普遍が脱構築化され、断片化されていく文化的状況をいいます。かつて権威の象徴であった親や教師、上司という記号的効果が消えてしまったのです。水戸黄門で印籠を出し、一同が平伏する場面がありますが、おそらく現代の若者にその意味が通じるのかどうか。テレビから水戸黄門が消えてしまったのも理解がいきます。

そして、今やポストモダンの動きが一般化し、すでにポストモダンという呼称は終焉したという声もあります。あまりにポストモダンで自由が蔓延したので、その反動で、「美しい国」づくりであるとか、維新であるとか、国を一つの方向に誘導するという反動的動きも顕著になってきています。

情報が一瞬のうちに世界に発信される現在、一つの方向に人々を誘導することなどできるわけはありません。ポスト・モダニズムは、チャールズ・ジェンクス『ポスト・モダニズムの建築言語』（一九七七年）、ジャン＝フランソワ・リオタール『ポストモダンの条件』（一九七九年）などで語られています。リオタールが呈示しているのは、ローカルの自立であり、世界のマイノリティを容認することです。そうして世界の状況をみたとき、東西ベルリンの壁崩壊（一九八九年十一月十日）、ソビエト連邦の解体（一九九一年十二月二十五日）、ユーゴの分裂（一九九二年以降）など、各地の民族戦争は熾烈をきわめ、近年ではインターネットを使ったジャスミン革命が起こっています。インターネットは国境や地理的状況をボーダレス化します。これからは、国家・民族の違いは薄れて、世界市民のようなものが生まれてくるでしょう。それは無国籍ということではなく、世界の一員というアイデンティティをもった人たちの統合です。

ポストモダン思想は、かつて統治の中心にあった中央集権を終わらせる結果になったと思います。東京が近代の中心である時代は終わり、確実に文化の主体と主導権は地方の手に移ってきています。このことを認識しなければなりません。このことを踏まえれば、地方にいることは不利であるどころか、多いにプラスになって働いてきます。地方にとって、ここでのポストモダン思想を活用し、世界に対峙できる時代が到来したのです。かつてであれば、情報のすべてが、いちど中央である東京に集められ、そこから地方に拡散していったということがあります。首都東京はどこよりも早く、世界とアクセスできる特権があったのです。しかし、現在はインターネットの普及もあり、そんな面倒なことをする必要はありません。たとえば、山形から直接アジア、欧米に発信することも可能となってきたのです。政治・経済は無理かもしれませんが、文化上は可能です。

　東京が地方の詩人を格付けする時代は終わりました。もっといえば、詩人が東京で活動する意味も薄れつつあります。こうして講演に招かれることを考えれば、私は東京で成功した部類に入るかもしれません。しかし、一歩詩の世界を離れれば、私のこうした活動を知っている人はほとんどおりません。いわば、ポストモダンの時代にあっては、私は無数の中の点のひとつにすぎません。私は一九七〇年代、「詩学」という雑誌に投稿して詩を始めました。その時、すでに高橋英司さんは、入選の常連者で眩しく輝いておりました。その後、「詩学」出身者の集まる「ふーず」という詩誌に入ったときも、すでに高橋さんが先に在籍されていました。高橋さんも私も「ふーず」で書き続けています。いわば、高橋さんは、私のスタートから現在まで、すべてをご存じの詩人です。内心「あいつも、東京で出世したものだ」と思っているかもしれません。しかし、私の中では、高橋さんは畏敬すべき存在であることに変わりはないのです。

　こうしてみると、山形の方は東京の情報に惑わされず、もっと山形の中を直視するという姿勢が求められます。東京の詩界はポストモダンの余波で、空洞化されてしまっています。しかも、同じような人たちが集まってきますから、みんな功名心にかられて賞や地位取りをめざす同業者といってもよいです。知り合いが増えていくごとに、真に語り合える友人を一人ずつ無くすという、そうした矛盾した関係が作られてきてしまいます。私は団体にかかわる前、第二詩集を出したとき、まだ無名中の無名の一人でした。その時、新宿の中村屋で仲間が出版記念会をしてくれて、北海道をはじめ全国から三十五名ほどの人たちが集まってくれました。それは本当に真に語りあえる仲間だといえたでしょう。その時点で、私には地に足をつけたソーシャル・キャピタルがあったのです。

4

山形の詩人をみて思うのは奥深い文化的魅力です。山形の詩界は詩人探求の宝庫だと思います。吉野弘（一九二六―二〇一四）は、山形県酒田商卒。狭山市を経て静岡在住。万里小路譲さんの著書『吉野弘　その転回詩座の詩学』（二〇〇九年・書肆犀）があります。吉野弘で注目すべき活動は、一九四九年結核発病、酒田で四年の療養生活を送っていることです。当時、公立酒田病院の療養者と恢復者や病院の職員などと、池田昭二（筆名谷岡五郎）を中心にサークル「谺の会」が結成されます。吉野はこれに二号から参加。この雑誌は一九六〇年八月まで五十七号発行。ここでのサークル詩での体験が、ヒューマニズム溢れる、労働者主体の吉野の詩の骨格をつくったのではないかと思います。サークル「谺の会」には大滝安吉（一九二七―一九六五）もいます。大滝は後に吉野らと「谺」を復刊させています。

真壁仁（一九〇七―一九八四）。『詩の中にめざめる日本』（一九六六年・岩波新書）は、地方から日本詩壇を俯瞰した記念碑的アンソロジーです。山形に定住し、詩集『街の百姓』（一九三二年）、『青猪の歌』（一九四七年）、『日本の湿った風土について』を刊行。『青猪の歌』は高村光太郎の序文。

『街の百姓』は北海道の北緯五十度社（釧路弟子屈）刊行。「北緯五十度」は一九二九年真壁仁、更科源蔵、猪狩満直らで創刊。更科がガリを切り、山形で真壁が自分の謄写版で印刷。『街の百姓』について、松永伍一が「同時代のあまたの農民詩人の仕事のなかで、もっとも傑出した出来ばえの詩集」（『日本農民詩史』）と述べています。収録作品については「若草」「ささなき」を経て、「生活者」「濶葉樹」「流氷」「至上律」「北緯五十度」「犀」などに発表。真壁の仕事の中で、北海道の更科源蔵とともに出した「至上律」は重要。第一次は一九二八年七月、更科が編集人となって釧路市至上律社から刊行。真壁、更科の他、神保光太郎などが参加。高村光太郎がベルハーレン「午後の時」の訳詩を連載。一二号まで発行。第二次は、札幌の青磁社より一九四七年七月から四九年二月まで八集を刊行。編集責任は更科と真壁。編集委員に片山敏彦、丸山薫、北川冬彦、大江満雄、藤原定、神保光太郎、吉田一穂。首都圏の用紙不足の問題もあり、今でいう「現代詩手帖」のような中央誌が札幌で作られていました。

さらに、山形といえば、カトリック詩人の森英介（一九五〇年五月、米沢市日本カトリック教会で受洗）がいます。米沢市出身。森は自ら印刷工となって活字を拾い、半年をかけて、七〇〇頁を越える詩集『火の聖女』をつくります。しかし、本ができる二日前、一九五一年二月八日、胃穿孔で三十四歳の生涯を閉じてしまいます。

詩集『火の聖女』には、「地獄の歌」というサブタイトルがつけられていますが、これには己が住む場所を地獄とし、そこから火の聖女を讃えるという意味があります。森は戦後の混乱の中、敗戦の精神的後遺症から、哲学徒であった己を支える思想もないまま、定職にも就かず放浪の旅を繰り返していました。その時、上野地下道に群がる戦災孤児等の救済活動をする一人の聖女と出会い、彼女を通して神の道を求め始めます。女性は、戦前台湾総督府の高官夫人。森にとってのその夫人は、まさに生きた聖母マリアであったわけです。

すべての詩は、この聖母マリアである夫人、つまり火の聖女を讃える歌であります。森にとって、この夫人は、現実において定職も持たず地獄へとはじき出されている彼を支える存在でもあったのです。そして、それらの歌は、日本の詩壇に前人未到の宗教的神秘主義を作りあげました。ここで森が、夫人を通してみたのは神への信頼にほかなりません。

有能な哲学徒が、戦争を挟んで思想的に敗北していく崩壊過程で最後に受容したのは、来世からの一条の光でありました。第一次大戦後、エリオットはカトリスムに傾倒し「荒地」を書きました。太平洋戦争敗北後、日本で森が作り上げた稀有のマリア讃歌は、同様に戦争の惨禍によって生み出された書といってもよいです。

詩集は、戦後詩壇、文壇に大きな反響を巻き起こしました。一九八〇年一月、北洋社から復刻版が出ました。その解説で、遠藤周作は同じカトリックという立場から「日本の風土のなかで日本語という粘着力の弱い言葉」を使って「神の神秘を歌おうとした」と共感を示しています。田村隆一は、（森英介の詩集が）「この世に復活するとき、日本の詩の世界ばかりではなくて、人は、その存在の意味を、あらためて深いところから問われる」と述べています。井上靖は、「この詩集はまさに地獄の歌、というよりも地獄からの叫びであり、祈りである」としています。

全国区でいえば、黒田喜夫（一九二六―一九八四）、阿部岩夫（一九三四―二〇〇九）がいます。黒田は、一九五九年十二月、第一詩集『不安と遊撃』（飯塚書店）刊行。山形県米沢生、三歳のとき、寒河江《さがえ》市転居。高等小学校卒業後上京、京浜地帯で工場労働者として勤務。敗戦後日本共産党入党。農民組合、農村青年の組織化につとめます。後に一九六一年に除名。『不安と遊撃』は黒田の所属していた「列島」の詩論、シュルレアリスムを使って、夢と現実の統合を具体化した詩集。黒田は、現実には存在しない農村をモチーフに、空想のゲリラを試み、詩での農村革命を成功に導いていきます。黒田は死に至る飢えからの階級闘争に身を投じます。

阿部岩夫は鶴岡市生。青年期、政治運動に身を投じます。獄舎につながれ、肉体的・精神的苦痛から幻影をみた『眼の伝説』。獄中体験を描いた『不羈者』。故郷庄内地方の即身仏信徒をテーマにした『月の山』、難病に陥った中で病者の意識を追う『ベーゲェット氏』（高見順賞）など。

阿部は「黒田喜夫追悼」で、つぎのように書いています。

　黒田さんは、己れの想像力によって、自分の死を己れの生の中にたえず取り込んで生きながら、制度の死を徹底して否定し続けました。それは、入院しながらも、医療資本に牛耳られた医の精神には抵抗し続けたことでもわかります。彼は最後まで、想像力とか言葉という形で世界を捉えていて、意識が崩れることがなかったように思われました。

（「詩学」一九八四年十月）

阿部は昭和二十年代に、長尾辰夫、真壁仁、佐藤治助らと交流。一九五三年に上京。

真壁仁、黒田喜夫、阿部岩夫を貫くのは、詩の孕む身体性です。現代詩は知的で観念的な傾向がありますが、文字通り体を張っての詩作です。都会での人間関係に足りないのは身体を通さず、いわば「この人と付き合うのは得か、損か」など、表層的な社交の中にとどまってしまうことです。彼らは、知に対し身体を、合理に対し非合理、文明に対し原始の感情を放ちます。現代詩は知に探求し、いわば頭でっかちになり、身体を通しての関係を忘れてしまったのです。ソーシャル・キャピタルの上昇を考えるとき、ここでの詩人たちの詩は大きな力になってくると思います。

フロイトは、文明は本能を抑圧することで維持されると述べています。西欧の彫刻で肉体美といえば、貴族的な人間像が描かれてはいるが、そこに農民や工場労働者はみられません。おそらく、日本の詩は西欧詩の翻訳から入ってきており、いわゆる民衆詩というものが普及を果たしていません。真壁仁、黒田喜夫、阿部岩夫は、まさに身体の回復を目指します。吉野弘の「ヒューマン・スペース論」(『10ワットの太陽』)の書き出し、「バスの運転手が／運転台に着くと／バスの運転手は／四角なバスである。」はこの詩人の身体的な資質を表わしています。吉野にとって詩とはことばで身体を回復させることであったと思います。

それでは、ここで山形県内の主な戦後詩の活動をみておきましょう。

一九四九年七月、山形県詩人協会設立。年鑑『北方詩集』の刊行。詩の講演会。会員は八〇名を越えました。機関紙「無限花」(一九四七年三月創刊)。

同人誌、「げろ」(一九五四年一月創刊)。真壁仁編集、佐藤総右発行。同人は高橋兼吉、長尾辰夫、土谷麓、相馬好衛、中野醇一。

一九五一年、長尾辰夫（一九〇四―一九七〇）が詩集『シベリヤ詩集』刊行。長尾は四五年八月、シベリヤに抑留、四八年復員。「時間」同人。宮崎県出身、山形に定住。長尾は井上長雄とともに、県詩人協会の運営を担う。

同人誌「ガラス」（一九五四年七月創刊）。横山七郎・蒲生直英編集発行。同人は相馬好衛、葉樹えう子、高橋兼吉、芳賀秀次郎、黒田喜夫、清野正秋、渡辺宏他。「ガラス」は、一九五五年三月「らんる」に改題。

同人誌「索座」は一九五〇年四月創刊。編集発行は高橋兼吉。発行所は置賜詩人会。

同人誌「詩炉」（一九五二年十月創刊）。黒田喜夫編集発行。同人は瀬木慎一、木村迪夫たち。

一九六〇年のH氏賞は、山形出身の黒田と吉野弘『幻・方法』の争い。

現役詩人では、上山市牧野で農民詩人として地域活動を推進する木村迪夫の活動が注目できる。

5

もうひとつ、東北詩人連合の構想です。中部・北陸を包括した中日詩人会。近畿圏の関西詩人協会。中四国詩人会。九州は持ち回りで詩人祭を開催。北海道詩人協会もあります。

政治の世界でも地方の分権化が進んでいます。将来、中央政府がすべきは究極的に防衛と外交位しかないといえます。それを詩人団体にあてはめてみますと、すべきは国際交流しかないといえます。私は詩人クラブでそれを果たしたかったのです。そのために、法人化し、文化庁や国際交流基金から基金をとることを考えました。文化庁は税金を払わない団体を助成しません。法人化以降、中国、メキシコ、インド、ネパール、韓国の詩人たちを日本にお迎えしました。二〇一二年は待望のインド訪問を成し遂げました。

つぎに山形県詩史の作成です。これがあれば、山形の詩は子々孫々伝わっていくと思います。

これにて終わりとさせていただきます。

（やまがた現代詩フェスタ二〇一二）

＊　詩人の没年については、二〇一九年十二月現在の記載になっています。

ブーバーの詩学
—われとなんじの世界—

1

本題に入る前に、最近の詩の傾向について話したいと思います。今年のH氏賞に限らず、ここ数年、いわゆる難解で意味がとりにくい言語派の詩集が受賞しています。この受賞について、絶対反対という硬直した考えではなく、民主主義の世の中ですので、はじめに私なりの異論を申し上げておきたいと思います。

会報などで選考経過を読むと、受賞理由としてあげられるのは、意味が分からないが魅力がある、何かが美的感覚として伝わる、まだ書かれていない精神的領域をテーマにしている、などです。この評は詩の重要な要素で、否定するものではありません。つまり詩は実用言語ではなく未分化の感情をうつしとる言語装置という役割があり、これらの主張は、これはこれで詩の生命線を保つ重要な機能のひとつです。たとえば他者に喜怒哀楽を訴えるのに、答える側も含めて実用言語はあまり役に立ちません。既成の言語で理性的に解決できないからこそ、時に人は感情的になってしまうのです。その意味で、詩人は実用言語からはみ出したものを書くことに意味があります。そういう観点からみれば、意味が分からない難解詩がH氏賞を受賞するのも分からないではありません。

しかし、選考の過程で問題なのは、平易な言語生活詩についての評価の仕方です。たとえば意味が分かり過ぎてしまう、すでに過去に書かれたものの反復という否定的見方についてです。それらの作品について、矮小化がすぎてはいないかという疑問です。たとえば、誠実に社会や人間を掘り下げて書いたもの、人生経験に基づく記録的なもの、行間に宗教精神が漂うもの、それらはある程度、過去の詩人へのリスペクトも含め、読み方によっては既視感が伴い、類型化の形相を帯びていかざるをえません。あまりに詩の評価が言語派に偏ると、人間にとって不易となるものが書かれていても、ことごとく候補対象から退けられてしまうことです。つまり、詩人ははじめに表現したい内的欲求があって、それをさまざまなレトリックを駆使し、書いていくというのが標準的な修辞スタイルです。昨今のH氏賞選考は、それらの原理を否定するかのように、既成の言語表現で書けないものを書け、それでなくては賞が取れないということを暗に示唆しています。

そうすると、詩は不可能性への言語的挑戦で読み手に意味が分からなくて当然、分かってしまったら詩ではないという奇妙な結論が導き出されてきます。私は詩の一要素として難解な言語詩はあってもよいと思いますが、それがスタンダートになっては詩の市民権は言うに及ばず、だれにも相手にされない孤立したジャンルに堕していってしまうことを恐れるのです。

2

本日、私は自分の詩の基本的態度について話したいと思います。それは、ブーバーのいう「われとなんじ」の関係の詩学です。このことばを公ではじめて使ったのは、冨長覚梁さんをお迎えして行った詩人クラブ創立五〇周年の座談会のときです。冨長さんは詩が語られる場所において、発話者と聴き手の一体化の重要性を仰っていたと思います。そのことがいつも頭に残っています。そこで本日は、私が一方的に話すより、適宜具体的な詩の朗読を入れて、ブーバーの教え通りに聴衆との関係性を構築していきたいと思います。

まずみなくてならないのは、詩のなかに「われとなんじ」の関係が構築できているか否かです。ブーバーの「われとなんじ」は、人口に膾炙していて、すでに読まれている方も多いかと思います。簡単に略歴を説明します。ブーバーは一八七八年生、オーストリア出身のユダヤ系宗教学者です。『我と汝』は一九二三年に出版。ナチスによって弾圧を受け、一九三八年にエルサレムに移住し、一九六五年にエルサレムで亡くなります。

簡単にその中身を説明させていただきます。

ブーバーは人間には他者との関係に対して、二つのとるべき態度があるといいます。ひとつは、自分の利益のために相手の立場を利用するもので、これを「われとそれ」の関係としました。たとえば、この人は自分にとって敵か見方か、どんな仕事をし、どんな学校を出ているのか、肩書はあるのかなど、当該人物のもっている固有の価値より、外形的なものが判断基準となってきます。いわば、自分にとって付き合って得があるのかなどで関係がつくられていきます。いわば、われとそれの関係は単なる利用する、されるという「もの」と「もの」の関係です。それで、相手の力が衰えれば関係は消え、ビジネスでいえば取引が済めば関係が終了、そんな打算に満ちた利用する、されるの関係です。所詮、人生はそんなものという理解もできますが、それではあまりに淋しいです。

こうした社会風潮に対し、ブーバーは敢然と立ち向かい、「われとなんじ」の関係を唱えます。それでは、ブーバーのいう「われとなんじ」の世界とは何を指すのでしょうか。それは自分のために相手を利用しない利他的関係で、目的語をとらない自動詞の世界のことだと説明しております。ブーバーは、人間はなにものも目的としない行為、すなわち対象がない無垢な関係性を理想に描いていています。いわば対象がないということは、その関係が無限性を意味し、超越的であるということです。今自分は、「われとなんじ」でいるのか、「われとそれ」でいるのか、それを自問自答することで、ブーバーのいっている意味の深さがみえてくると思います。ブーバーは、そもそも、人間には「われとなんじ」、「われとそれ」の二種類の人間がいるのではなく、一つの世界にその二つの取るべき態度が混在していると述べています。つまり、「われとそれ」で生きていた人が、ある時点から「われとなんじ」に変わる可能性（交替変化）がありますし、もちろん、その逆も大いにあります。聖職者たちがなんらかの過ちで転落することもあるし、反社会勢力に属した人が周囲の人たちの励ましで人格者になって人助けをすることもあります。無名の時代は謙虚だった人が、有名になって傲慢になってしまうことなど、まさに交替変化のよい例です。

たとえばブーバーは、ビジネスの場では、「われとそれ」の打算に満ちた関係は、ある程度しかたのないことだといっています。そもそも、金儲けは自分が得をし、相手に損をさせることですので、「われとなんじの関係」は原理的に構築しづらい特性があります。ときにウィンウィンの関係もありますが、広くみれば、その二者の周囲には結果的に損をしている人たちがいるはずです。それほど、お金を稼ぐという経済活動はシビアなもので、できればそんな環境に身を置きたくはありません。ある意味、「われとなんじ」で生きようとする人間には向かないと思います。それでも、そうしなければならない場合、この二つを賢く使い分けて生きていくしかありません。

この本の訳者は田口義弘（一九三二―二〇〇二）さんで、詩人としても詩集『遠日点』で、二〇〇〇年に日本詩人クラブ賞を受賞されています。田口さんとは、詩人クラブを通し親しく交流する場を与えられました。そんなこともあり、この詩人哲学書がより身近に感じることになりました。田口さんは惜しまれて二〇〇二年に急逝されてしまいましたが。つまり、この本そのものが、私にとって未知の人のものではなく、私と田口さんの関係、いわば「われとなんじ」の関係にあったものです。

3

私にとって詩の生命線は、詩の中にちゃんと「われとなんじ」の他者がいて、しっかりと読者と意味が共有できることです。詩の感動を分かち合うことです。前述の言語主義に照らしてみれば、まさに分かりきったことを書いても意味がない、分からないことを書くのが詩という、それでは言葉に魂がこもらず、技術偏重主義、「われとそれ」の関係になってしまいます。そこでは、詩の感動の共有はできません。現代詩の混迷は、作者としてのわれと読者としてのなんじの関係が創れず、「われとそれ」の関係で閉塞化してしまっていることが原因だと思います。もちろん、芸術行為ですので、一部に過激な言語実験をすることや、奇抜な発想で超現実物語を作ることも必要です。しかし、それらがすべてではない、詩のことばには他者と感動を共有できる無限の可能性があるのです。それは他のどんな芸術よりも、大きな可能性を秘めています。

本日は、われとなんじに貫かれている詩を具体的に読んでいきたいと思います。朗読はかつて「ERA」で同人活動を共にした井手ひとみさんです。

はじめにあまりに有名な吉野弘の「夕焼け」です。

いつものことだが／電車は満員だった。／そして／いつものことだが／若者と娘が腰をおろし／としよりが立っていた。／うつむいていた娘が立って／としよりに席をゆずった。／そそくさととしよりが坐った。／礼も言わずにとしよりは次の駅で降りた。／娘は坐った。／別のとしよりが娘の前に／横あいから押されてきた。／娘はうつむいた。／しかし／又立って／席を／そのとしよりにゆずった。／としよりは次の駅で礼を言って降りた。／娘は坐った。／二度あることは　と言う通り／別のとしよりが娘の前に／押し出された。／可哀想に／娘はうつむいて／そして今度は席は立たなかった。／次の駅も／次の駅も／下唇をキュッと噛んで／身体をこわばらせて――。／僕は電車を降りた。／固くなってうつむいて／娘はどこまで行ったろう。／やさしい心の持主は／いつでもどこでも／われにもあらず受難者となる。／何故って／やさしい心の持主は／他人のつらさを自分のつらさのように／感じるから。／やさしい心に責められながら／娘はどこまでゆけるだろう。／下唇を噛んで／つらい気持で／美しい夕焼けも見ないで。

（詩集『幻・方法』）

この詩の舞台は、よくある「われとそれ」の日常的な光景です。疲れた年寄りがいて、それに無関心な人がいます。娘は「われとなんじ」の関係を構築しようとするので傷つきます。彼女は無関心にはなれない。この詩に限らず、電車に乗ると、前の座席での飲食や化粧をしている若い女性がいます。大股を開いてスマホをいじっている青年がいます。それに不快感を抱くのは、相手からみればわれわれはそれで、われわれは彼らを「われとなんじ」の真剣な関係でみているからです。コンビニやファストフードに行くと、店員は誰に対しても同じ表情、同じ言語で話をしています。それは彼らにとって、われわれがものに転化しているからです。

この詩は、「われとそれ」の関係が日常化しているなかで、いかに「われとなんじ」の関係を持つことが難しいかを表しています。そして、ここにはその光景を描写する、「われとなんじ」の視点に立つ詩人の目があります。そして、詩人は「やさしい心の持主は／いつでもどこでも／われにもあらず受難者となる。／何故って／やさしい心の持主は／他人のつらさを自分のつらさのように／感じるから。／やさしい心に責められながら」と書いています。「われとなんじ」の世界で生きていくことは、そうした心理状況に身を置かざるをえないのです。「われとそれ」の世界では、こうしてささやかな善行をするのにも、人はためらってしまいます。それだけ、社会環境が荒んでいるということです。そのために、詩人がいて、詩が必要であるともいえます。「われとなんじ」の世界は、この詩のように他者の側に身を置き、そこを軸に全体を思い描く想像力が求められます。

4

それでは、ここでまた別の詩を井手ひとみさんに読んでいただきます。高見順「青春の健在」です。

電車が川崎駅にとまる／さわやかな朝の光のふりそそぐホームに／電車からどっと客が降りる／十月の／朝のラッシュアワー／ほかのホームも／ここで降りて学校へ行く中学生や／職場へ出勤する人々でいっぱいだ／むんむんと活気にあふれている／私はこのまま乗って行って病院にはいるのだ／ホームを急ぐ中学生たちはかつての私のように／昔ながらのかばんを肩からかけている／私の中学時代を見るおもいだ／私はこの川崎のコロムビア工場に／学校を出たてに一時つとめたことがある／私の若い日の姿がなつかしくよみがえる／ホームを行く眠そうな青年たちよ／君らはかつての私だ／私の青春そのままの若者たちよ／私の青春がいまホームにあふれているのだ／私は君らに手をさしの

べて握手したくなった／なつかしさだけではない／遅刻すまいとブリッジを駆けのぼって行く／若い労働者たちよ／さようなら／君たちともう二度と会えないだろう／私は病院へガンの手術を受けに行くのだ／こうした朝　君たちに会えたことはうれしい／見知らぬ君たちだが／君たちが元気なのがとてもうれしい／青春はいつも健在なのだ／さようなら／もう発車だ　死へともう出発だ／さようなら／青春よ／青春はいつも元気だ／さようなら／私の青春よ

（詩集『死の淵より』）

これは死を予感した作者が若者たちに向けたメッセージです。ポイントは、まもなく死んでいく作者が「青春の健在」を意識し、語られている対象の若者たちがそれを知らないことです。いわば、作者で年長の高見順は「われとなんじ」の世界が構築できているのに、若者たちは「われとそれ」の世界でしか生きていません。たとえば、これは病気になってはじめて健康のありがたさを知るとか、死んではじめて親のありがたさを知るという感情にも似ています。人は自分が健在のとき、自分の健在を知らず、そのことを失ってはじめて気づくという習性があります。それとともに、私たちの日常はあまりに忙しすぎるのです。他者のことを気にかける精神的な余裕も時間もありません。「われとなんじ」の関係で生きたいと思いつつ、つい他者利用の「われとそれ」の世界に身を置いてしまいます。すべて「後悔先に立たず」です。

それなら、つねに「われとなんじ」の思いで生きていけばよいのだが、そうしたことにならないのは、現代の教えがつねにわれという我欲が主役になっているためです。そこでの基本的な思いは、私のための何かという他者利用です。それは、「われ思う、ゆえにわれあり」のデカルト（一五九六—一六五〇）からきているといいます。つまり、近代はわれを中心にして構築されてきたということです。ブーバーは哲学界に反近代の旗手として登場してきたといわれます。それでは、つぎに永瀬清子の詩を読んでいただきます。

悲しめる友よ

悲しめる友よ
女性は男性よりさきに死んではいけない。
男性より一日でもあとに残って、挫折する彼を見送り、又それを被わなければならない
男性がひとりあとへ残ったならば誰が十字架からおろし埋葬するであろうか。
聖書にあるとおり女性はその時必要であり、それが女性の大きな仕事だから、あとへ残って悲しむ女性は、女性の本当の仕事をしているのだ。
だから女性は男より弱い者であるとか、理性的でないとか、世間を知らないとか、さまざまに考えられているが、女性自身はそれにつりこまれる事はない。

これらの事はどこの田舎の老婆も知っている事であり、女子大学で教えないだけなのだ。

（『流れる髪　短章集2』）

この詩は、とくに「われとなんじ」が具象化されてはいませんが、なんとなく読み手の感性に訴えかけてきます。マグダラのマリアは、イエスの死と復活を見届けた女性で、正教会、カトリック、聖公会共通の聖人となっています。若い頃は、その美貌と恵まれた経済的な富で、快楽に溺れた生活をおくっていましたが、イエスと出会い、改悛します。一部に彼女が娼婦であったという説もあります。いわば、マグダラのマリアの人生は「われとそれ」の関係から、「われとなんじ」に変わった典型ということになります。

この詩は、十字架から男を降ろし、それを埋葬するのが女性の仕事だといっています。聖書は、こうして女性に最期を看取られたいという男性の願望を具現化しています。この物語を肯定すると、フェミニズムに逆行するといわれそうですが、ある程度の男性、女性の役割分担は認めてもよいのではないでしょうか。そのひとつが、ここでいう男が先に死んで、女性がそれを看取るという関係になります。あまりに行き過ぎた男女平等は、「われとそれ」の関係に転落してしまう危険性があります。それでは、最後にもう一篇読んでいただきます。

人生の樹

人類は（民族）は、この人生という樹の幹であり枝であって、ひとりひとりの人間は、ある季節にあらわれ、夏のあいだに繁茂し、そうして死んでゆく。わたしはこの樹の一枚の葉のようなもので、いつの日にか嵐《あらし》に吹きちらされ或《ある》いは自然に枯れ落ち、そうしてその根のあたりの一つまみの肥料になる。……わたしが死んで腐っていっても、その樹は生きつづける。わたしのしばしの生によって、ほんのわずか肥《こ》やしが効《き》いて、無数の葉がわたしの前にそうして生きて死んでいった。無数の葉がわたしの後につづくだろう。そうしてその樹自体は生長し生きつづける。

（周郷博訳）

ハーバート・リード（一八九三—一九六八）の詩です。詩人、文芸評論家、美術評論家としても著名です。

ここには「われとなんじ」の厳然とした時間認識があります。ブーバーの教えは、ユダヤ・キリスト教のみならず、仏教、神道（アニミズム）などの宗教的精神に通底しています。ある特定の教義に軸足を置かず、きわめて斬新で自由な発想です。そして、ブーバーは「われとなんじ」の関係を、人間と人間、人間と超越者という関係から、人間と自然の関係に発展させていきます。身近にある一本の樹、一匹の馬さえ、それは「われとなんじ」の関係になるというのです。あるいは、それは故郷の風景でもよいし、絵や音楽などの芸術作品でもよいといいます。

自分の人生の一部が、他者の中で生きるというのは、「われとなんじ」の究極の形です。この詩の意味は深いです。

（岐阜県詩人会講話「ブーバーの詩学」―われとなんじの世界―」・二〇一六年五月二十一日）

初出一覧

現代詩ＮＯＷ　Ⅰ

Ⅰ

「柵」二九四号～第三次一二号連載（二〇〇九年十二月～一六年七月）

Ⅱ

詩人と内部現実の解明　ポエムイン・静岡二〇〇五（二〇〇五年一月三十日）
埋田昇二論　『埋田昇二全詩集』解説（土曜美術社出版販売・二〇一五年十月）
世界詩の創造と条件　『石原武全詩集』解説（土曜美術社出版販売・二〇一六年八月）
詩人の風土と態度価値　新・日本現代詩文庫112『新編石原武詩集』解説（土曜美術社出版販売・二〇一三年九月）
山村暮鳥とボードレール　堀内みちこ編集発行・詩誌「空想カフェ」一七号（二〇一三年十月）
東京から見た山形の詩　やまがた現代詩フェスタ二〇一二（二〇一二年十一月十七日）
ブーバーの詩学　岐阜県詩人会（二〇一六年五月二十一日）

あとがき

私にとって一九九四年以降、月刊詩誌「柵」(志賀英夫主宰)に現代詩展望を書くことは半ばルーティン化されていた。書くために、詩集や詩誌を読むのは当然として、それに関わる社会科学の本や経済書なども読まなければならなかった。そこでの学習経験が功を奏し、この期間、いくつかの展望以外の本が出せたこともありがたかった。その志賀氏が、二〇一六年十二月三十日、前人未到の戦前・戦後の詩誌総覧の編纂という大役を終えて逝去された。志賀氏は逝去される直前まで、「柵」の刊行と『戦後詩史の系譜』の補遺に情熱を傾けていた。眠る間も惜しまず、一つのことに打ち込むその真摯な姿勢は、われわれ後続世代を無言で叱咤激励してくれたといってよい。『現代詩展望 Ⅶ』は二〇一二年の刊行で、志賀氏を版元にしたものでは最後になった。その後も、私は「柵」に展望を書き続けていたので、もうすこし頑張れば、本著も志賀氏のもとで出せたのではなかったかと悔やまれる。

いずれにしても、現代詩展望シリーズは、「柵」と志賀英夫氏の存在がなければ、一冊も世に出ることはなかったし、それ以前に私はこのような文章を発表する機会も与えられなかった。すでに志賀氏はこの世におらず、もうこういう本の出版はやめにしようと思ったが、それではかえって志賀氏への恩に報いることにはならないと思い直し、タイトルも一新し、土曜美術社出版販売の高木祐子社主のお世話になることになった。内容的には、タイトルとは裏腹に、すでに賞味期限を終えたものもあるが、そのまま収録することにした。

パートⅠは「柵」への連載。パートⅡは、主に全詩集の解説と各地の講話をまとめたもので、それぞれの機会を与えていただいた伊淵大三郎、冨長覚梁各氏にお礼を申し上げたい。天国の石原武、埋田昇二両氏にも感謝を申し上げたい。

装画は『詩の音』に続き、二科会デザイン部常務理事の渡辺亘章氏にお願いした。白を基調とした精緻な紙アートの小宇宙に魅了されている。また一緒に仕事ができたことを喜びたい。

二〇二〇年八月一日

中村不二夫

著者略歴

中村不二夫（なかむら・ふじお）

一九五〇年神奈川県横浜市生まれ。一九七九年、第一詩集『ベース・ランニング』（詩学社）刊行。辻井喬の推薦でH氏賞候補となる。一九八四年、第二詩集『ダッグ・アウト』（詩学社）刊行。一九八六年、月刊詩誌「詩と思想」に編集スタッフとして参加。現在同誌編集長。

既刊詩集に『Mets』（第一回日本詩人クラブ新人賞）、『使徒』、『コラール』（第三三回地球賞）、『House』、『鳥のうた』など。詩論集に『山村暮鳥論』、『現代詩展望Ⅰ～Ⅶ』、『廃墟の詩学』（第四回秋谷豊詩鴗賞）、『戦後サークル詩論』、『辻井喬論』など。他に『アンソロジー中村不二夫』など。大阪発行の同人誌「柵」（志賀英夫主宰）に「現代詩展望」を執筆。「柵」は二〇一六年七月、第三次一一二号で終刊。

現住所　〒107―0062　東京都港区南青山五―一〇―一九　真洋ビル九F

現代詩NOW Ⅰ

発行　二〇二一年五月三十一日

著者　中村不二夫
装画　渡辺亘章
装丁　直井和夫
発行者　高木祐子
発行所　土曜美術社出版販売
〒162—0813　東京都新宿区東五軒町三—一〇
電話　〇三—五二二九—〇七三〇
FAX　〇三—五二二九—〇七三二
振替　〇〇一六〇—九—七五六九〇九
印刷・製本　モリモト印刷

ISBN978-4-8120-2616-8　C0095